你的世界我不懂

一桩奇怪的婚姻和让所有人心动的网恋故事

〔日〕清美 著

I DON'T UNDERSTAND YOUR WORLD

世界知识出版社

图书在版编目（CIP）数据

你的世界我不懂 /（日）清美著. —北京：世界知识出版社，2015.5

ISBN 978-7-5012-4881-0

Ⅰ.①你… Ⅱ.①清… Ⅲ.①长篇小说-日本-现代 Ⅳ.①I313.45

中国版本图书馆CIP数据核字（2015）第053176号

责任编辑	张 萱
责任出版	赵 玥
责任校对	张 琨

书 名	你的世界我不懂 Ni de Shijie Wo Budong
作 者	清 美
出版发行	世界知识出版社
地址邮编	北京市东城区干面胡同51号（100010）
网 址	www.wap1934com
电 话	010-65265923（发行） 010-85119023（邮购）
经 销	新华书店
印 刷	北京温林源印刷有限公司
开本印张	787×1092毫米 1/16 15.5印张
字 数	186千字
版次印次	2015年6月第一版 2015年6月第一次印刷
标准书号	ISBN 978-7-5012-4881-0
定 价	32.00元

天遂心愿

看到清美写的长篇小说《你的世界我不懂》，发到了我的电脑上，作为母亲，我的第一个反应就是，家有爱女初长成！同时，也感到，女儿给我添了一件，我期盼已久的——梦的衣裳。

一瞬间，所有的回忆，都那么执拗地呈现在我的眼前：记得她一出生，就重达九斤。女儿的重量和美丽，当时，曾引来了产房里所有产妇的羡慕和观望。一岁多时，她就蹒跚着随我们夫妇踏上了“太阳岛”。那场景，几十年来，都不断地在我脑海里滚动重复，滚动播放。

人的一生，往往会充满了变数和选择，有的选择有时会决定或者改变一个人的一生轨迹。

当有一天，作为日本人的丈夫，要回归他的祖国寻根时，我们也只好带着孩子，来到了这个陌生而又繁华的东京。看似风光无限的路，有时也不得不让我们人前欢笑，人后落寞。

那时，只有十几岁的清美，在刚到东京不足三个月的时间，在人生地不熟，又不通语言的情况下，独自一人就敢背起挎包，天真地仰着下巴，迎着风，去独闯“樱台”，为全家找房子的场景，至今都历历在目。后来，她在东京上大学，去国际交流大会讲演，她的勇敢和激情，或多或少的，让我们为人父母树立起了自信的同时，也甚感欣慰！至于，清美一路走过，她吃的那些苦，从不记得她和我们提起过。女儿在不言不语中，默默地为我们一起支撑着这个家，担当起一个长女的责任，默默地做着家的脊梁。父母也好，儿女也罢，彼此相互理解，扶持协助，就会让人感觉到人生的温暖，人间的亮色。在清美身上，我们真的是得到了！

幸福是一种感觉：清美活得很自主，很阳光。她懂得进取，也能享受孤独。她把写小说当成了写给心看的东西。因此，她很平实地娓娓道来，写的很执着。收放自如，张放有度，丝丝入扣的细节中，让我倍感欣慰的是：清美没有在痛苦中倒下去，而是在残酷的现实中找到了自我。

清美长大了，她用她的作品在说：人的一生，不要让错过变成过错。无论时间让我们失去什么，永远都不要失去你自己就好！

孟庆华　2014 年 12 月 20 日　于东京

目　录

一　初涉网恋

洋子今年三十八。

在她三十八岁的年初，洋子终于告别了她纠结了近十年的，布满了雾霾的婚姻生活。每当想起那段婚姻，她都会苦笑着摇摇头，像要拼命似的摆脱，挣扎出来一样。部里人都说她开朗，家里人则说她没心没肺。无论大家说什么，无论大家怎样评论她，她都一概笑而不答。是的，她没法解释，怎么当初就会稀里糊涂地跟了他呢？怎么就没有发现他是个同性恋呢？ 那是什么样的生活？什么样的十年？如果，当初不是过于羞涩，如果，当初先跟他试婚？也许，一切都不会发生。可是，人生又有多少个如果和也许呢？……时光不能倒流，人生的最大愚蠢是自欺欺人。洋子犯了这样的错误。

洋子生就是个传统女性，她出生在20世纪70年代，一个新旧交替的中国，一个较为封闭的环境中。她成长在日本的东京，一个她从未接触过的，常常被中国人痛恨 ，憎恶到极点的地方，这里也曾令她眼花缭乱，目瞪口呆。那时，她还很懵懂，不曾知道，繁华的背后会有暗流，更不曾想到，绅士也有所不同，在相处的过程中，他的学识和安分，赢得了洋子的芳心。是啊，在那个初来乍到的花花绿绿的东京，到哪里去找这样一个，见了美丽的姑娘不动手脚，知道尊敬女人的好男人呢？……他不仅绅士，还是名校毕业的高才生。而且还是一表人才。洋子很欣喜地嫁给了羽生君。坦诚地讲，当初是她心甘情愿的。不懂蕴涵的洋子，那时候，在心里偷换了《好男人》的概念。

当洋子发现自己嫁错人时，她怀疑过，不安过，委屈过，痛苦过，不知所措过，也曾悄悄地咨询过，得到的结论是：原来日本竟有三分之一的家庭，生活在无性中。洋子听罢，有点蒙了。那一天，她不知所措地徘徊在电视台楼下的林荫道上，长时间地任凭泪水流，让风再把泪水吹干。一遍又一遍，她要悄悄地收藏起一个少妇难于启齿的苦难。是无助？是自尊？是恐惧？她也说不明白，她当时为什么选择咽下委屈？其实，在洋子内心，很恐惧日本这个高度文明，静悄悄的井然有序的社会。她不知道在这种令人发冷的孤寂中，应该向谁去述说！在东京这么多年了，她没有看到过吵架的，骂人的，加楔儿的，吐痰的。日本和她出生的中国，有着太多太多的不同。甚至，连这里的精神病患者都不会大吵大闹，而是坐在电车的一角，一个劲儿地在那儿傻笑。真是怪了。唉，这就是日本，一个真实的，让洋子既爱又不得不敬而远之的日本。这里有太多太多的，令人琢磨不透的冷酷的美。

回到日本后不久，洋子就和爸爸和家人，一起恢复了日本国籍，从那一刻起，她也就是真正的日本人了。成了这群体中的一名，她要堂堂正正地做人。洋子不想拿道德的底线来标榜自己的高尚。高调未必伟大。也不想由于自己的不慎，成为别人的笑料。洋子思来想去，最后别无选择地——选择了容忍。洋子清楚，在日本生存，首先就要学会容忍。哪一个日本人不是在容忍中度过着每一天。有时，她也曾天真地想拯救过他，呵呵，自以为是救世主的洋子，渐渐地发现，他们只不过是同一屋檐底下住着的两个同事，维持着客气，两个小心翼翼地回避着对方目光的异性。他们走进了一段本不该走进的婚姻。这段婚姻伤害着两个人的心，两个人的自尊。

洋子啊洋子，她不是没有反抗过，她也曾经两次离开他，独自去闯荡过美国，一去就是半年，她回来后，他什么都不抱怨，依旧默默地接纳了她。就为这一举动，洋子也曾心存感激地原谅过他。他们之间可以谈论任何问题，他可以面对洋子侃侃而谈，甚至能谈上几个小时，只有性，是他们之间永远找不到共识的一个话题。别人家再正常不过的事情，在洋子家，却成了屡攻不下的高科技。洋子的婚姻就这样输在了起跑线上。

日子久了，人不但会累，也会习惯，有些事，明知道是错的，还要坚持。是因为心里有些不甘。有时候，明明知道没路了，却还在前行，是因为习惯了，甚至是麻木了。洋子没有对人讲起她的不幸。把不幸讲给他人，只是为了寻求别人的帮助。洋子清楚；这个忙，没人能帮得了她。洋子明白，在同事眼里，她永远是快乐的女人。她学着在委屈中自得其乐。好在，日本人生性不像中国人那么好信儿，那么爱打听别人家的秘密。洋子就在这种不正常的婚姻中让自己煎熬了近十年的光阴。她隐瞒着，她忍受着，她要做一个淡雅的女人，像一幅画，如一杯茶，对人生对社会的宽容和不苛求，只想换来的是自己内心的宁静和恬淡。可是，洋子她错了，她能骗得了天下所有的人，唯独骗不了自己的妈妈。

洋子在妈妈的一再追问下，先是开始逃避，后又东扯西扯，可敏感的妈妈还是明白了女儿的痛苦，那一刻，母亲也感同身受。她开始劝女儿和过去的伤痛告别。妈妈说，其实，对婚姻的体验每个人都各有不同。当婚姻名存实亡，爱情已经变成了生命的桎梏时，那么离婚就是生活新的出路和解脱的唯一办法，成为一个重新的选择，人性也将由此获得新生。离婚未始不是一种解脱。其实，人的一生，说长也长，说短嘛也很短，往往是一睁眼一愣神一叹息，一天就过去了。在茫茫人海、漫漫生命长路之中，人们就这样一日一日一月一月地忙碌着，重复着，转瞬就是一年；一弹指一邂逅一奔波就是一生啊。生命并不长，别再苦着自己，明智地去选择人生的道路吧。女儿，千万别为难自己，结束一种无奈的婚姻，给自己开始一种新的生活，给自己开启一扇新的门，进入一个新的世界，新的希望啊！？妈妈眼巴巴地瞅着女儿的脸。她是真心疼她的女儿啊。

二十八岁那一年，洋子结了婚，却从此失去了做女人的机会。这一段婚姻，也深深地伤害了她的骄傲和自尊。洋子所有的悲剧，都源于对这个男人的信任，都源于她的忍耐。忍耐久了，心也就凉了，死了。哀莫大于心死！

在妈妈的劝说下，洋子离婚了。今生，她也许错过了花开，错过了盛放，但是，理智告诉她：你不能永远地错过下去。人生，只不过是短短的几十年啊！

2014年，马航失联。

2014年，德国意外地赢得了世界足球杯锦标赛的冠军。

2014年，洋子终于离婚了，走出了婚姻的怪圈。

也是从这一年开始，洋子小心翼翼地尝试着，第一次走进了这个新鲜的事物——网恋。

那沉重灰暗的一页，随着洋子走进网络，彻底地翻篇了。

如今的洋子，她又重新找回了自己。网络，一个现代人无法回避的，一个她曾经极度怀疑而又抵触的虚拟世界，诱惑着她。屈指算下来，洋子做编导也有些年头了。然而，来编导自己，这不但是她人生的第一次，也让老练的她感到滑稽可笑，甚至有点不可理喻。

是妈妈为她上了家园网，是妈妈强迫她，不得不走进了这个陌生新奇的世界。妈妈的朋友在这里找到了生活的另一半，妈妈就信以为真了。她来自中国，至今，对那里还一往情深。而洋子的世界，是与陪伴她成长起来的日本息息相关的。她早已对中国产生了一种陌生的疏离感。

“婚姻的结束，绝不是你的世界末日。而你若走不出那段感情，却是你的灭顶之灾。”这是妈妈的口头禅。理儿是那个理。

却渗透着爱的烦。有时候真是烦的。本能抵触的同时，洋子也知道：在这个世界上，有一种爱，是绝不需讲条件的，不用计成本的，也不图任何回报的，那就是父母无私的爱。洋子又对妈妈的好心确认不疑。她不想顶撞妈妈，做不到“孝”最起码要做到“顺”的。她经常这样告诫自己。

每一个孩子都是父母牵着手，送到这个世界来的。这一次，又是妈妈牵着手，把洋子引到了电脑前。和母亲牵手的一刹那间，洋子的心就如同被电流击中了一样。她从没有像现在这样，强烈地感到自己做人竟做到如此失败。这么大了，还要妈妈为自己操心。洋子猛然抱住了妈妈，她欲哭无泪，欲诉无声。妈妈一生阅人无数，她好像猜到了什么，小声喃喃着:“哭吧，哭吧，哭完了，就会把所有的事情给忘了。”

听了妈妈的话，洋子反而冷静地收复起崩败的情绪，她的确需要一个倾诉的对象，但这个人不该是母亲。她已经承受了很多，很多……她这样想着，强迫自己吞下了苦涩的泪水。

洋子上网了。她开始征婚。洋子的征婚方式很特别。她从不主动出击，而是亮出自己的招牌后默默地等待。有点像姜太公钓鱼：宁在直中取，不向曲中求。命里有时终须有。命里无时莫强求。相信命运，相信缘分。在茫茫人海里能互相认识就是缘，能够走在一起相濡以沫到老才是分。凡事要看淡些，看开些，看透些，什么都在失去而留不住，唯有快乐和幸福能留住。在这虚拟的网络里，冥冥之中能找到梦中的那个人吗？她期待着又怀疑着。心情是复杂的，又是激动的，如轻拂的微风，时不时地会撩拨她的心弦。

洋子征婚的故事也随之拉开了序幕。国籍和血统给她带来了优厚的权力，美丽的脸庞也招来不少男人的青睐。是福？是祸？随之在洋子的面前呈现；绅士彬彬有礼，暴发户自视清高，骗子蠢蠢欲动，鳄鱼跃跃欲试。

二　穷养，富养，都不如有教养

洋子上家园网时，就给自己立下了严格的规定：一、年龄大过五岁的不找：二、比自己小的不要；三、离婚的，有小孩的绝不考虑；四、中国本土的，都不在考察范围内。

自信、高傲的洋子，当时甚至把亚洲的都被排斥在外。自视清高的乖乖，在严格的定位中，她试探着向前迈着步子，走进网络，就像闭眼摸象。不，把眼睛蒙起来，手还是可以触碰到的，手会告诉你的心，你触摸到的是什么。是软的？硬的？是长的？还是方的？洋子觉得这个比喻还是不切合实际。那网络就像雾霾的空气，在污染的空气中，你无法辨明对方在哪里？他是在那里面带微笑手捧鲜花的绅士？还是心怀鬼计的小人？这里是一个奇妙的，带着强烈诱惑力的未知世界。稍不小心，就会掉进万丈深渊的。

洋子不敢大意，她的心已再也经不起摔碰了，她已经浪费了近十年的时间。幸福两个字已经离她很远很远了。洋子告戒自己：要早日迈过心里这道坎儿。她的内心独白的第一句就是：我是日本人。她没有隐瞒，也不敢隐瞒，万一碰上“愤青”怎么办？她知道中国人对日本人的看法。那是很深很深的仇日心理。历史上的账至今都还没算清，现在又出来个“钓鱼岛”问题。妈妈的表妹就曾经专门从中国的武汉市打来电话问过她，“姐，你说，钓鱼岛是中国的，还是日本的？”政治家的手段和伎俩，竟变成了小姨认真的提问。妈妈只能苦笑着说：“我跟你是秀才遇见兵，有理说不清啊……”放下电话，妈妈嘟哝：“你小姨这人真有意思……一个小老百姓，过好自己的日子就行了，唉，连电影里都说，战争每隔几年就爆发一次，再过几年，他们又言归如好。”

这件事，对洋子的触动很大。她常纠结地想，每个人的偶尔出生，使每个不同的人变成了“中国人”和“日本人”，但归根结底，大家都是地球上的人。作为人的基本，人性才该是第一位存在的。只要人性还在，和平就在。幸福也会在。何必计较到你死我活呢？……洋子不理解的事太多了。她出生的那个地方，对她已变得陌生和遥远。故乡也早已变成了一种概念。多年前，她曾随妈妈回过一次中国。她当时是带着太多的梦想和怀念，以及期待回去的。然而，很多她不知所措的问题，打破了洋子的幻想。是呀，那是多么可笑的问题，她现在想起来还是不能理解。

“洋子，你说中国好，还是日本好？”她常听到这样带着挑战意味的提问。她若说日本好，小朋友们就叫她“小日本”“小汉奸”。可她又不想说违心的话。只好拼命地摇头。“我不明白你们在说什么，什么意思。”

“洋子，你的学习成绩在你们班是第一吗？”

洋子干脆地回答：“不是。”话音刚落，她就听见大家的嘲笑声不断。回家的路上，小表哥还为这事儿一个劲儿地批评她：“洋子，你傻呀，他们也不认识你，就说是你们班的第一名，谁会知道呢？也不会叫大家嘲笑了，是吧？”

“可是，干吗要说谎？我明明不是嘛。”洋子不明白，大家为什么要逼迫她说谎，在日本上学的第一天，田中老师就说过：“一个说谎的人，是可耻的，是不道德的，是没有诚信而言的，是永远得不到信任和尊敬的。”她不能为了虚荣而说谎。小小年纪的洋子，认定做人最重要的是真实。是要讲诚信的。诚信，是立国之本，立家之本，也是立人之本。当她长大成人后，她也一直信奉着这一定律。她从未后悔过，洋子感谢日本的教育和可亲可爱的田中老师。这是做人最基本的道德底线呀，他们怎么连这都不懂？怪哉!

失落的洋子，还在那次回国中被莫名其妙地偷走了手镯。那是外婆留给自己的心爱物。洋子起初不敢告诉妈妈，这是故去的外婆留给她的唯一的念想啊。这叫小洋子非常非常地心痛。那次中国之行后，她就再没有回去过。在故乡这块不可思议的土地上，他们不但把洋子的尊严给夺走了，也把她童年心中仅存的一点点思念给彻底碾碎了。故乡，一下子就在洋子的心里变得那么遥远了。

想起这些挥之不去的往事，洋子是千不情愿，万不情愿，把自己登在中国的家园网上去叫卖自己。可是妈妈已经登了，反对也是无效的，不反对才是最聪明的选择。危机当前，洋子只好重新梳理思路，开始迎战。

洋子只好在她的内心独白上下起了功夫。她边寻思着，边写道：

“我相信，在这个世界上，有我这样一个人的存在，就肯定有一个我爱和爱我的人存在。我信心十足地等待着那份真爱。希望与爱我和我爱的人，能在这里相遇，相识，相知，相爱，并时刻准备着与你携手浪迹天涯。”

这是洋子的内心独白。没有国际界线的。她也真的做好了准备，想早一天离开日本——这块她很不情愿离去的伤心地。

三十八岁的洋子横下心来，准备着跟相爱的男人浪迹天涯，就如同告别过去的人生。也包含了她内心很复杂的感情。背井离乡的往事，曾经在洋子的心中打下了深深的烙印。细数起来，如果这次征婚成功，洋子要独闯天涯的话，这该是她的第二次背井离乡了。

啊，背井离乡，二十年后的今天，只要想想那场面，洋子依旧记忆犹新，历历在目。

这恐怕要要从洋子的身世说起，洋子的爸爸是第二次世界大战后的孤儿。1945 年，日本战败投降，他作为随军从医的父母，把仅三个月大的他扔在了中国。是中国的一对善良的老人将他养大。老人无儿无女，把洋子的爸爸视为已出，不但养大了他，还让他受到了高等教育。并为他一直保留着洋子亲生祖父母自杀前留下来的遗物。正是这些遗物，帮助他们全家日后得以顺利地返回日本。

这要算作是他们家的第一次背井离乡吧。虽说洋子一家是为寻根而归，当年已经开始记事的洋子，还是牢牢地记住了父母当年的不易。洋子幼小的心灵里，悄悄地把一家人来日后的生存状态给记录了下来。坦白地说，日本的生活，当年远比中国好。这也是不争的事实。然而，财富不仅仅是物资的，同时也是精神的。拥有精神的财富，才会给家人带来更大的快乐。父母来时年龄已大，他们没有语言，没有钱财，甚至连朋友也没有。受过高等教育的双亲，不但要跟她们一样，像幼儿园的孩子们一样重学语言，还要从脑力劳动者突然间变回到体力劳动者。在严峻的现实面前，他们一家人，曾经历过很多磨难。日本人赞赏坚强，不欣赏眼泪。生性倔强的洋子一家，偏要活出个样儿来，让身边的人瞧瞧。

有时侯，看着有些失落感的家人，洋子的爸爸常说："只要全家人在一起，什么样的生活方式都可以，什么样的苦都能吃，只是让你们跟着我吃苦了。咱们咬咬牙也就过去了。"就像妈妈当年经常自嘲的那样："这里是天堂吗？我怎么总有种感觉：咱们艰苦奋斗几十年，现在一夜间又回到了解放前呀！"

平心而论，全家人一起回归日本，让多少熟悉他们家的朋友心生羡慕啊！让洋子一家得到了崭新的生活，同时也毁掉了过去曾拥有过的一切。也许人生就是这样：有得就会有失。幸福地生活在孤独中，有时也会大打折扣的。

这是洋子一家的生活的转折点，也是她们一家的隐私。她不太愿意轻易地向别人提起这段往事。一提起它，洋子的心里不知为什么，就好似有什么东西被触碰了一样，会隐隐作痛，会隐隐滴血。是爸爸的不幸？是祖父母的惨死？还是有什么阴影永远地投在了她心里？洋子啊洋子，这个多愁善感的姑娘，她只想在初来日本的往事中，牢记住自己的父母是最棒的。最好的父母，就是活得精彩向上的父母。洋子认为自己的父母亲真的做到了。她很感激他们。

她不想由于她的征婚，而无休止地回答那些疑问："你是日本人，怎么会说汉语？""你是移民去的日本吗？""你真是日本人吗？怎么感觉不对呢？"洋子最烦的就是这些平庸的对话啦。我是真日本人，假日本人，跟你有半毛钱的关系吗？她想起这句中国眼下的流行语就笑了。什么意思她也弄不明白。她不愿去想，想想她都会觉得累。但她不愿意撕开伤口，向别人展示。"他们有什么权力要求我？"一到这时候，洋子就会愤愤不平地对着空气说。

日本人从来不会刨根问底地对别人的私事感兴趣的。这是文明礼貌问题。他们不会犯那么幼稚的错误。即便是夫妻，心里不想说的，也要尊重对方的选择。只能是默默地观察，等待对方。

自从来到家园网站，洋子就给她的网页起了个亲切的昵称：《我的小菜园》。她早上醒来时，晚上睡觉前，都会来到她的菜园里转一转，洋子友好地接待着每一位到访的客人。偏偏有些人，和她稍稍有些熟后，就会对她轻车熟路驾驭汉字的水平产生怀疑。由此开始怀疑她的国籍，她的人品，甚至能联想到，洋子那美丽的照片，也肯定是盗用哪位明星的，继而就会无休止地对她们一家的过去刨根问底。

"你的汉语怎么会说得这么好？你真的是日本人吗？"难道

日本人就不能说好汉语？这也要怀疑。洋子不由得来了气。

“你说你在日本，能给我打个电话过来吗？”想得美，洋子暗骂，你凭什么，要我给你打电话？对方想用这一招来判断她的所在地。洋子明白。

“美女，我尊重日本这个民族，而我更喜欢日本女人，如果这辈子能娶个日本媳妇那太幸福了。……”每到这时候也没有“愤青”了，真丢人，什么阶段仇，民族恨，全抛到脑后去了。洋子就奇了怪了，心里不禁产生一种莫名的鄙视。“美女，你真的是日本人吗？日本女人在世界上出名地让人羡慕啊！”被夸奖，也让洋子感到做作和莫名其妙，这都是哪儿和哪儿呀，连面还没有见过一次呢，你羡慕的是什么呢？洋子想，其实，哪国都有好人，哪国也都有坏人，不该以国度论好坏，她这时就会坏坏地想：我要是个瘸子，你还羡慕，还敢要吗？

中国人虽然嘴喊，不忘日本侵略的历史，可是，大部分中国人早把那段血债忘记了。想到“家园”上来讨个日本老婆，无非是为了满足一下中国人脆弱的自尊心罢了。嘴上骂着，胳膊上挎着，这是大多数浅薄男人的心理状态。洋子早就看透了。也由此而对那些阿谀奉承的人心生鄙夷。

“……能不能有一夜情？你怎么看？我能去，我去过东京的……”恶心！洋子心里狠狠地骂一句，迫不及待地把对方给拉黑了。都是些什么人啊！真是鸡鸣狗盗，五花八门。有些人，以为在网上这个看不见、摸不着、逮不住的地方就可以大放厥词，大耍流氓了。真是三句话不离本行，仅仅几句话下来，就让洋子马上能判断出对方的水平。

无独有偶，一位来自昆明的老兄，更是直截了当，你来我往还不到两个来回，就拍板定音：“我春节去东京，给你买套房子。”

洋子惊恐：“你是干什么的？”

“做工程的。别说一套房子，三套都没问题。我前边那几位情人，我和她们分手时，每人都给了她们一套房子……”洋子听他口若悬河地胡说，心里头就想：这人可真能吹，不是贪污犯，就肯定是个暴发户，要不就是诈骗犯。见洋子不理睬他，他就把大哭的画面发了过来。

“你怎么又哭上了？”

“你得哄哄我才行。”恶心，四十好几的大男人了，还到我这儿来撒上娇了，真是洋相出尽了。洋子耐着性子反问：“我怎么哄你啊？”

对方略迟疑了片刻，回写道：“你用你身上的两样东西哄我好了。”

真不害羞。急中生智的洋子马上写道：“我跟你一样，我也是个男的，身上的零件也是跟你一样的，我拿什么哄你啊？”

这下，对方彻底哑巴了，良久才狠狠地回击道：“变态！”洋子心里这个笑啊，也不知道谁变态！反正经过这次较量，他再不敢来找洋子了。

都说中国人害羞，不是个善于把爱挂在嘴边的国家，感情表达羞涩，含蓄。曾几何时，这新一代人竟变得如此猖狂，好像不谈性，不兴奋，不提性，就要落伍了一样。身处日本的洋子感觉，日本的同龄人和中国的相比，还真是小巫见大巫了。日本的年轻人还没达到那么疯狂和放肆。简直一个赤裸裸，根本不懂得什么是含蓄美。

可是洋子明明记得，她只打开了那些从国外发给她的信啊！信上地址都注明了啊——纽约、英国、德国、澳大利亚、加拿大，或者是海外其他地方。怎么接触起来，感觉对方就像孙悟空一样，一个跟头，竟然翻了十万八千里，直接翻回了中国内地了呢。真是快到传奇！

当传统遭遇现实时，洋子从不是乖乖地被动接受。她会毫不留情面地奋起抗争：“请你诚实地告诉我，你现在在哪里？”

“我在深圳。”

“在北京。”

“在香港。”

“在新加坡。”

“巴黎。”

……

答案是五花八门。而且个个是理直气壮，面不改色心不跳。这说谎话的本事，真是叫人服了。无论对方在哪里，一根筋的洋子都要不依不饶地追问到底。她不说谎，也最讨厌说谎的人，这会让她突然间想起小时候回中国时，因不会说谎而被别人嘲笑的往事。

爱之深，恨之切呀！

“我不明白，你明明在中国，为什么要写美国呢？”

“噢，我出差去华盛顿，在那里上的家园网啊。”

“不为什么，我喜欢巴黎，所以就填写了法国呀。”

……

一副无赖的嘴脸！想从他那里学到点什么，真是做梦！这种人，有时对自己的作为还浑然不觉，竟敢来质问洋子：“我说日本美女，你为什么这么冷酷？为什么不给我回信？为什么这么保守？不是说日本的女人很开放吗？”

对这种人不予理睬、嗤之以鼻，就是最好的回击。

多么牵强的解释，多么强盗的逻辑。就因为你去过华盛顿，就因为你看见过奥巴马乘坐的飞驰而过的轿车，难道就能说自己是美国总统了？！洋子无话可说，和这样的人对话，只感到：心跳加快，双颊燥热。她为他们感到可耻。怎么能和这种无赖一般的人聊下去？！她开始怀疑：美好的爱情在哪里？要么得不到，要么全死掉！难道这就是网恋？赤裸裸的神秘，一点都不美呀！

这个时候的洋子，她还没有完全走进家园。她带着很深的戒备和防范心理，站在边缘处冷静地观望着来到她这片小菜园的每一位求婚者。终于有一天，一位儒雅的人士走进了洋子的菜园。他很得体地脱帽问安。这位穿戴得体的绅士没有直奔婚姻话题，而是从日本的文化侃侃而谈。他身上有着一种成熟、成功男人独特的吸引力。他告诉洋子，他在香港的金融界工作。轻描淡写地提到了他的房和车。这叫洋子对他很快就产生了一种亲切感。这个人，让洋子感到，他收放自如，刚柔并济。他们聊得很融洽，接下来就进入了实际性的问题，他们开始谈各自曾经有过的婚姻，各自的工作和家庭，直到这个时候，洋子才知道，原来他还有个十五岁的女儿。

洋子听到这里，心不由得一点点地往下一沉。这是在洋子的征婚计划里所不能接受的条件。那时的她，还没有做好要去给别人当后妈的心理准备。她一想到这个问题，心里就会充满无名的委屈。自己才多大呀，就要去给一个不相不识的人做妈妈，听着都有搞笑的味道。更何况，洋子将来还打算生下自己的孩子。她很想在这个世界上留下自己生存过的痕迹。洋子不想找麻烦，更不想当后妈。后妈可不是好当的。她理智地拒绝了这位她所看好的绅士。他们选择平静地告别。

后来，他去了新加坡，在那里他又多次来信，他们不再谈及婚姻，而是像老朋友一样嘘寒问暖。他对洋子说，他有好多年没有得到过来自异性的关爱了。他很感激洋子的温柔体贴。

洋子当然明白对方话里的含义。俗话说，长痛不如短痛。既然成不了，就终有一别。她无情地阻断了他的一切通道。

从那以后，凡是来到洋子小菜园的，洋子都会接受上次的教训，首先，她要向对方提出这个问题。即便对方骂她急功近利，抑或更难听的话，她都不怕，她怕的是若是不问，会给他们彼此带来更大的伤害。

然而，随着一个人的出现，洋子还是身不由己地改变了初衷。

三　香港帅哥

现在，洋子早上醒来要办的第一件事，就是走进她的小菜园看看，转转。这个让她牵肠挂肚的，又爱又恨的网络世界，有时确实会给人带来些意想不到的惊喜。经过了一夜时间的积蓄，有很多信在默默地等待着她。这时的洋子会像个好奇的女孩子一样，迫不及待地想打开那一封封淡兰色的标签。就像当年的圣诞节前夕，要迫不及待地打开圣诞老人的礼物一样。只要一打开，世界就会在瞬间变得如此之近，甚至在几分钟的时间里，就会让人产生走遍了整个世界的感觉。见到了五大洲的朋友和兄弟。这种特殊的新奇感，是过去从未体验过的。这也是这个时代的新产物。作为能体会到这一切的现代人，她很满足和欣慰。

在众多的追求者中，必须学会判断，哪个人可以交往，哪个人要把他淘汰掉。选择和谁交往，不和谁交往，洋子在快速的判断和选择中，一一地做着必要的答复和处理。

洋子是个有着极严格生活规律的女人。她每天早上都有晨练的习惯。已经有好多年了。她家住在皇宫对面，有着得天独厚的优势，她每天早上都要坚持快走，围绕着皇宫走两圈，两圈算下来，也有八公里。几年下来，她不但养成了好习惯，也感谢上帝和皇宫，她有了一个强健的身体。日本是个相当安全的国家，犯罪率在全世界也属最低的。尤其是在皇宫周围，警察遍布，所以无论早和晚，来这里都不必担心和害怕。

当家人为她的安全担心时，洋子就会把头一偏，很调皮地回爸爸妈妈一句："皇宫外有那么多警察为我站岗，我不利用，不也是浪费吗？"

洋子运动回来，匆匆地洗了个澡。她穿上真丝睡衣，光滑的玉体，瞬间感到了蚕丝的温柔。丝的柔滑，加上浴液的淡香，让她有了一种身心的快感。久违了的感觉，让她找回了自己。过去，洋子多半是为别人活的，她很少会想到自己。到头来也不过如此。苦难让她变得更坚强，更豁达。现在，她在学着做一个懂得娇宠自己的女人。这是女人的端庄，也是女人的自重，无论有无倾城之貌，都能焕发出夺人的光彩。只要自己不轻看自己，别人也就不会轻亵你。要知道，女人不是为男人而生的，也是为自己而生的。只要自己懂得欣赏自己，自己爱惜自己，妩媚的姿态才能悦人亦悦己。她忘了，是谁也曾经说过类似的话了。她会常常想起那句话："士为知己者死，女为悦己者容。"但如今，洋子经常是自我欣赏，自我陶醉了。而且，还很享受。

就在洋子走近电脑的一瞬，她的目光被一条提示所吸引：

零零一，正在浏览您的个人资料，缘分就在一瞬间，赶快看看 TA 的资料，好就别错过哦。邀请 TA 聊天，查看 TA 的资料。

洋子清楚地记得，出去运动前刚刚回绝了这个人。他怎么又来了？

出于好信儿，洋子又一次打开了零零一的个人资料，是的，正是这个人呀。洋子不假思索地再次回绝了他："谢谢你的来信，可是，我还是感觉和你不合适，我比你大五岁懂吗？五岁意味着什么？……"

信，发出去还不到五分钟，洋子的早餐还没准备完毕，零零一的信又来了。"我是十分认真的，我一向认为，年龄不是问题。没有想到，你在国外，思想还这样陈旧。"

什么叫激将法？零零一的这一招确实凑效。一时间，天真的洋子被对方的激将法给击中了。

洋子这才不得不认真地细细打量起这个人。的确是个不错的小伙。这么一个帅小伙，他干吗非要找我呢？洋子半信半疑：这个零零一会有如此认真的动机？从照片上看，这不就一明星吗。

经过一番较量后，洋子牢记住了零零一那张亲切的，带着孩子稚气的，阳光大男孩的面庞。

接下来的日子，洋子照样上班下班，有条不紊地制做她的节目。电视台的人，至今也无人知道她离了婚。说到底，日本人都有压力，没有一个活得轻松。日本人的天性如此：事不关已，高高挂起。对人，对事，看得较淡漠和透彻。

洋子这边刚刚放缓脚步，零零一那里就展开了马不停蹄的攻势。

每天的同一时刻都会送来甜言蜜语的慰问，阳光一样的微笑，还有屏幕上盛开的鲜花。嗯，说句心里话，真养眼，真诱人啊！洋子还没有经历过这么猛烈的追求。她还真有点很享受地飘飘然起来。

洋子由最初的不习惯到习惯。渐渐地，她发现自己很依赖了。聪明的她，竟一时忘记了，对方只不过是使用了一个语言技巧。她还天真地以为，这回是上天眷顾了她。

如今的洋子毫不怀疑零零一的真诚了。

洋子很爽快地把自己 QQ 号给了对方。

第二天早上运动回来，洋子就收到了这样的照片：英俊的小伙，双臂捧着满怀盛开的鲜花，矜持地冲着洋子微笑。

洋子不由得也笑了起来："真年轻啊！"她的脸上露出了神往："如果是真的，万一错过了，又到哪里去寻得到一个如此出色的人呢？"

她顿了顿，右手的食指在空中划了个圈，往电脑上一点，自言自语："就是他了。"

从那天起，她们之间的距离一下子就拉近了。

从此，QQ空间便成了他们两个人的宴席。从各自介绍家庭开始，然后是各自的工作，还是那套程序，带着不同的心情和不同的人谈起来，就会产生不同的效果。有时，看不到他的信，洋子会心乱如麻。听到他的甜言蜜语，洋子又会兴奋得像个孩子。

“年龄不是问题，距离也不是问题，只要两个人能和得来。”

洋子闻此感慨：“那什么才是横在我们俩之间的问题呢？”她边说，边在心里做出自己的判断，郑重地提醒道：“我是离婚的，而你是未婚。我看你还是和家里人商量一下再说吧。”

“没有那个必要，我的事情我做主。再说，我昨晚已经往台湾打了电话，我爸妈很高兴，他们要我带你回家呢。”

洋子心想：别看他年纪不大，办起事来还真是有鼻子有眼的。她这样心想着，又不由得扫一眼零零一的照片。无论从哪个角度看，都是一张近乎完美的脸。再从他的字里行间分析，小小年纪的他，不但神情淡然，语气也透着淡然。不愧为一个出生在台湾高级知识分子家庭的孩子。洋子去过台湾，台湾人的朴实无华，给她留下了很好的印象，远比大陆和香港好。她那时就产生了“爱屋及乌”的心理效应。久而久之，洋子虽有些神往，她还是在内心不断地告戒自己：一定要慎之又慎。这里毕竟是虚拟的网络世界啊！

“我很喜欢日本，也喜欢日本人和日本菜。”洋子明显地感到对方似乎停顿了一下，然后又快速地写道：“我会安排时间早日去东京看你的。因为你是我的真爱。”

这下，反而让洋子感到不好意思了。她被零零一的诚恳周到打动了。反而在心里暗暗地指责起自己来：自己过于敏感了。洋子曾想过，凡是冲着她国籍来的，她都一律不要。而对方，一再表明他在香港和台湾都置下了房产。他们将来可以选择任意的地方生活。就在这同时，零零一还毫不犹豫地报出了香港自家的门牌号。

还未等洋子反应过来，他又快速地打过来一句话，“不好意思，那是我家的地址。你看，我一急，就把它写给了你。这次你总该相信我的诚意了吧？我的家，也就是你的家。我愿意在这个家里，和你一起过我们想要的生活。”

洋子看着，思考着，并快速地抄记下香港的地址。

她后来暗暗地查过，果真找到了那栋精致的楼房。

坦荡的洋子，事后还是觉得自己是以小人之心度君子之腹了。还不好意思地向他赔礼道歉过。零零听后，“哈哈哈，”开怀大笑，大度地说，“没有关系，没有关系。一个女人提高警惕是对的，你不要往心里去。以后你就是这里的女主人了，你可以随时来住。”

这一次，洋子是真正被他态度中的诚恳周到打动了。她被感动得眼睛阵阵发热。其实，洋子是不会去香港的，她很传统，在没有确定关系前，她不会只身前往去看任何一位陌生的男性。没办法，无论多么坚强的女人，也摆脱不了宿命。她还是很容易被感动的。一个细微的动作，几句美妙动听的安慰，往往就会打动一个女人的心。

他们在 QQ 空间相互问长问短，异常关切地进行了一周后，洋子隐隐约约感觉到一点点不对头。例如，这之前，零零一就会偶尔有意无意地和她提到，他准备和朋友一起办一个公司。

“你怎么看？”

洋子先是愣了一下，然后实话实说：“这个我不懂，不知你要办哪方面的？”

“手表方面的。”

洋子略加思索道：“你的朋友可靠吗？你了解这个行业吗？”

“我不是太懂，可我的朋友懂，我很信任他的。”

洋子听罢，不由得一阵紧张，不明白这温柔询问的背后意味着什么，也不知道他到底是不是想耍什么花招的前奏？按常规，刚刚才相识几天的朋友，是很忌讳在这里谈论这个问题的。这个触及到钱和利益的敏感话题会给双方带来不便的。

别看零零一年轻，接触下来才知道，他很懂女人，他很懂女人的心。他细腻周到的问寒问暖，关心也是真诚到位的。他会每天看东京的天气预报，并随时提醒洋子要注意加减衣服。

两周以后，他们越聊越深，聊到最后，他们不可避免地聊到了投资上。

零零一先是很神秘地向洋子介绍，由于他是公司的主管，掌握了公司的机密，现在公司要发彩票赌注。他不好出头，为了他们今后的生活，要洋子买下。

以前，意识里的，潜意识里的，洋子纵然有千般疑惑，万般疑点，她也是没有丝毫的证据。现在对方终于要现形了。洋子先是心一沉，眼一黑，告诫自己：一定要耐住性子，看看他如何表演下去。

美好的心绪瞬间荡然无存。

洋子在沉默地等待着：是福不是祸，是祸躲不过。

“亲爱的，我这可是为了咱们以后的生活呀，你知道弄到这指标也是很难的。”

“可以呀，你自己在那里买吧。”洋子已猜出了八九不离十，就故意轻描淡写地这样说。

零零一突然显得不耐烦起来：“亲爱的，我跟你说了半天，你怎么还不明白呀？我不能！再说，我的钱都跟朋友投资了，前几天不是跟你说过吗？我这个月连还房贷的钱都没有了，要不然，我就去东京看你了。”

零零一犯了大忌，他忘了：谎话是不能重复的。谎言也是要付出代价的。

洋子悄然一笑，一个主意蹦了出来："我不想发财，但我可以帮你，你要我做什么？"

"我现在把表格寄给你，你快填上。"

瞬间，表格清晰可见地呈现在电脑上，洋子根本无心细细浏览。只是大致扫了一眼姓名、性别、护照号码、开户银行、账号。

洋子冷笑一下，今天本来不错的心情一下子荡然无存。别说她是编导，再傻的人看后，恐怕也能明白这里的奥妙。她不愠不怒，杀伤力极大地写道："快收起你的这套骗术吧，对此，我见得多了去了。"

零零一立马失去了往日的矜持，他显得有些暴躁。"我没有想到，你居然会这样想我！我完全是为了咱们将来的生活！你冤枉了我，你一定要帮帮我！只有你才能帮我的！"

越说越不像话了，洋子因为受到欺骗，心中禁不住一阵怀疑，一阵刻薄："告诉我，你到底是什么人？你想要干什么？你简直是无耻嘛！怎么突然间恼羞成怒了！你如果不是骗子，就简直是令人费解！"

洋子心里的震惊无以言表。消了那画面后，她还是愣愣地默默地坐在电脑前，脑子里一片空白，只有一个心绪缠绕在她心头：我招谁若谁了？为什么让我碰到这种人？都说网上骗子多，今天还真让我碰上了。怪不得，爸爸常说，"在网上说话，就等于和空气说话一样。"看来，爸爸还说轻了，今天真让自己遇上了。真倒霉！

这个小插曲，先是刺激了她，后来也给她提供了教训。同时，洋子此后变得很多疑，也和这个经历有关。

没有在中国锤炼过的洋子，不知道原来骗子是无处不在的。好长一段时间，她只觉得恶心，很恶心。很久，她都回不过神来。

骗子，骗子，跟她的世界本来是八竿子打不着的事，怎么就会出现在自己的世界里！？

她纳闷！她不解！她愤怒！

四 走在国籍的边缘

由于零零一的出现，洋子不但冷落了她的小菜园，也冷落了很多来菜园到访的客人。

有好多天，洋子都是失神地看着眼前的电脑屏幕那个阳光帅气的大男孩，在她的脑海里挥之不去。她无法把他和骗子联系到一起。她真希望这是一场误会。她心里叹口气，也许自己想歪了？洋子设想出种种误会了对方的理由。

春日融融，东京的四月，被樱花的淡粉色的海洋所淹没。樱花散发出来的独特的清香，沁人心脾。洋子站在盛开着鲜花的樱树下，她微闭起双目，扬起头来，深深地呼吸着。不知不觉中，她的眼里已渐渐地蓄满了泪水。即景生情，她突然想起了从前，想起她随父母亲来到日本的第一个春天。日子怎么会过得这么快？只不过是一眨眼的工夫。她曾是一个快活的女孩儿，和妹妹在飘落的樱花中追逐着，后来她们都上了大学，毕业后，她们有了令人羡慕的工作，再后来，她们姐妹二人相继结婚。再再后来，妹妹有了孩子，而后她又离了婚。

正在洋子胡思乱想的时候，“洋子！”一声轻柔的呼唤，把洋子牵回到现时中来。

原来是新闻部的中村。她笑眯眯 ，又神兮兮地道：“今晚咱们去六本木喝酒啊？”

洋子愣了愣，若有所思：“六本木？去那里喝什么酒啊？”

“看看，这你就不懂了，”中村急迅地环视一下四周，神秘地道：“去那喝酒的全是老外。”中村意味深长地咯咯地笑着，“你不想认识个老外吗？去那里练练英语也好啊！”

洋子冲中村调皮地眨眨眼，若有所思地歪着头："今晚去吗？今晚上恐怕不行。下一次拜托你了。"她隐约地猜到了中村的话中之意。

这就是日本，这就是日本人的礼节，从不把话说死，说绝。明明不愿意，也要给对方留个台阶下。洋子基于这样的考虑，她婉言谢绝了中村的邀请。她才不会去那种地方呢。来东京二十年了，还是和这个灯红酒绿的大都市有着相隔万里的感觉。不会喝酒，不喜欢应酬。洋子知道，这样不可以。但，洋子改变不了自己，因为从小接受的是大家闺秀式教育，也说服不了自己的心，只好在心里狠狠地骂自己一声"老土"，默默地叹了口气。

电视台的大楼里，安静得很。洋子和中村不再说话，而是并肩而立，笑吟吟地跨进了电梯。当电梯到达她们那层时，两个女人静悄悄地走出，沿着静谧的走廊前行，到拐角处时，她们才无言地笑笑，挥手道别，闪身进了各自的编辑室。

这周，洋子有个选题节目，她要制作一期特别的发人深思的节目：日本孩子和中国孩子有什么不同？

前些日子，当洋子把选题报上去后，部长很感兴趣，还特意找她说，你的思路很好，你又是个中国通，看看能不能再拓宽一点思路？看着部长张张合合的嘴，洋子心里不由得笑道：真能捧人，会两句中国话，我现在又成中国通了。但，洋子面子上表现出来的则是典型日本知识女性的谦和，她用柔弱，尊敬，而又智慧的眼神望着部长。多年的培训，她已经习惯了这种姿态。

洋子开始侃侃而谈，她说，如果可能，她将准备做一个系列节目：从孩子们谈起，然后，延伸到日本的男人，而后是日本的女人及日本的家庭。

部长听后，忙摆摆手，起身出去，洋子正在莫名其妙之时，副部长跟着部长走进来。"来，高桥，快坐下来，听听洋子的思路。”

机会总是在等待着有准备的人。这句话，现在用在洋子身上是再恰当不过了。她清楚，她将要走运了。

洋子从日本的一杯牛奶壮大一个民族开始，谈到了两国孩子的不同，当问到孩子们的理想时，中国孩子们的理想往往是一致的相同：当科学家，当领导，当眼下时髦的企业家……总之，给人以各个是神童，各个是前途无量的感觉。而当问起日本孩子们的理想时，就显得他们很现实。他们会很实际地说，将来长大了，要开一个饭店，或者，说他想种地。还有的会说，什么也不干，就去收养那些流浪狗。这样的理想，在日本虽然是很普遍存在的，但在中国是会遭到耻笑的。从小就能看出来，中国孩子们的远大报复，以及日本人的切合实际。从小时候起，两国的生存观念就有着天壤之别。

两个部长听罢，交换一下目光：这倒是很新鲜。他们迫不及待地问：“再说说男人和女人吧。关于这方面，你有什么独到的见解吗？”

洋子见部长们听得目不转睛，她笑笑，沉默一下，感觉时机到了。于是，就把她在心中孕育良久的想法不慌不忙，慢慢地讲了起来：洋子的话题是从女人开始的。

日本的女人比中国女人温柔。她们很体贴男人。但是，她们的生活往往比中国女人悠闲。洋子欲言又止她不知道，有些话能不能直截了当地说出来。在这里说出来是否恰当？她很想沿着自己的思路说下去，说着说着，她就会感觉这并不是她的初衷，不是她心中想表达的意思。好像有那么一点迎合与讨好。

说到底，洋子还是有些顾虑的。有时候，她感到，自己就像是一个边缘人，不知该倾向哪一方。是的，她的思绪很复杂，往往带着爱恨交加的心情，看两个都给予过自己恩惠的国家。两个基本观点又完全不同的民族。除去前边提到的优缺点以外，中国人自私自利而日本人克己奉公守法；中国人到一起会互相拆台而日本人则精诚团结；中国人健忘而日本人执着。坦诚地说，日本人的确有很多缺点和问题，如果从另一个角度来看待日本，他又是一个谦虚好学，不断进取，克己奉公，团结顽强，忍耐执着的民族。

如果实话实说，中国女人很强，有些不讲道理，不懂得礼节。就会被谴责，会平白无故地被带上汉奸走狗的帽子。如果说日本女人比较冷酷,她们又会要洋子举列说明。其言外之意不言自明。洋子常常是左右为难。

再说日本男人，个个着装得体，个个像绅士。就连手提的公文包，以及他们屁兜上一律露出来的钱夹，都在显示着男人的自信。是呀，日本很少有小偷。他们有理由，有资格自信。可是，又有谁知道他们内心所承受的压力？他们不敢掉以轻心，只能一丝不苟地工作。唯一能缓解他们压力的地方，就是居酒屋和斯那谷。他们其实很可怜。没有中国男人的洒脱，更不敢任性地花天酒地，他们的一生都在为保住自己的饭碗而拼命地工作着。只要有个稳定的工作，大家的生活水平都会相差无已。日本的穷人不会被饿死。富人需要向政府交纳很多的税金才行。他们很少抱怨，只认准要勤勤恳垦地工作，没有人会斤斤计较，认为自己干多了会吃亏。

说到日中家庭，悬殊更大。中国女人，是一个比一个能干，家家是皇宫般的豪华，整洁。只管自扫门前雪，不管他人瓦上霜。做得非常到位，也充分体现了自私自利的精神。

而日本的家，往往由于窄小而显得很零乱。房间里再乱，她们也是不会让门前有碍观瞻的。花、草会有序地排列整齐。她们奉行的是：不给外人添麻烦。由于自己的不当而影响了别人，这是耻辱。

还有日本的孩子们，到了二十岁就会自动搬离。家长再和孩子们一起出去旅行，相互之间分分角角都要算清。他们不会觉得这是分生，而是觉得再正常不过了。而中国人，孩子和家长之间的相互依赖关系是生生死死都联系在一起的。反之，则是有悖常理。所以，中国就产生了“啃老族”这一说。

洋子试探着谈了以上的观点后，不由得有些紧张，她看着儒雅的部长，等待他的回应。

部长眨巴着眼睛，目视着高桥：“我看从明天开始，你就和洋子一起去抓这个选题，怎么样？”

部长就这样一锤定音了。

说起工作来，洋子头头是道，如数家珍。而在感情方面，她则是个感情很简单的女孩子。同时，也是个快意恩仇的人。在电视台，她整天是飘飘洒洒，回到家，想起被那个毛头小骗子耍了十来天，她就满心地懊悔。

洋子懒洋洋地坐在电脑前，她都有一个星期没有开电脑了。她对这个佳缘产生了抵触情绪。莫名其妙，都是些什么人啊？她斜身给自己倒了杯咖啡，随手抓了几颗开心果，就算是她的晚餐了。这时，妈妈打来电话，询问她的情况。洋子显得有些发烦，她不想把骗子的事儿说给妈妈，让她再多一份担心。只好随口应付着：“好，好，我亲爱的妈妈，我这就遵命打开电脑，好不好？……”

妈妈看女儿肯顺着自己的思路走了，也就不再啰唆，而是知趣地放下了电话。妈妈可不是个糊涂老人，她懂得女儿此时的心，最大的安慰就是少说话。沉默往往比语言还要能打动人。

洋子话虽那样说，心里很清楚，成年以后，父母给是情分，不给是本分。她无权向父母索取，连发泄不满都是过分的。洋子自语："看看吧！唉，我真是对你失去了信心哪。"

哇，不看不知道，一看吓一跳。

洋子的小菜园里真是宾客满堂呀。

洋子见此感慨：是不是冷落了这些无辜者？她的义愤填膺渐渐地在隐退，随即在消失下去。不择手段的人毕竟是少数，好人还是多数的。她这样安慰着自己。便随手打开了两封来信。

两封来信的人都是未婚者。年龄和洋子大致相同。一封来自加拿大，另一封来自澳大利亚。

"一个人的日子，享尽了那份孤独和寂寞，也享尽了那份长长的思念，亲人的温暖，朋友的温暖，还是期待你的手心，有了你，我才能安心幸福地一路走下去。"

"其实，你喜欢一个人，就像喜欢富士山。你可以看到它，但是不能搬走它。你有什么方法可以移动一座富士山呢？回答是，你自己走过去。爱情也是如此。"

面对着这样的两段表白，面对着这样的透彻，洋子不禁很想笑，每一位来这里的异性，都会竭尽全力用尽世界上最好、最美、最动听的语言，来吸引对方的注意，来博得对方的好感。谁都不能免俗的套路，会让洋子无端地想起动物来。往往雄性动物在向雌性动物求爱时，就会使用这样的方法和技能。谈恋爱，爱别人，难道都要把自己爱到尘埃里去吗？洋子想，相爱的双方，如果彼此能给予温暖，彼此能够信任，就会有情调地走下去。在传递爱的方式上，在爱的表演上，真说不上到底是人聪明，还是动物更聪明！

洋子给这两位异性回了信。一位是医生，一位是律师。她选择他们，似乎更多的是因为喜欢他们的职业。这要感谢中国伟大的理想主义教育。从小出生在中国的洋子，上小学时接受的就是：要做一个高尚的人，要做一个伟大的人，要做一个对社会主义有贡献的人。好像职位越好，越高，这人就越伟大，越了不起一样。她曾经是那么想要当医生和律师。只是这些梦想又在成长中的日本的教育中发生了动摇和变化。她从飘飘然中又落到了坚硬的陆地上，一个现实平等的世界，把她够不着的脆弱得不堪一击的理想瞬间击毁了。

然而，多少年之后，只要打开洋子封存的内心世界，就依旧会找到那走过的生命的痕迹，教育留下的印迹。想轻轻地一擦就擦掉，是不可能的。

洋子又随手点了几封来信，多半是丧偶的，或者是离婚的。凡是跟洋子年龄相仿的男性，大多都有了孩子，一般孩子在十岁左右，前来征婚的丧偶者,往往都会怀抱着孩子，在冲着她傻笑。

这时的洋子，总是不忍心再看下去，不忍心看那一张张孩子的脸，天真中透着淡淡的忧伤。她会无端地联想到，对方有一种在叫卖自己和叫卖孩子的嫌疑和无奈。她有些困惑，有些不忍，爱，是不可以博爱的，爱，是排他的。她不能给予他们爱，干吗要冷酷地观赏他们的伤疤呢？！

洋子的软弱，洋子的通达，洋子的体谅，洋子的多情，让她不得不马上逃离那场面。

洋子知道，可怜是需要资本和力量的。她，有一颗柔弱的心。但，她没有可怜、同情别人的资本和力量。既然不能为他们做什么，又何必打扰他们呢？

五　享尽寂寞与孤独

律师，是澳籍的华人。单从照片上看，五官端正的他略显羞涩。他不善言辞，总是问一句回一句。洋子跟他说话的时候就暗想：他怎么和侃侃而谈的律师一点也对不上号呢？这么木讷的人，真无法想象他怎样去主动地进行工作？两个人在“家园”里相遇，而且，又是他先给洋子发来了示爱信，这不是清清楚楚表明了双方来这里的目的嘛，干吗又会如此反常？洋子虽有些不解，又不好直说。这时，洋子的工作性质派上了用场。多年当记者的经验告诉她，该用什么样的谈话方式和这类人沟通。她耐着性子，循循善诱：“澳大利亚的生活，比起你的家乡来怎么样？家乡还有谁？你去那里多少年了？已经习惯了吧？……”

那老兄可好，有时是问一句，说一句，有时是所答非所问。他总是忧心忡忡的样子，跟他说话，不是有没有乐趣的问题，而是很累很累。在等待他回答的漫长过程中，听的兴趣就会一点点地消失掉。真的很没劲！

洋子遇见他，就在心里叹口气，不禁想起这句话来：在这个世界上，一个人一生中能遇到几个值得你去爱的人？所以遇到了就要好好珍惜，别等到秋天时才说春风已吹过，别等到告别时才说曾真的爱过！

善良的洋子总是本着这种心态，和对面那个木讷的人有一句、没一句地笔谈着。

他说，他叫方辽，是土生土长的香港人。由于香港的生活压力太大，多年前，他移民来到了澳大利亚。他没了父母亲，又是家里的独生子。因此，他如今在这个世界上也就没了亲人。洋子看罢沉吟了。她庆幸：父母亲的健康，就是自己最大的幸福和安慰了。常听人说，活到七十有个家，活到一百有个妈。也许就是这个道理吧。她的心里也对方辽泛起了隐隐的同情心。

谈到这里，洋子倒犯了难，不知道接下来该怎样顺着对方的话说下去了。你总不能说，没了就没了，你要想开点吧？总不能置他人的感受于不顾吧。“你还常回香港吗？”洋子话到嘴边又拐了弯，“你是辩护律师？我对律师很敬重，但，对你的工作不是很了解的。能告诉我你工作的具体内容吗？我这问话是不是有些失礼呀？”

“没什么，我是做刑事法庭的。”

噢，好威武的工作，好像这工作怎么都无法和眼前略显窝囊的男人联系在一起。真可谓：“人不可貌相，海水不可斗量。刑事法庭，想想就够威武吓人的。洋子自言自语地嘟噜一句：这肉肉的人，真是扎一锥子都不出血的主儿。是他去逮犯人？还是犯人来撞他啊？不敢想象！”

“我曾经很想去当律师的，都错过了机会。看来你学习很不错的。”洋子在耐着性子，继续没话找话。

“也谈不上。就是死记硬背了。”

洋子的脸上露出了神往，这人说起话来，倒给人一种满实在的感觉。“你在哪里读的大学？”她不禁好奇地问。

“北京。”

“北大法学院吗？”

“是的。”

方辽的口气依旧是不卑不亢，依旧是平静如水。这倒让洋子心生好感。北大法学院，只有高才生才能进去的，就被他这样轻描淡写地给一笔带过去了。这个男人一下子在她心里变得不可思议起来，也有了些好感。这说明了过去的他，肯定不是一个碌碌无为的人。

“能进北大的法学院很了不起！那是很多天之骄子梦寐以求的地方呢。”在洋子的潜意识里，还停留在她离开中国前的那个状态中，她不知道中国如今早已发生了天翻地覆的变化。她就像一个被关在冷藏柜里被久冻后的人一样，思想和思维方式都是过去的，都是停留在中国 20 世纪七八十年代中，不晓得中国早已发生了天翻地覆的变化。各个领域都一样，现在在中国，钱才是万能的，花钱是可以进任何名牌大学的。

“我说过了，”方辽强调道，“都是死记硬背的。法律的东西就是这样，现在，法律的记多了，反而生活中的事情都不会处理了。”他又写道，“四十岁了，很想成个家了。”

沉默了片刻之后，洋子端坐着向键盘前移了移，切入主题的会话开始了：“我看了你的介绍，知道你还没有结过婚，不知是什么原因？”

废话！字刚刚敲过去，洋子就有点后悔起来。真多余，我管他为什么不结婚呢？关我什么事？再说了，他就是告诉我，难道就一定说的是真话吗？真幼稚！

“我处过朋友，我们在一起同居过几年。后来，她们家先移民走了，我当时不想离开香港，就选择和她分了手。再说，她们家也好像不太喜欢我。”

洋子好奇地看完他的话，不免忧郁地一笑，心想：这个人看来本质不坏，还是肯讲真话的。会话进行到这里，他们之间最初接触的那种尴尬，那种沉闷，一下子被冲淡了不少。

洋子也想跟他说说自己的情况，“我是离婚的，不知你是否介意？”

“这个我知道。你有孩子吗？”

“没有。”

洋子知道，接下来他们之间将是什么样的对话程序。千篇一律而又有些老套的一问一答。

“能告诉我，你们为什么离的婚吗？”

洋子已经按照这个格式准备好了下文。她飞快地敲打着键盘，“因为他是个同性恋者，因为我想要一个属于我的孩子，因为我不再年轻，因为我不想白活一生一世，因为种种原因。”

她在她想象的世界里极力延长着这种解释。这种不得不作的解释令她生厌。她会很不情愿地想起那个人——她的前夫，一个她想忘记的，令她痛苦沉闷的，生生夺走了她十年青春年华的人。洋子想彻底地遗忘这个人，她不止一次地告诫自己,要重新开始，要在委屈中自得其乐。可是，她根本做不到，只要重新提起婚姻，这个人就像恶魔的影子一样,牢牢地抓住她不放。无论对方是谁，他们都会问到他，提起他！这个本想永远忘记的羽生。

然而，这一次洋子算错了。方辽的提问竟会戛然而止。他不再问下去，好像那过去所发生的一切都和他没有关系一样。他选择了沉默。沉默过后，他换了个话题：“你下班回到家后都做些什么？”

“他倒是很超脱呀！”洋子如释重负般地长叹一口气，右手的食指尖飞快地消掉了刚刚准备好的那一段话。看来是自己多心了。她自责地笑着摇摇头。认为是自己错看了对方。陡然之间，洋子对澳大利亚的方辽产生了信任,产生了一种莫名其妙的好感。

坦白地说，此时此刻的洋子，太需要一个倾诉的对象了。

接下来的日子里，几乎每天的晚上，他们都要在网上聊一小会儿。他们聊得最多的是他们各自的工作，彼此陌生的八竿子打不着的工作。当然，还是洋子唱主角，方辽当听众。不过，他们的聊天时间从不过长，总是控制在一定的时间范围内。一般在十分钟之内，一到了这个点，方辽就会以各种借口离开。“我去冲个澡。”“我明天还有一个会议，我得去准备个文件。”“我现在去吃晚饭。”

无论他们多有兴致，无论他们谈到了兴头上还是忧伤处，都会戛然而止。洋子纳闷，这人有点怪，好像是有悖常理。还是他有什么不方便的？洋子也会莫名其妙地生出疑虑来。

有时候，洋子来晚了，方辽就会给她发过来一个穿着绿衣的小人，他舞动着双臂，在不停地做着要和对方拥抱的动作。只要洋子不出现，他就会一直等待下去。有时，洋子故意不出现，就看那小人无可奈何地原地振臂，洋子看着看着，就会情不自禁地被他逗得前仰后合，发出一连串的出自内心的清脆的笑声。她好久没能这样开怀大笑了。

方辽告诉洋子，他一个人在家的时候，最喜欢干的就是拼图。他能一个人在房间里一待就是一天，有一艘军舰，他已经拼了半年了。在讲述这件事的时候，洋子明显地能体会到他的自豪和满足感。就像一个大男孩儿在向妈妈炫耀着自己的长处一样骄傲和自得其乐。

洋子曾向他提出过，想让他把军舰拍张照片给她看看。

方辽也爽快地答应了。然而，直到今日，他也未能兑现。是他忘了？还是根本就没有这件事？随着时间的推移，已经变得不再重要了。

像方辽这样性格的人，洋子似乎还是第一次遇到。想和他说话的时候，他会半天答不上来一句话。或者，躲得远远的。你不注意时，他又会放出个小哑巴人来，吸引你，诱惑你，默默地一直等下去。真的让人琢磨不透……

终于有一天，方辽主动说：“有件事，我还没有对你说。”看来这件事，他不想说，不想说，到最后，他还是忍不住了。这件事，想必已经折磨他很久了。他再不说，就有种要憋出病来的感觉。

洋子拼住呼吸：“啊——说吧！”

方辽慢慢腾腾地打过来：“前几天，我去了趟新加坡，去见一个也是在网上认识的人，她说要和我一起来澳大利亚的，但辞职前，需要交一笔钱，我就帮她付了。”

看着他敲打过来的文字，洋子有些无语。诚实地说，一个律师怎么也会轻易地犯这种低级的错误！她更不知道此时该怎样安慰和评论这个木讷的男人。也猜不透，他现在为什么要把这件事讲给自己听。

“多少啊？”

“折合成日币，大概有一百万吧。”

洋子帮他吐口闷气：“还不算多，你以后不要给就是了。”洋子也想把自己遭遇骗子的事讲给他，想想，最后还是忍住了，没有说出来。提供不到任何帮助，起不到任何作用的话，就等于是废话。她懂得这个道理。更何况，对方是这样一位连自己都理不清的主了。她咽下了想说的话。

“后来，她又要我帮她交第二笔钱。”

“你帮她也交了？”洋子有些迫不及待地问。

“我没有，后来我们就分手了！这件事，弄得我心里挺不痛快的。至今都不舒服。”

噢，原来如此。那一瞬，他们就这样呆住，没有语言，也没有安慰。洋子心里涌动着一种从未体验过的莫名其妙。对这个人，对这件事。真的很失望，连洋子都知道怎样去识别那些骗子，起码，她还没有愚蠢到白白把钱给人家送过去呀。她越想，越觉得对这个男人太失望，无法想象今后与他在一起的生活的情景。她想到了放弃！

过了好一会儿,洋子才醒悟：该对这个失落的朋友说点什么，说点什么呢？她在挖空心思地想着。

洋子边思索着，边诚恳地写道：“按理，我是局外人，不该插嘴的，大千世界，各种各样的人都有，碰到了，就算买个教训了！你不该为此跟自己过不去，更不该拿别人的错误来惩罚自己。如果你身陷其中不能自拔的话，将是你的灭顶之灾……”从那以后，洋子感到，方辽越来越怪，越来越离谱了。

方辽越来越沉默了。孤僻冷静的他，好似很难相信任何人，他们的标志性的来往，就是他总在洋子的页面上挂一小人，这小人也由最初的好玩，而变得渐渐令人生厌。甚至于心头有些郁闷的感觉。终有一天，洋子给他写下了这样一段文字：“方辽，你是个好人，我曾想了解你，可又靠近不了你，我无法去面对一个我永远走不近的人。请你多加保重！也祝你好运！”

洋子不喜欢和一个爱拿别人的过错来没完没了地惩罚自己的人。这会让她感到压抑，感觉生活没有希望，没有尽头。本来，他们两个从一开始就不像在找朋友，就像两个同病相连的人，在那里寻找救命稻草的时候，而发现了对方一样。抓住了，又不得不放手。要么活一个，要么全死掉。

这件事过去好多天以后，方辽已无法走进洋子的QQ，洋子删除了他。但是，不甘的他，还要时时地到家园网上来找她。起初的时候,她采取不予理睬。在渐渐地发现这并不是个好办法时，洋子给他留下了一封信：“我曾给过你机会，你白白地放弃了。我不想回头，也请你不要再来找我。作为朋友和旁观者，希望你能早日走出阴影。早一点快活起来！”

信发出去以后，洋子快速阻挡了方辽的一切绿色通道。和这样的人来往，让她心里发堵，让她有压抑感，就如同离开水的鱼一样，马上就会窒息而死。

离开方辽以后，洋子大大地松了一口气，似乎重又找回了从前的静谧。

是的，没有什么会比心中充满了阳光更令人幸福的了。没有阳光的日子，是没有希望，没有盼头的，万物就会被扼杀。

细想想，他所有的悲剧都源于对一个女人的爱。真不值得！还北大毕业生呢！……

在这个世界上，有人帮你，是你的幸运；无人帮你，是你的命运。没有人该为你做什么，因为生命是你自己的，你得为自己负责。对于方辽来说，被骗的昨天已经过去，抖抖身上的尘埃，继续前行才是真正对得起他自己。别让过去盗走我们宝贵的未来，当下能做好的，就是美好的今天，今天做好了，才有更加美好的明天。

六　有一种爱是友情

相比之下，和那位肖医生相处起来，则会令人感到舒服得多。

这位医生，原本是加拿大温哥华某医院的一位心血管内科医生。和他相识，也纯属一个偶然。那是在洋子生命最消沉的阶段。她在家园网上遭遇到第一个骗子后不久，爸爸就在日本一次体检中被查出心脏血管堵塞近百分之九十五。医生说，如果不马上做手术，爸爸随时都有死亡的可能。然而，爸爸自己完全没有感觉，两天前，他还刚刚在家里举办了晚宴，其中有位朋友是坐着轮椅来的。洋子的爸爸，当时还像个棒小伙一样，跑前跑后地推着那位朋友去看了青木有名的银杏树，又殷勤地迎送各路亲朋好友到地铁车站！怎么突然间就会得了这么重的病呢？而且还要手术？洋子一家人除了不解外，而且显得很慌张。作为长女的洋子，外表装得很镇静，其实，她是怕父母亲害怕而装出来的。那时她的头脑和内心都有些迷茫，有些不知所措。她故意装得镇静罢了。

洋子安慰完家人之后，一个人悄悄地跑去找医生详细询问。医生说，她爸爸是属于无症侯的心虚血症。换言之，得这种病的人，自己往往根本没有感觉。洋子心里一惊，“听你这么说，如果我父亲不做手术，还会……？”她把下面不祥的话生生咽了回去，她不能那样想爸爸，连那个念头都不允许自己有。“如果掉以轻心，放之任之，你的爸爸随时会有生命危险的。这不是骇人听闻。现在，我们来看看你的父亲接受哪一种治疗会更好一些。心脏搭桥和支架，两种都没有危险，但是……”洋子听得心惊肉跳，她猜得到，但是后边跟着而来的会是什么她十分清楚，世界上有哪个医生能向患者做百分之百的保证呢？！肯定没有！

随后，洋子立即在网上调取了大量的资料，来判断爸爸到底接受哪种治疗为好。医生建议道，“你父亲还年轻，最好做搭桥手术,因为搭桥手术要比做支架更能改变病情的……趁着他年轻，有体力的时候。”

洋子也清楚：做支架，只是个微创小手术。而搭桥手术，就属于大手术了。这之前，她翻阅了不少有关做心脏手术的资料。对这方面的事已略知一二。她把自己查的资料，医生的建议都和父母亲做了商谈。

日本的医疗队伍，那是没得说，是让人放心的。日本的医疗设备，那也是世界首屈一指的。但是，不同的是，这次接受做心脏支架手术的，可是给了自己生命的人——父亲。她不可能不动心，不可能不受煎熬。更重要的是，她们家人都很健康，洋子长到三十八岁，家里还是第一次有人住院。她不安，也不敢掉以轻心。

就在手术的前一天晚上，六神无主的洋子偶遇肖医生时，就像遇到了像救世主一样，肖医生从不装腔作势，就像一位善解人意的大哥哥一样。在这之前，洋子就得知他是个有名的心脏医生。此时，她再也沉不住气，像遇到了救星一样迎上去，不厌其烦地直奔主题：关于心脏。什么样的手术最适合她的父亲？以肖医生手术的临床经验，怎么看？她该做怎样的选择？……

这时候的家园网就不仅仅是爱情的园地了。除了爱情，人世间的各种爱，也在洋子的小菜园里怒放开来。洋子向肖医生详细地讲述了她爸的病情和主治医生的建议。

肖医生耐心地听完后，诚恳地告诉她：一般是冠心病有心绞痛或者心肌梗死才放支架，医生称之为PCI术。术后一般要双重抗血小板1年（支架不同，时间不同，如果是裸支架半年就可以)，仍需冠心病二级预防治疗，包括戒烟酒，控制血糖、血脂、血压等，低盐低脂饮食……肖医生有理、有力地举列说明后，又耐下性子，循循善诱、诚恳地写道：“这类手术很安全，尤其是日本。你不用担心，希望我能帮到你。你不必考虑时间差，可随时叫我，我会随叫随到啊，从现在起，我就是你父亲的私人医生啦。”最后，他还不忘幽默了一句，“只要你认可，我不会向你讨工钱的！”

在肖医生的耐心说服下，洋子的爸爸最终在东京做了心脏支架手术，手术虽说不大，但也毕竟是她们家来到日本后的第一次入院体验。在这次短短的两天一宿的住院中 ，他们真正切身体会到了日本和中国的医疗区别究竟在哪里。在中国，即使有个头疼脑热的小病，也会让人楼上楼下的跑几个来回，把人折腾个半死才行。而东京则大不相同，一切跟着预约走，没有提前约定的，后边排队去！

只要走进医院，递上你的医疗卡片，一切就等于进入了程序：采血、透视、做心电图，都会有人为你安排妥当，无须本人再去楼上搂下的递表，排队了。洋子惊讶于日本人的细心和按部就班的秩序井然。

手术时，也会有专职的医护人员，前来把病人轻轻地推进手术室。

最最关键的是，到了手术室内，你才会知道，是哪个医生为你主刀，是哪位麻醉师为你麻醉。病人别想贿赂，医生也不可能受贿。在这里，医生的工资都很高，病人给的钱跟他的工资相比，往往只不过是杯水车薪。

孰轻孰重，哪位医生的心里都会掂得明白。谁还会稀罕你那几吊钱呢？若为此丢掉了饭碗，那才是最大的遗憾。洋子也常听中国朋友讲，他们住院时，最担心的不是病本身，而是主刀的医生。

患者如想装傻，到头来被害的就是患者自己。风气已经形成，在那个环境中，人人都抢着给，你不给，就把你显露出来了！悲哀！

洋子爸爸一共住了两次院。两次手术都很顺利，都很漂亮。

洋子爸爸刚出院的那天晚上，肖医生就不失时机地来了电子邮件："告诉你爸爸，从此，不要抽烟，要少喝酒。要少吃内脏、肥肉等高胆固醇血症食物，可以吃鱼。你们日本人最喜欢吃鱼肉了，不是吗？多买点鱼吃，最好是清蒸。"

感谢上帝，感谢你肖医生，我的爸爸不会吸烟，也不喝酒。洋子心里感叹道。

礼物不分轻重，而是要在合适的时机送给了适合的人。这句话，现在用在肖医生和洋子身上是再正确不过了。

于是洋子和肖医生在网上很快成了好朋友。之前在网上交朋友时的所有顾忌，好像在他们两个人之间都是多余的。他们之间，除了感情，无话不说。这世界就是这么奇妙，有的人，你刚刚认识他，相互之间还是一片空白时，就可以毫不顾忌地大谈特谈性。而有些人，他们已经默契到亲朋好友，也不会随意说出一个令对方尴尬的字眼。这才叫尊重。

洋子不由得想起一个来自北京的所谓的企业家发给她的消息。

"该怎样称呼你？"

"古城北京苍鹰翱翔在空中。"

"我已向你介绍了我。也希望你坦诚说说。好吗？"

"父母在老家。在北京有房有车。"

"我并不像中国女孩那样，特看重房和车。我看重人品。"洋子一针见血。她心想，我又不去北京住，管你有没有房子和车呢。有套房子就感觉有多大的显摆了。真是轻浮！

"我喜欢日本女人，有空来北京，我请你吃烤鸭！好想吻你漂亮性感的双唇。”

天哪，这才说了几句啊，怎么说着说着就下道了？！洋子不由得吓一跳。

“让你享受一个爱你的中国男人给你爱情与性的伟大力量。”

“你是不是搞错了？我们和你那边有所不同。你还是企业家呢，难道和谁都这样露骨，这样恶心吗？”

“那有什么，我喜欢日、韩女人，温柔似水啊！得不到的时候，我就自慰解决呢。比如说昨晚吧……”对方怀着一种恶意的快感，疯子一样、变态一样地胡扯着，沉浸在自己龌龊肮脏的世界里。简直就是一只浑身散发着恶臭的老鼠！

“你太可耻了！”

“那有什么？男人都那样的，你不要孤陋寡闻好不好？你又不是处女，不会连这都不懂吧？……”他还在很嚣张地喋喋不休着。甚至开始指责洋子是老古董，老封建。

洋子只感到愤怒，只感到恶心！

“你很开放。开放得令人发指。”洋子平心静气地看着屏幕，唰唰地写道。

“我就对你开放！”

“滚——！”洋子再也无法控制下去了，她见过素质低的，见过不要脸的，但还没碰到过这么无耻的东西。“你个下流痞子。你太无耻了！”

这也是能从洋子嘴里说出来的最刻薄的话了。她搞不明白，这种人胡说八道一顿，他为了达到什么目的？他为了满足什么？还什么企业家！简直是连流氓都不如。他还越说越来劲了，越说越亢奋了，难道就从来没有人对他说，他有多么丑陋吗？如今，这一代人自贱得连最底的道德标准都没有了，甚至都不知道什么是美，什么是丑了。真是新新时代的怪物，让人无语。与高贵对立的词语，再不是低贱也不是平庸。因为大部分人都过着平庸的人生，但这并不影响我们做自己的贵族啊。这个世界不要求每个人都去感动中国，但同样可以羞涩自我的。这让洋子不由得想起了有关报道，那是关于日本广岛亚运会结束时的场景，六万人的会场上竟没有一张废纸，看到那场景，全世界都开始惊呼了，这是一个多么可怕的民族啊，又是一个多么可敬的民族啊。其实，实际他们只做了最本分的事，吃饭洗碗，如厕冲刷。洋子想，它一点都不可怕，因为真正的可怕是一个人收拾好自己残留的物质垃圾时，也收拾好了自己的精神垃圾。

连这种身份的人都能低落到这么阴暗污浊的地步，不能不叫洋子恐怖至极。

本来，前几天，洋子看到有一个网友，在评价她的照片时写道：“看见你，心就怦怦地跳。”这几个字的时候,都觉得有些过分，有些不可思议了。不要忘了，含蓄才是美。过于疯狂，只能令人生厌。从那以后，洋子对网络就产生了一种恐惧感。她生怕一脚没迈稳再碰上这种下流坯子。

现在，她要重新调整心态，对付这群另类了。

同时，洋子心里对肖医生也更加敬重，更加依赖了。往往她想给他一个惊喜时，肖医生却先给了她一个意外。他们从没有捅透那层关系，他们像兄妹一样地相处着。她真的很珍惜这份感情。她不想把她们之间的关系变得庸俗化。洋子在试探地向前迈着步子，小心翼翼地呵护着这份友谊。

后来，他们真的成了好朋友。并一直延续至今。相处一段时间后，彼此之间有了近一步的了解。他们之间的话题，不再仅仅是关于心脏病，而是逐步地扩展开了。他们相互介绍了各自的家庭，简单地讲了自己的经历。

终于有一天，肖医生克制不住地脱口问道：“洋子，我有一个问题，一直想问你，但都没能说出口。”

见对方吞吞吐吐，欲言又止的样子，洋子心里开始纳闷。

她干脆地打字过去：“这可不是你的性格，有什么事，快说吗！”

“那我就直说了啊，有冒犯的地方，请多原谅。”

洋子急了：“肖医生，你不要弄得这么神秘好不好？”

“我有种感觉，你不像是日本人，你的汉字的能力，以及你对中国的了解，还有，当然，你可以不告诉我，你有保密的权力，或者，你有什么难处不方便说出来？”

洋子的目光牢牢地盯在屏幕上，心里深深地吐了一口闷气。鼻子轻蔑而又无可奈何地哼了一声，手指无力地敲打着键盘，心里在说，又来了，又来了，真是老调重弹，看来谁都不会免俗的。“谢谢你的提醒，你要不问，我倒忘了，我只想对你说，我不是有意想隐瞒你。因为，对我来讲，这是一段非常非常心痛的故事，如果你不问，我不会轻易地向任何人提起。我的父亲出生在一九四五年，日本战败投降时，父母亲双双身亡，把年仅三个月大的他扔在了中国，是一对善良的中国老人把他养大……他后来找了我妈妈，于是，有了我们，再后来，父亲带我们全家回日本寻根。就这么简单扼要。现在，你还有什么不明白和怀疑的吗？”洋子带着十分复杂的心情一气呵成。平静的心，也随之激动起来，愤怒起来。

“不，不，不，洋子，你千万不要误解，我不是怀疑，是感到很奇怪，很好奇。”现在轮到肖医生解释了，他在卖力地解释着，然而，又不能自圆其说。洋子的心，已经很累很累了。每一次这样的解释，她都有一种在坦白交代的感觉。不说嘛，不说，你就是在说谎，你就是在欺骗。对于那些无关紧要的人，可以不去理睬。可是，面对真心想得到的朋友的发问时，她就会徒生愤怒，徒生绝望。因为那是来自她爱的人，对她的二次伤害。一次次的解释，就犹如一次次被扒光了衣服，赤裸裸地站在人前，任人欣赏她家族的遍体伤痕，任人羞辱她饱受欺凌的父亲。每到这时候，洋子的脸上都会强装笑容，做出一副无所不为的样子。可是，有谁会知道，她的心里却在滴血，滴泪。唉，相识满天下，知己能几人啊?！难道历史的错误，还要她们这些无辜的受害者，一代代地承传下去吗?！这些极具杀伤力的提问，字字如刀似剑，扎在洋子的心上。

精神世界的痛苦，只有身在其中的人才能体味得到。而旁人是无法想象的，除非你也有类似的感受。

从那以后，不知是出于愧疚，还是出于同情。肖医生总是小心翼翼地讨好着洋子。例如，他会在地球的另一端，每天看东京的天气预报，然后，每天都会在网上提醒她，该注意冷了，要加件衣服。刮台风时，又会提醒她注意安全，他会说，你那么瘦，别让台风给你刮没了。洋子有时会被感动，人非草木嘛。那温暖总是一瞬的，她抓不住它了。她的心，已经被定格在了过去的刹那。她被他扒光过，被他祖宗三辈地审过！现在，对这个男人的好感，多是出于感恩。

一次肖医生凝重地叮嘱洋子："我看你是个过于单纯的人，不过，你在这个网站上要当心点，……反正里面什么人都有。"

"谢谢，我知道。"

肖医生赢得了一个缓冲的机会。他不想失去洋子。他想呵护这个女人，却又常常显得笨手笨脚。

洋子不笨。其实，她内心也不想失去他，但爱情这种事，谁也说不准。常言道："命里有时终会有，命里无时莫强求。"一切都顺其自然吧。爱情是没道理可讲的，爱情是一种感觉。她在肖医生身上找不到这种感觉。这是没有办法的事情。再说啦，人生存的方式有很多种。她其实最想要的不是夫妻的缘分。倒想成为知己：互相信任，互相倾吐的对象。

他们就这样相安无事地来往着。周末的时候，他会问洋子："Hi 周末过得怎样啊？"

洋子也会对他说，"你好吗？周末比平时还累。谢谢关心！有什么事吗？"

"只是把你当成老朋友了，想聊聊！"

"呵呵，老是当成老朋友，是不是我的出发点有点偏了？"

"怎么了，不说话？吓到你了啊？"

"没有。只是有时觉得很累。"

"是我们的距离呢，还是你工作上的累？"

"都不是。是一种情绪吧。"

"那很正常的，每个人都会有这种感觉的。我也一样。"

"只要保持好的心态就可以了。"

"调整下，做点自己想做的事。"

"其实有的时候我会一个人找个露天咖啡馆喝点咖啡，或者一个人去看场电影。感觉挺好。"

"老朋友了还说谢谢。"

"那倒是。"

"你现在家啊？"

"遇到人生的知己也挺不易的，我珍惜！"

"那我该说谢谢了。"

"不必。我们都不说。"

"呵呵。"

"来日方长。"

"以后别再什么知已、老朋友了。我相信自然。"

"晚安！"

“我们的时间快不够用了。”

“给你一个调节自己的方法吧。”

“给自己倒杯红酒，把灯调暗点，然后让自己完全放松地去听我给你的这首老男人 sting 的歌。”

“你好有情调。我现在就试试。”

“嗯，再给你首。”

“给自己彻底放松。”

“谢谢！”

这就是洋子和肖医生之间经常发生的对话模式。好似不掺杂什么感情，读后却能一下子释然。身心都会有种轻松的感觉。这看上去是两个孤男寡女的交往，实际上彼此又很单纯。就像是人闷了，需要身边有个人倾诉一样。

肖医生去旅游，也不忘发来信息：“我在昆明飞迪拜的飞机上。”

“一路平安！开开心心！”

“到迪拜了，在朋友这里。调时差，晚点睡。”

“见你安全到达，放心！也为你高兴！好好玩吧,快乐的旅行！”

“这里有点热，39 度。”

“天哪！别热蒙了。多喝点水！”

“不过还觉得行，就是有点闷。”

看到肖医生，就像是儿时的同学，邻居家的大哥哥一样可亲可敬。

洋子和肖医生之间一直保持着关系。就是这种单纯的关爱，她对他的恩德，没齿难忘。她又刻意地与他保持着距离。都说，距离可以产生美嘛。相见不如怀念。洋子相信，美好纯洁的友谊，会胜过爱情的。如果可能，她愿意和他保持一生。像亲人那样相处下去。真的吗？但愿！

七　美国大兵

这里是日本首都东京。

东京，这座现代化的世界名城，满大街都是衣冠楚楚的男人和温柔礼让的女人。满大街都是繁荣后的欣欣向荣。阳光灿烂的大街小巷里，在灯红酒绿的拐角处，不经意间就会冒出个情人旅馆和风俗店来。这可是公开合法的风俗店啊。风俗风俗，顾名思义。就会不言而喻。在这里，开店的不害怕，不卑躬。进店的，也不会缩头缩脑，更不会猥猥琐琐地东张西望。说来真怪，本来龌龊的事，在这里竟变得正大光明起来。

在日本，几乎听不到“强奸”和“被强奸”这两个名词。衣冠楚楚的男人，只要肯付钱，就可以来去自由地享受他的猎物。温柔礼让的女人，只要能得到金钱的满足，就可以全身心地付出。爱和被爱，在这里简单成了卖和被买。 只要花钱就能够得到的性行为，不但淡化了性的神秘，也让这里大大地减少了性犯罪。不可思议之后是费解，费解之后，便是目瞪口呆。

同时，在这里也莫名其妙地催生出了许多无性婚姻的家庭。而且，这还是一个惊人的数字；在日本，居然有三分之一到四分之一的家庭，都属于无性婚姻的家庭。这是洋子去医院检查时，医生亲口对她说的。当时，医生的话，就把洋子给惊呆了。在后来的日子里，有好长一段时间，洋子看到每一位在她面前经过的男人，都会情不自禁地想：他会不会也是无性？三分之一，也就是说，三个人里面就有一个暗藏分子啦！怎么会有这么高的比例呢？！

五月初，是日本的黄金周。

这几年的黄金周，洋子几乎都是在国外旅行度过的。刚结婚那几年，她是和前夫。虽然婚后不久她就发现了她们之间的不协调。但为了遮人耳目，他们还是尽可能地呈现大雁高飞，成双成对的一幕。想来，世界上最遥远的距离，不是山与水的阻隔，也不是生与死的别离，而是缘与缘的交错。他们这对成双成对高飞的大雁，心是分离的。

在他们的婚姻中，洋子终于悟出，世界上的有些事情经过努力是可以改变的，有些事情是无论如何都不可能发生变化了。她曾想从自己做起，学会等待，学会隐忍。当岁月荏苒，匆匆已过了几年后，洋子觉得，她不该再无休止地等待下去，她该学会放弃了。她想放弃这种貌合神离的日子。夫妻之间表面的虚假繁荣，骗得了别人，骗不了自己。该放下的时候就要放下。她常暗自问道：这些年自己幸福吗？对她来讲，结婚不等于幸福，单身也不意味着不幸，婚后的她，反而失去了更多。放下该放下的他，退出与他永远都没有结局的剧，这才算是明智的选择。

洋子很欣赏那句话：如果你不爱一个人请放手，好让别人有机会爱她。如果你爱的人放弃了你，也请放开自己，好让自己有机会爱别人。这是最明智的选择。

近几年，和洋子经常出国旅游的，不再是前夫。而是她的父亲。一来她想尽尽孝心；二来爸爸和她一样，是日本护照，买了机票，说走就可以走的。而妈妈则不同，虽是日本永住签证，可是要去这些国家，依旧需要麻烦的签证手续。她的工作，不能让她来规划时间，只好随意选择。对妈妈，也只能是忍痛割爱了。几年下来，她带爸爸去过纽约、夏威夷、澳大利亚、加拿大、土耳其。

洋子心里明白：这将是她尽孝心的最好时机，也会成为他们父女之间的美好回忆。

今年五月，洋子本来想带爸爸去巴黎的。出于好奇，她好奇地向一位身在法国的网友询问了些情况。不料，热心的网友不失时机地发出热情邀请，并不厌其烦地细数巴黎的种种美景和美食。洋子听罢有些心动。其实，巴黎她是去过的。这次去巴黎只是想让父亲也到欧洲名城看看，让他老人家在有生之年，享受一下生活，享受一下生命。能做的时候不做，将来会后悔的。洋子不想吃后悔药。

细究起来，洋子在日本已生活二十年了，已经占了她生命的一大半以上。可是她的童年是在中国度过的，她的伦理观念，在中国时已经形成。中国人的孝道，早已潜移默化地植根于她的血液中。她看不惯日本人的冷漠，也无法去效仿。同时，她也对爱啃老的中国年轻人斥之以鼻：一味索取，一味索要。她曾编辑过一篇关于中国老人现状的稿子，很有感慨。说现在的中国老人，不再是养儿防老，而是变成了养老防儿了。他们年轻时为父母过，要好好学习，天天向上。年纪大了又为子女过，子女出嫁后，又要抚养他们的下一代，一直要到蜡烛成灰泪始干的时候……这时的老人，养老院因没钱而进不去。不但子女找不到，甚至连退休金也领不到！他们是很可怜的一代人！

无论哪个国家，孩子成年以后，父母给的都是情分，不给的则是本分。一代人有一代人的生活，自己有自己的人生。不该是简单的养育和依赖的关系。基于反哺和感恩的理念。洋子想尽可能地给晚年的父母亲带去一点欢乐。

在洋子正举棋不定，要不要带爸爸去法国的时候，一个预想不到的小插曲，让她最后改变了主意。前面说到那位热心网友的邀请，后来，网友就直接阐明了观点：他在巴黎要新开张一个日本料理店，主要做日本寿司，他想让洋子寄张照片给他，更想让洋子到他的日本料理店去，跟法国客人说几句日语。他说，那样他的客人肯定会很高兴的喔，他倒是想的美，他倒是很会在心里打小九九，他想利用自己制造一种特殊的氛围，为他开张赚钱。她怀疑这人的智商是否正常。还没见过面，就已把她派上了用场。如若他们是多年的老朋友还可以，一个如同空气般的朋友，竟能有这么缜密的心思，是不可轻看对方的。

特别是洋子听到最后，感觉到更不对头了。这不是拿自己当招牌用吗？她跟他，只是在网上认识了，充其量也不过有两、三天的工夫，他怎么就会有这么大胆的非分之想呢？！这人太精于计算了，他过于精明的小算盘，让洋子无语，也让她有点恐怖。按理，要张照片给他也没什么，只是她不了解这个人，对方也不肯罢休，他耐着性子，循循善诱："巴黎很美，我的店是新开的，需要你来帮帮这个忙！真的很需要你。"洋子还是要戒备他。不明白他的日本料理店，跟自己有什么关系？是呀，半毛钱的关系都没有！于是，她和爸爸选择去了新西兰。

从新西兰回来，是个星期日，她忙着整理东西，还要倒时差。同时，还要准备明早去上班时给大家带的礼品。日本人无论去哪里旅游，回来时都要给大家带些礼物的，小到糖果点心，大到当地特产，无论大小，不分贵贱。要的只是礼仪和心情。"入乡随俗"嘛，洋子和她的家人，在这方面早已被归化了。日本人，不爱占便宜，你如果今天送给他一包特产，他一定会找机会还你一杯咖啡，或者一起去吃顿便饭的。

洋子在上班的时候从不上"家园"的，她不想暴露离婚的事，更不想让别人知道她在网上找男朋友。如果那样，那她马上就会成为电视台的笑料。只有回到家，她才会迫不得已打开电脑。浏览一下网上的信息。

东京，五月初一个宁静的晚上，一个憨态可鞠的美国大兵的出现，彻底打乱了洋子的生活。每当想起来，她就会禁不住一阵心跳，手心冒汗！一种难已控制难以平息的羞辱，便会在她的胸中鼓胀起来。

洋子写过，并出版发行过多部关于人生，关于爱情，关于道德的小说，现在回想起来，恐怕哪一部也赶不上现实版的这部：精彩，刺激，甜蜜。并发人深思。洋子也曾编排过无数期发人深思的脍炙人口的节目。现在回想起来，哪一期也没有大兵骗子编得细腻精致，瞬间，就能让人怦然心动，你还没有缓过神来，美妙动听的语言，已经倾注而至。在洋子孤寂的心里，这部现实版小说荡起了一股又一股如歌如诉的情愫。

事情是这样开始的：新西兰旅游归来后，第一次上网，洋子就发现了大兵。一向宁在直中取，不向弯中求，搞直钩钓的洋子，发现了大兵的求爱信。诚实地说，起初，她也只是把他当作普通信一样，给了个礼貌性的回复。

然而接下来的发展，完全不受洋子的控制，这是她事前所没有料到的。

美国大兵，伸出他修长温暖的大手，彬彬有礼地牵着洋子，一步一趋地步入了他事先准备好的温柔圈套。

大兵的名字叫威廉。第一次通信中他就主动亮出了自己的身份。并随同来信，送来了他身着迷彩服，双手握枪，站在阿富汗空旷的山谷中，威武可亲的照片。

洋子端详着照片，心不由得“咚”地一跳。仿佛这人，前世和她有缘一样，让她平白无故地心生同情。第一眼看到他时，就觉得心和他挨得很近，好像在哪里见过他。对他顿生好感的洋子，莫名其妙地放松了警惕性。她看着他的面庞，无言地笑着，就这样无条件地接受了他——一个大骗子。

如今，当事情已经过去，洋子心平静气地回想往事，她不甘地想找到被骗的理由，好来说服、安慰、平息自己那颗受伤的心。

想着想着，洋子她就会失神。她望着凉台上那棵枝叶繁茂的葡萄树，树叶在空调的劲风中，狂欢乱舞，摇摆不定。这棵树也种了有十几年了，它为什么只长叶子，不结葡萄呢？是我哪里没有做好吗？还是它先天就不会结果？我对它投注的爱并不少啊，就像对威廉一样，他为什么要这样对待我？我怎么会那么轻易地相信他？真是怪啦，真是幼稚！

多少种原因和假设之后，只有一种，能说服得了自己：洋子可以不信任何人，她不能不相信解放军。从记事时开始，她就没有动摇过这个信念。在幼儿园的时候，洋子发烧，爸爸带她去打针，一路上她不停地带着哭腔恳求爸爸："爸爸，我们不要去打针好吗？快带我回家吧。"

当时，爸爸只说了一句话，小洋子就止住了哭声和哀求。"嗯，你不想学解放军了？解放军是最勇敢的人，洋子也是勇敢的孩子。对不对？"那个年代的中国孩子们，心目中最敬佩的人，就是军人。军人是伟大的，军人是光荣的。军人是至高无上的。小洋子怕痛，她想说：不想学了。可小小年纪的她，实在说不出口：怎么能不学解放军呢？要是让小朋友们知道了，那是可耻的，那她就会变成坏人了。洋子不再央求爸爸了。

军人，军人，洋子想到这里，长舒一口气：战无不胜，神圣不可侵犯的军人怎么能说谎呢？更不可能怀疑他是骗子。洋子小小的心灵里，早已打下了深深的烙印。正是这种植根心中的教育，让她放松了警惕。

这边的洋子还没有反应过来，威廉那边的爱的攻势就轮番地实施起来：就如同中国的身份证一般，美国身份证的复印件，美国大兵在阿富汗军营里的指挥照，陆陆续续地出现在洋子眼前。

威廉不炫耀，也不故弄玄虚，只是有点神秘地说：等等，为了安全保密起见，我要把这些东西从秘密通道传给你。“好的，亲爱的，我现在要暂时关闭网络，系统将重启，所以，新的系统马上会工作……”

“你怎么这么精通？”都说热恋中的女人像个傻瓜，一点也不假。

“亲爱的，别忘了，我是美国二级通讯军官。”

洋子信以为真，威廉打过来的电话，讲的都是一口纯正漂亮的英语，容不得她有半点怀疑。更让洋子信服的是，好一个感情细腻的美国人，他知道，一半英语，一半汉语地发送给洋子。这样一来，不但便于他们之间沟通，还大大地节省了时间。

晚上的时候，威廉会写道：“亲爱的，你这一天过得好吗？我非常想念你！晚安！”

早上醒来，第一个来自网络的问候便是威廉：“早安，亲爱的，我为昨天网络不畅感到抱歉！希望你能有美好的一天。”

刹那间，洋子的脸上堆满了发自内心的微笑，说实话，她感慨，感动：这么文明体贴的美国人，是她梦寐以求的。

洋子最想在《家园》上找到的理想丈夫：就是美国人。日本人最敬慕的是美国人。日本人的本性是:瞧不起弱者，敬佩强者。凡是能超过自己，才是真正的能人。这次是撞上了。她不想放过这个机会。洋子把自己的感情，全部投入给了这位美国陆军通讯军官。

命运是神奇的，是难以预测的。有时，洋子也会冲破心里的迷蒙：“威廉，告诉我，你是怎么在网上发现我的？”不能完全肯定的因素，有时还会悄悄地在她心里做祟。

威廉毫不迟疑地写道：“亲爱的，我正要告诉你这件事情呢，其实，这是上帝为我们安排好的。”

“怎么讲？我不太明白你的意思？”

威廉随即传过来一本密密麻麻写满了英文字母的旧日记本，日记本上还摆放着一把小钥匙。

“他干吗要给我发这个？什么意思呢？”

还未等洋子发问，威廉的解释已呈现在她面前：这是我的前妻留给我的，她去世以后，我在整理她的遗物时，发现了这日记本和钥匙。她在日记中，写下了她的朋友在这里找到幸福婚姻的事，是我的前妻的在天之灵，指引我来这里见你的！

说到这里，洋子禁不住顺着他的话题问下去：“对不起，威廉，你能告诉我，你的前妻是什么原因去世的吗？”

洋子感觉到威廉迟疑了一下：她不幸死于车祸！她去逝的时候，还怀着我们的孩子，三个月大的孩子！

这一次，轮到洋子不安起来。她在心里叹息，长长的叹息：我真笨！干吗要问他这样的问题？干吗要引起他的伤心呢？

接下来的日子，洋子对威廉更加信以为真了。试想想，有谁会拿自己的妻子，甚至是孩子，开这种国际玩笑？那可是自己的亲生骨肉啊！

“上苍把人分成两性就把世界分成了两半，男人无法明白女人就和女人无法明白男人一样顺应天理。但我想靠近你，认识你，爱上你，像研究一枝娇艳的花朵般诠释你，歌唱你。”

“生命中，不断地有人离开或进入，看见的、看不见的，记住的、遗忘的；生命中，不断地有得失和失落，看不见的、看见的，遗忘的、记住的。但我希望有你在生命里。”

每天醒来，都会有这样美妙动听的语言等待着洋子。她的感动，她的信任，不是没有理由的。威廉告诉过她，他信奉基督教，是个虔诚的教徒。是的，看到这句话的时候，洋子常常想起爸爸曾经说过的话：真正信奉宗教的人，一般是不该说谎的。天哪，没有受过污染的心，哪里会猜得到，哪里会弄明白：世界变了，如今，再不是那个有着蔚蓝天空，洁净流水的没有污染的世界了。是呀，过去连雾霾这个词都没听说过。人也变了。记得外祖父在世时，经常会带着从未谋过面的人，只要他是和外祖父是同一故乡的，只要他和外祖父是同一个姓的，只要是孟子的后代，就都是他的亲朋好友，只要碰上了，外祖父就要把人统统地带回家来。赐给上座，像贵宾一样地款待一番。唉，他大方的酒肉招待，可疼坏了外祖母。她生气也好，埋怨也罢，完全没有作用的！只是，那时坏人很少，骗子就更是凤毛麟角了。如今，外祖父真的活过来的话，说不定也要被吓坏的。才十几年不见哪，人世间发生了如此大的变化，是人类进化的原因，还是道德败退所致？他老人家也会被吓坏的。

威廉和洋子渐渐地熟悉了，他们已从每天简单的问候，发展成即将踏上爱的征途的恋人了。威廉开始说一些暧昧深长的话：“亲爱的小蜜蜂，我在这里的每一刻，都在想着你。”

洋子确信无疑。阿富汗哪，那么荒凉的地方，那么艰苦的工作，这世上他又没有一个亲人了，理所当然，我是他唯一的爱。我应该回报爱给他。

“威廉，你不是说，你六月底就会返回美国吗？我们再耐心地等一等好吗？”

“亲爱的，我听你的，我确切的回美国的日子是六月二十六日。”

威廉信誓旦旦地道：“亲爱的，你能来机场接我吗？”

洋子迟疑了：确信中又掺杂着不信，毕竟没有见过他，毕竟是在网上相识的，就这样莽撞地去美国吗？那就来个将计就计：“我可以考虑，不知到哪个机场接你？我怎么才能找到你？”

“在纽约州的纽瓦克市，到自由机场，到时我会报上你的名字，一旦批下来，我会告诉你在机场的哪个会议室里等待，家属们都会在那里。亲爱的，你不要紧张，你是不是和不熟悉的人在一起，会感到不好意思？”

洋子长舒一口气，这才感到似乎错怪了威廉。他能马上不加思考地回答她的问题，并为她考虑得这么周全。想必他会是个很难得的男人。洋子想到此，似乎找到了一种失而复得的欣喜。她心里再次升起了爱的希望。她对威廉的信任度又向前跨进了一大步。

经过这次考验之后，他们之间爱的速度又大大地向前提高了一步。从此以后，两人又开始了新一轮的甜蜜。爱的战役进入激战状态。

晚上他们告别的时候，威廉会提醒她：“亲爱的，你不要这样离开呀，你忘记了还没有吻我。”

于是，洋子赶紧说一声对不起。随后飞快地传过去两张鲜红滋润的嘴唇。看着闪动的红唇，洋子会忍不住地扑哧笑出声来。也许，这是东西方文化的差异，也许他们把吻，看待如同叫亲爱的一样随意。也许，洋子的心里有多少个“也许”在为心爱的威廉，进行着辩解啊。

东京和阿富汗大约有六个小时的时差。每到东京晚上，正是威廉午休过后的时间。他们常常会抓住这段时间聊天，互诉思念。有时候，他们正唠到兴头上，威廉会突然说：“对不起，亲爱的，我要马上离开一下，我的上司在找我。”

突然、神秘、快速，他就是这样地让人琢磨不透，又无法掌控。

是的，没什么可怀疑的，军人的天职，就是服从命令，听指挥嘛。洋子从不会因此而怪罪他，反而内心里有些过意不去，是不是因为自己的不慎影响了他？善良的洋子感到内疚歉意的同时，她会有意让他们的关系降降温。

而威廉此时此刻，就像一头发情的公猪，哼哼地低吼着:“亲爱的，你不要离开我，我说过，上司找我，那只不过是一个例行公事！我是个军人，我要服从命令。你不要离开我，你知道我有多么多么地爱你吗？你就像是我的一个婴儿！我曾失去了一次幸福的婚姻，我真的不能没有你了。”

虽说威廉是个军人，可是话糙理不糙。字字句句，都让洋子温暖、震憾。

两天之后，威廉对她道：“亲爱的，告诉你个好消息，由于我上次圆满完成任务，指挥员对我很满意，他要我再一次带兵去完成一项秘密任务，这也将是我离开军队执行的最后一次任务。以后我回到美国，再和你一起去东京，我现在很幸福，这几天，我的下属都在问我，为什么会高兴？”

“你对他们说了吗？”

“没有，他们只是看出来，我从不把我的私事讲给他们……”

这个威廉还是有点心机的，她心里对他又暗暗多了几分欣赏。

“亲爱的，我还没有讲完，你猜猜，我到了东京街头会喊什么？”

洋子诧异，问：“威廉，你来东京街头要喊什么？”

“我要放开嗓子，大声地喊，我找到了世界上最好的女人！”

那一刻，洋子的心里震惊得无以言喻。真是美国人的性格。同时，也叫她哭笑不得：“威廉，你以为那是在美国吗？你会把爱害羞的日本人吓跑的，他们会以为你是个精神病患者。”

“今天晚上，我将去执行任务，将是二十四小时，这次任务后，我将离开基地，永远和你在一起，永不分离！亲爱的，你为我祈祷吧！”

是啊，除了祈祷，她还能做什么呢？洋子想。是的，诚实地讲，她帮不了他。她只能鼓励他要坚强，男子汉嘛，总不该儿女情长地过一辈子的。男人是要有事业的，她要硬起心肠来，让他安心地去执行任务。而且，还是最后一次。从此以后，他就可以离开基地,他们就能团聚了。想到此，洋子的心里还是暖暖的,甜甜的。

他们分开了，一个去前线执行任务。一个在东京，默默地等待着消息。

那一天一夜，洋子也不知是怎样熬过来的。她只知道自己，不饿也不渴，一副神魂颠倒的样子。在台里录节目的时候，不是忘东，就是忘西。

总算把威廉给盼了回来。他向洋子说起了这次任务的危险有多大，他们一共有四人受伤，现正在医院治疗中。

心，是放下了。可有一丝怪味的不安，也开始游走在洋子的心中。

"亲爱的，我这次任务，上司很赏识，决定给我发一大笔奖金呢！"

"喔。"洋子一下子愣住了。她不知该怎样回答才算得体。她也不想和任何一方谈论有关钱的问题，这是一个横在男女双方最敏感的问题。

"我们可以用这笔钱在夏威夷买房子，为了我的妻子，我的孩子们，我准备去那里给你们好的生活。"

是该感激，还是该拒绝？洋子一时没了主意。只知道天下没有免费的午餐。这么大的馅饼，也不会平白无故地砸在她的头上。

"亲爱的，我得到的全部是现金，我不能把它带在身边，一百八十万美钞，我放在了公文包里，我的助手不知道公文包的密码！军事基地不让留钱，我必须在四十八小时之内把它们转移出去。我需要你的帮助，你的配合。"

威廉的喋喋不休，不由让洋子一阵紧张，她眯细了眼睛，定神看着屏幕：她不明白，这反常的温柔背后意味着什么。明明记得他说过，基地是不需要钱的，他们的工资要美国国防部，统一发放到他们的卡里的！怎么现在会突然间冒出来这么一大笔钱？恐惧的不祥之兆袭上心头。她预感到要发生什么，是什么前兆，还是他在耍什么花样？洋子一时困惑了。

威廉啊威廉，你到底想做什么？！

“好吧，亲爱的，你是最棒的，我知道，只有你能帮到我。你知道，我爱你这么多！有一个外交官，外交官与联合国合作，他负责外国快递，他把货带到日本，将在日本把货交给你的！他一直为联合国交货工作了二十八年，他是经验丰富的。他的职责是安全地交付给你。”

洋子越来越感到不对头，她又一时无法证明自己的判断，只好本能地拒绝道：“威廉，你不能这样做，我和你连面还都没有见过，我无权为你收下这么一大笔钱，你该好好考虑考虑……”

“我已经考虑过了，你是我唯一的爱，唯一的信任，我们以后要在一起生活，你来接这笔钱，是最合适的人选。”

“那么多钱，得有多大的体积呀？”

“不是很多，你不用担心。”

“可我又不认识那外交官，怎样才能和他安全地交接呢？”

“你的全名、联系地址、电子邮件、电话号码、最近的机场，和身份证号码，这些是必要条件，将帮助外交官安全交接……”

“这么一大笔钱，是不是不容易通过海关？”

“你放心，我是你的男人，我会最大地保护你的安全和利益。不过，这是我们两个人的秘密，你不要告诉任何人，我无法拒绝指挥官的奖励。”

“难道，连我的父母亲也不能告诉吗？”

“是的，亲爱的，我想给他们一个惊喜，以后再告诉他们……”

“只是，这么一大笔钱，可是你用命换来的，我懂无功不受禄的道理。”

“我知道你爱我，你是不会让我失望的。”

“好吧，你辛苦了一天一夜，先去休息吧，你让我好好想一想，明天给你答复好吗？”洋子敷衍地应承下来。她心里依旧充满了疑惑：这样的事情，是她有生以来第一次经历的。天底下怎么会出现这种不可思议的现象？洋子觉得它与常理相悖。她不相信。

这是个周末的晚上，也是洋子有生以来最难熬、最凄苦的一个周末。洋子辗转难眠，在难眠的煎熬中，她想到了那个香港的小骗子！她想，她要做出决断的时刻到了：她要和这个本来准备走进婚姻殿堂的男人分手了。洋子虽然还不知晓威廉的真正目的是什么。但有一条是非常清楚的，他的所做所为，是违背常理的。说什么也不能把自己的身份证给他。这也是她唯一的能保护自己的做法。我还没笨到那种程度，想骗我，恐怕也没有那么容易。洋子想到这里，突然，一个小小报复的主意蹦了出来：好，那我就给你来个将计就计，看你往下如何表演？

果不其然，第二天，威廉就迫不及待地来询问洋子的决定。

此时的洋子主意已定，她控制住自己的愤怒，不慌不忙地与威廉周旋起来：“亲爱的，我已经为你想出了个好办法，你可以把这笔钱，打进你美国的银行帐号里。”

“可你是我最爱的人，我要把你的利益放在心上，你是最棒的，放在你那里我放心。”

“君子爱财，取之有道。我不会贪心！我自己的钱已经足够用了，我不需要你的钱。”

“我没有说这钱是送给你的，只是放在你那里，我会去取。”

洋子预感到，威廉快到了气急败坏的表演阶段了。她要静观这场戏的发展。

威廉接下来使用了一个又一个语言技巧，尽可能地陈述过去，想唤起洋子的同情和认可。他开始给洋子洗脑。然而，他没料到的是：急于表白的他，也因此露出了破绽。

威廉：亲爱的，认识你是我的前妻子死后以来的最佳时刻。你给我如此多的快乐和信仰，共创美好未来。我想告诉你，我的生活经验在军队。生活对我来说是如此具有挑战性，但我谢谢上帝的成功。我失去了我的父母，他们死于在美国9·11恐怖袭击中，它对我来说是一个非常悲伤的时期。亲爱的，11年前正是2003年11月，在美国前总统布什的政府下，我接到带领一个特别小组的632名士兵到伊拉克的使命。

威廉：这是一个非常困难的战争，是我们从来没有想要的，但政府能够说服美国公民的战争。这是非常血腥的战争，我的团队有230名士兵死亡。同年，我也失去了24个朋友，这是我到伊拉克的第一次任务。几个月后我回到家，因为我有一个家庭照顾。我很幸运，能和家人一起过圣诞节，但是没有太多的快乐，我的前妻知道我仍然会回伊拉克。她总是告诉我她不担心，她知道我将永远是安全的，但是她讨厌流血，不知道为什么这么多军队被送往那里。这是出于政治原因，所以你看，我们就像机器的政府。我们帮助他们加强国家的声誉在世界上最好的军事情报。

威廉：我几乎失去了我的生命，在2005年6月，在一个秘密的在伊拉克的使命。我们的一个告密者也为伊拉克工作，所以他们超过我们，袭击了我们之前得到的情报位置操作。我们的RPG坦克如此糟糕，在它下跌之前，它却停了下来，各自有很多士兵受伤。我们从反对派能看到几个镜头，我的右手臂被子弹击中，但我们立即联系协助团队，来拯救我们。我们都受伤了，所以，没有团队的努力救我们，帮助我们，我们就会很容易被反对派击灭。

威廉：2008 年 12 月，我的前妻死于车祸，我撤回我的合同协议，支持这场战争，因为没有更多的战争，和我们大多数人很清楚从伊拉克政府想要的东西。如果真的有问题，有足够的对话在联合国。应该是避免战争，但我认为很多国家都支持，是自私的原因。

威廉：在 2014 年 1 月我和 300 人的部队部署到赫拉特维和任务。维和使命持续 6 个月，这是我短暂的军事任务。美国政府还没有达成协议，我们已经失去了很多士兵，在这次维和使命中。我讨厌我的工作，这些年来，这就是为什么我决定做这个维和使命，和所有我的心。我不支持暴力，我希望世界是和平的，每个人都可以过自由和快乐的生活。也许因为我的好意，我在这里很安全。有时它像家一样的感觉，因为有可爱的无辜的人欣赏我们的工作,虽然在这里，有些人仍然不能忘记我们对伊拉克的战争，所以他们认为美国士兵是坏人。6 月 26 日，2014 年我将离开赫拉特军事基地，我很高兴，我希望所有其他部队能尽快回家，因为这个地方不是很舒服。恶劣的天气条件和可怜的设施，让我们受到挑战。

威廉：这就是我的一生的艰难时期的军队。亲爱的，我有一个明确善良的心，我衷心希望你理解我。你永远都是我，我不能伤害我的女人。请对我放心，因为这是我们的命运。我爱你和信任你，我再也不想经历孤独,在我的生命中。拥有你这样的女人，如此伟大的女人，是我的幸福。期待我们一起变老。

洋子：威廉，我仔细看过了你发给我的信息。坦诚地讲，我很赞同你的观点，也非常同情你的遭遇。我不能像个伟大的人，从战争的火海里救出你。但，我想我能给予你的，只有我的爱。

它虽渺小，却是真实的。我想用我的爱去温暖你那颗饱经风霜的心。

洋子：可是我又不能盲目地去做蠢事。如果我真的成了你妻子，如果真有那一天，试想想，我稀里糊涂地为一个陌生人做这些，也许是贩毒走私集团，或者是基地的组织！你的内心会有怎样的感受？

洋子：你说过，你的父母在 9 · 11 中同时不幸身亡。那是座办公大楼，他们怎么会在一起？这是不是有些太巧了？我不能够理解。

洋子：我真心想去美国接你凯旋，你竟连家里的地址和电话号码都不肯给我,很令我不解。而且，我还对你说过，在必要时，我的地址和号码，可以留给你。你不予理睬，只是甜言蜜语地在说爱。

洋子：亲爱的，你让我很迷惘，如果你是真的，我不想让这么多不明的钱，毁了我们的幸福。如果你是假的，我想，我们之间的游戏，也该到此结束了。

洋子：你去外面执行任务近 24 小时，回来后又要你去巡逻，也有些不合常理吧？为此，我很怀疑！

洋子：另外，军事基地的奖励制度也有点搞笑，竟发这么多的现钞。不要忘了，你曾告诉过我，你们的银行卡，都不能带在身上的。

洋子：最后，我只能说，我很珍爱和你谈情说爱的那段时光。我真心地爱过你，真心地等你来娶我。如果你是真的，我依旧不改初衷，默默地等着你的到来。如果你是假的，就该退场了，请不要来伤害无辜的我。

洋子：同时，我也祝你好运，能找到比我更好的女人。

威廉：我真的不知道对你说什么，但我很清楚，你不能帮助我。

威廉:知道一个女人是如此，我很悲伤。你是我的信任和爱，不要这样对我。

洋子：亲爱的，我可以帮你，只是要你冷静地回答了我的问题。

威廉：去巡逻，是一次例行公事。昨天我不得不去。如果你到美国来接我，你肯定会知道我家的地址。你把我当作一个陌生人。好吧，我向上帝保证。

洋子：亲爱的，请你不要多想，我已经对你讲过了，我今天必须先把工作完成。我没时间谈情说爱。过多的话，等我忙完了再找你。大家都在等着我，我是编导，不能离开现场的。请理解和谅解。

洋子：演播厅里也坐满了观众和主持人。

洋子： 你有你的事，我也有我的事。我要指着工作活下去的，对吧？谢谢你的理解。因为你说过，48 小时必须要接货。我三思后还是在 48 小时内赶到了联合国大楼，但连个外交官的影子也没有，你让我怎样相信你？算了，不说了，我必须去工作了。88！

威廉：你没有给我你的个人情报，外交官如何找到你？给我有关你的个人情报，外交官将根据你的个人情报，找到你。

威廉：我告诉过你，外交官将在 48 小时内离开军事基地。他还有其他的交付任务。我需要你的详细信息，这样他可以根据你的个人信息，和你交付，给你密码箱。

威廉：你还不给我你的个人信息，你没有告诉我你的决定，现在告诉我。

威廉:外交官如何交货？他不知道你的全名、地址、电子邮件、电话、身份证和机场。他怎么能交货？你给我这些个人信息吗？

威廉：你听起来真的，非常冷漠。你给我你的详细信息吗？外交官如何找到你？没有你的个人信息。

洋子：朋友有难，我本该帮忙。只是我不会免强你为我去做什么，你也没资格谴责我。我不欠你什么，更不想看到你对我指手画脚。做人，要互相尊重，只有你敬我一尺，我才能敬你一丈。要知道，你无论如何，都没有命令我的资格。

威廉：回答我……洋子，回答我……你怎么能来指责我或者对我说这样的话。昨天你上线了，告诉我你的决定了吗？

威廉：你可以大胆地告诉我你不想帮我。不是要玩安全或认为你太聪明。你从来没想过要帮我，你没有给我关于你的个人信息。

威廉：如果你想帮助，你会给我你的详细信息，我将给外交官，外交官将继续完成交接任务。

威廉：我的公文包在军事基地，如果我不发送出来，我将得到一些惩罚，甚至上军事法庭。

洋子： 你如果去了军事法庭，那一定是你做了什么咎由自取的事！我奉劝你还是不要触犯法律，好自为之吧。

洋子：我还是那句话，在不触犯法律的情况下，我能帮你多少，就会尽力帮你多少的。好了，不跟你说了，今天回去晚，电视台派车送我们回家，还在楼下等着呢。

威廉：我很惊讶你可以这样对我。

洋子：对不起，我刚刚忙完工作，现在准备回家。我没顾得上你发来的信息。看来我还要继续我这份工作，他给我的工资很高。我很珍惜。前些日子，由于你的出现，我冷落了我的好工作，我要加倍弥补。明天还有一场彩排：“露馅的狐狸”。我要准备素材，所以较忙，有顾不上你之处，只好请你谅解了。

以上是洋子和威廉的真实对话。当威廉暴露后，他转身又在家园网上登出了新的征婚，也是冤家路窄，被洋子逮了个正着。不同的是，威廉不但换了照片，也换了地址。换汤不换药的骗术。洋子狠下心来：我要让你成过街老鼠，人人喊打。

洋子：你在认真地读我的信吗？我看见你新登在家园网的照片，憔悴了很多。如果那照片真的是你，真够叫人心疼的。

洋子：你也在玩潜伏和隐身吗？堂堂正正的男子汉，为什么不说话？！你要是个男人，就挺直了站出来！

洋子：你又躲在阴沟里，忙着骗人呢？

许多骗子能够轻易骗人，是因为人们对骗子出于恐惧，洋子在努力消除那种对骗子的恐惧。所以，她只要看到他出现，无论他出现在哪里，洋子都要追杀过去。

这就是洋子的性格。

洋子想，你曾折磨了我多少，我要你全补偿回来。谎言是需要付出代价的。

洋子就是这样一个快意恩仇的人！一向飘飘洒洒的洋子，现在有时会闷闷地想起一首诗：

不必把太多人，请进生命里。

若他们走进不了你内心，就只会把你生命搅扰得拥挤不堪。

孤单，并非身边没有朋友，只是心里无人做伴。

都市里遍地是热闹而孤寂的灵魂，来来往往的行人，

不过是命中的游客，越热闹越冷清……

威廉走了，他以骗子的不光彩的身份，退出了洋子的生活。她又重归于寂静。事后，当她一点点地回忆起来，又会发现，是她忽略了很多真实的细节。才会有今天的下场。欺骗也好，侮辱也罢，都犹如杀敌一万，自损八千。洋子内心所受到的伤害，是别人无法看到的。一个女人，外表有多冷，内心就有多热。外表有多强，内心就一定有多柔弱。

她骗得了别人，骗不了自己的心。

她需要时间来排除内心的痛苦。

洋子是个聪明人，她懂得：自己给生活什么样的表情，生活就会坏给她什么样的态度。她若是对生活笑，生活就一定会对自己笑。如果她从此一蹶不振，对着生活整天哭泣的话，生活就会还给自己苦难的。她坚强地摇摇头，很想把这一切忘掉。

八　悠然地活在属于自己的世界中

肖医生对洋子来说，就是一个召之即来，挥之即去的朋友。

洋子对肖医生来说，就是一个只能闻香，不能入香的女人。

在爱情和友情中间游走，是要掌控好分寸的，稍有闪失，不但要失去爱情，甚至连友情也会失去。他们双方心里都很清楚。有些话，不必去说，随风而去；有些情，无需去表，付出就好。

这天晚上，他们无言地对坐在电脑前，心绪复杂地敲下：

“你好吗？”

“你好！你最近在忙什么？”

心照不宣的明知故问，预示着临战前的警觉。

“我能忙什么？医院，患者，就这些事情，就这么简单！倒是感觉你一天到晚忙得很呢！？”

傻子都能听得出来，肖医生的话里带话，他在映射？还是在谴责？还是不满？……洋子不傻，她当然明白：他的所指是什么！蓦地，洋子感到，自己有点多余。甚至是自取其辱的味道。干吗要接他的话呢？！

是呀，受了伤，就一个人在家疗伤好了，干吗要来这里，你要对这个男人说些什么？他又是你的什么人？洋子沉默了一会儿，苦笑着摇摇头，直视屏幕：“是，你没有猜错，我前一段时间是很忙。”洋子想，既然开了口，就跟他告白到底好了。无所谓的，你是我的什么人？你有什么权力管我的事？我来跟你说说话，叙叙旧，就是想听到你的安慰，更好地和过去了的伤痛告别而已。可不是自讨没趣，来听你说风凉话的。

“在忙什么？”

“在忙着谈恋爱。我不小了，快四十了，我在忙着把自己早日嫁出去呀。”洋子解气地要直白到底了。

“四十怕什么？我也四十了，要知道，四十也不是人生的末日呀。”

“不要教育我，说起道理来，我比你还明白的，可你是男人，我是女的！”

“女的又怎么了？不要自寻烦恼好不好？”

“怎么是自寻烦恼？”洋子心里低吼一声：“站着说话不怕腰疼！男人和女人本来就不同嘛。”

“你不知道，结了婚的，也有结婚的烦恼，他们还很羡慕我呢，我有一个朋友，他就是……其实，爱一个人，就该给他选择的自由，也给他拒绝的自由，给他爱的自由，给他不爱的自由。给他自由，也给你自己自由。我说的对吗？”

洋子不想听他没滋没味地讲下去，都是毫无意义的老调重弹。她对他就像一个任性的孩子。

洋子没有地方去诉说，也没有人可以商量。偌大的日本，她找不到倾诉的地方。日本人都把自己包裹得很严，她没有勇气在这样的环境中逆之而行。她不是过客，她要在这里工作，在这里生活，她不能让自己处于既尴又尬的境地，她不能成为别人的笑料。她自己也闹不清楚：为什么在受到委屈的时候，第一个想起来的人，不是父母亲，也不是闺蜜，不是能看得见，能摸得着的人，竟会是这个八竿子打不着的，隔山隔水的异性人？他好像永远都能理解她，包容她。又不会趁她之危，提些过分的非分之想。和肖医生聊天，犹如走进无人之境一般，毫无顾虑地想说什么就说什么，可以把积压在心底的委屈、痛苦、愤怒，甚至是无理的要求，都一古脑地发泄出来。

“好啦，好啦，不说这些了，来，跟我聊聊你的父亲，他最近恢复得怎么样了？”一句轻描淡写的问话，就这样缓解了洋子绷紧的情绪。

也许这就是所谓的减压法。跟他说着爸爸的时候，洋子顿时释然了。她在QQ空间，故意把键盘霹雳啪啦地敲得很响。好像在解气地提示自己：赶快忘了威廉这个骗子，赶快忘了这一段不快乐的生活。

同时，她也在内心深处为自己疗伤，并总结着教训：爱听甜言蜜语,爱以貌取人，爱追求美的东西。美的东西，总会吸引她，洋子从小就喜欢。见到美的，无论是人，还是小动物，总会让她驻足。她生过自己的气，却改不掉这毛病。心里渴望的，在现实中又会找到多少呢？这也许就是虚荣心所致。

她能上威廉的当，无非有这么几个原因：首先，威廉是个军人，洋子认为军人是不会说谎的。军人是能让人信任的。其次，是因为他是个美国人。日本人的崇美心理，让洋子心里边有一种欲望，找个老美，在日本会很有面子，很扬眉吐气。在日本长大的洋子发现：日本人瞧不起比他弱小的国家，唯独对美国，情有独钟。总是毕恭毕敬的。也许是当年美国打败了日本的原因。也许是美国至今领先世界的地位。也许正是这种心中积蓄已久的反抗情绪，左右了洋子的选夫标准。生活常和我们开着玩笑，你期待什么，什么就会离你越远；你愈执着于其中，就会被其伤害得愈深。做事不必太期待，坚持不必太执着；学会放下，放下不切实际的期待，放下没有结果的执着！如果，洋子能早些这么想，事情就不会走到这一步。

“你呀，什么都不要去想，今晚洗个热水澡，喝一杯葡萄酒，好好地睡一觉，明早醒来，就会忘记所有的烦恼了！这是我的经验之谈。信不信由你，你不妨一试。”

肖医生的话，惊醒了困惑中的洋子。

“谢谢你！”

“你看，又客气了吧？我跟你讲过，跟我不要总这么客气的。”

洋子听罢，也就不再跟他客气，她知道，跟肖医生之间，不能走得太近，不能给他走进自己内心的机会，为了与他保持住距离，为了定好他们的关系和位置，她会随时纠正把握住他们之间的距离。这不是公平与不公平的问题，也不是爱与不爱的问题，是怕失去，永远地失去这种友谊。她不会嫁给他，也不愿意失去他。就是这个理儿。世界上除去男女之情以外,还有很多种友谊,洋子希望能和他保持一种纯洁的友谊。

在这个世界上，不是每个擦肩而过的人都会相识，也不是每个相识的人都会让人牵挂。至少他们在今生，在那个地方，在一转身的时候没有错过就行。在他们双眼相望的时候，在眼中找到的不仅仅是爱的缘分。偌大的地球上能和相知的人相遇，真的不容易，感谢上天给了他们这次相识，相遇的机会和缘分！仅此而已。

洋子毫无顾忌地发泄着：不仅仅是不快，更多的是在一位异性面前，冷酷地剖析着自己，她有一种找到知音，不吐不快的感觉。

“你不要自找烦恼了，你多么优秀啊，你就不能把我换个位置考虑一下吗？”

洋子闻此感慨：“还想做我的朋友吗？还想和我交往下去吗？”

“当然，你不要急吗？我只是在和你开个玩笑而已。”

“那就好，那我还会把你当好朋友。我想，有你在，我还有个能说说话的人，不至于被憋死。但，你千万不要引起误会，我很怕这误会伤了你我。我们这样不是很好吗？你若再啰唆一句，我就走了啊！”

“看你说的，你严重了吧？”

“真的，谢谢你能听我唠叨。”

“看看，你又来了，我们不是说好了吗，不再说谢了？”

洋子愣在那里，思索地皱起眉头，她在努力地打开自己内心被封存了近二十年的死结，一个别人看不到，她也不想让人知道的，有喜也有悲的往事！她试探着，小心翼翼地把杂乱无章的思绪，慢慢地抽出头来。

这是多么沉重的一页啊，重得要承载着三代人的命运：必须要从自己的祖父母说起，然后，是父母亲，再然后，才是她自己。

说起祖父母，洋子不想赞美他们，更不想亵渎他们。别说洋子没有见过他们，就连她的父亲，也没有对双亲的印象。有关家族的悲观的故事，就从洋子的祖父母那一代，拉开了序幕。

洋子的祖父母，是随军的军医。一九四五年的八月十五日，日本战败投降后，在中国东北的哈尔滨，走投无路的日本人，组织了一次悲壮的自杀行动。祖父母惨死在那里。出于无私的母爱，祖母在吞药前，做下了手脚，有幸留下了他们仅有三个月大的儿子——也就是洋子的父亲。这一切，都是后来的中国爷爷和奶奶，告诉他们的，爷爷和奶奶故意隐藏这个惊人的秘密。一来是怕失去他们养大的唯一的儿子。二来也怕节外生枝，引来不必要的麻烦。也多亏了他们的守口如瓶，才让洋子的父亲逃过了中国的史无前例的“文化大革命”的一劫。

当年，中国的爷爷发现洋子的爸爸时，他正在死去的妈妈怀里放声哭泣。仅有三个月大的他，不知道发生了什么事？更不会知道他的父母亲已经离开了他，那时，他一定是饿了，他想吃奶，他的哭叫声引来了爷爷。爷爷当时在哈尔滨香坊的新立号正办了个养鸡场。他路过这里回家时，正好赶上了，也许是天意。他和奶奶结婚多年，正愁膝下无子，他赶紧怀着很复杂的心情，把这个苦命的孩子抱回了家。那是初春的三月，哈尔滨依旧白雪皑皑，冷风刺骨。

但世上往往是生命无常，事事难料。

洋子的爸爸，从此成了爷爷家的独生子。婚后多年未孕的双亲，对这个捡来的孩子怀着一种骨肉至亲的疼爱。这个一无所知的“小日本”，在这个家里当上了小主人，过起了无忧无虑的生活。随着他渐渐长大，在一次亲戚家的宴席上，这个敏感的孩子，不但触碰到在座客人的奇怪的目光，还听见有两个大一点的姐姐，悄悄地叫他：“小日本，你过来一下。”他听后，有点莫名其妙地走过去时，门咣的一响，他的养母几乎同时和他出现。两个女孩子吐吐舌头，红了脸。而一相好脾气的养母，那天莫名其妙地向她们发起火来！两个女孩子吓得面面相觑后，机灵一下溜了。

洋子的爸爸那时虽小，却牢记住了这个场面。

这是他第一次听到有人叫他“小日本”，第一次朦朦胧胧地预感到自己的身世！

爸爸把这个不能和任何人分享的秘密，深藏在心底。直到他大学毕业，娶妻生子后，他才把这个在心中隐藏了太久的，让他感到太累的秘密，告诉了妈妈。是啊，心里的秘密装得太久了，就会让人透不过气来。他需要有一个人能替他分担。

新的一代人，就在爷爷和奶奶家里繁衍开来。洋子和妹妹的出生，给那个家增添过很多欢乐：记得爷爷在丁香树下，为她们荡起秋千，于是，铜铃般清脆的笑声，就会充满那繁花似锦的院落。奶奶会踮着小脚，笑盈盈地跑出来，为她们送吃，送喝。那是一段多么美好的时光啊！它像一幅绝伦无比的油画，永远地刻在了洋子和妹妹的脑海里。

小洋子六岁那年，爷爷故去了。又过了几年，慈爱的奶奶也病倒了。奶奶临终前，告诉了爸爸身世的秘密，一并交出了能证明爸爸身世的各种物件。真是难为了她老人家，这些东西，让她东藏西掖地保存了近五十年哪！

送走奶奶之后，洋子的爸爸终于做出了一个重大决定：他要带领他的全家回归祖国——日本！去那里，称谓祖国，又非常陌生的国家：寻根。

就这样，他们一家带着太多的梦想和期待回到了日本。一个陌生、亲切、冷漠、干净、先进、方便，而又礼仪多多的国家。

从此，洋子一家人经历了翻天覆地的变化，是他们完全措手不及的。他们先被安排在所泽，在那所“甜蜜的集中营”中，他们接受了有关日本的生活习惯、民俗、民风的学习：从怎样去商场买东西，怎样乘坐东京复杂的电车，怎样使用银行 ATM，怎样去邮局发送东西，怎样在饭店点菜，怎样和日本人打招呼，怎样扔垃圾。甚至连怎样才能把厕所刷洗干净这一类的小事，都要有专门的老师手把手地教给他们。

因为洋子一家不是匆匆的过客，他们要在日本扎根。他们不能掉以轻心，要认真地学，要从头学起。日本是个细腻的，又礼节繁多的国家。而中国则比较粗线条些。

就连日本人问好也分三种；早上要说“早上好！”白天见面要改为：“你好！”吃过晚饭就要说：“晚上好！”

从外面回到家时，要说：“我回来了。”家里人要应答：“你回来啦！”

吃饭前要说：“对不起，我吃了。”吃完，放下碗时要说：“谢谢，我吃饱了。”

去别人家，或进办公室，敲门只能敲两声：“打扰你了！”

睡觉的时候，全家人要互说：“睡个好觉！做个好梦！”类似这样的话。

那时候,常听爸妈在一起感叹：“日本人，做事情真精细啊！凡是能想到的，他们都想到了。”

起初的日子，是新鲜快乐的。这里有纯静的空气，灿烂的阳光，周围是亲切和蔼的笑脸，这里没有尔虞我诈，也没有勾心斗角。

他们从中国来时，轻易地毁掉了一切，如今，又得到了一切。这让爸爸找到了一个自我安慰的借口，和一点心里的平衡。他会在带全家出游时说：“现在我们不是很好吗？！只要我们全家人在一起，什么样的生活方式都无所谓的，对吧？”

“是的，我的先生，你不必自责，我们是一个共同的团体，记住，你不是孤军奋战！我们都觉得你很优秀，大家都很爱你。不需要你解释了。”

洋子的妈妈很开朗，她常常这样来调侃自己的先生，尽可能地活跃着一家人。洋子内心，很向往将来的婚姻生活，能像她的父母那样，恩爱幸福地生活一辈子。

四个月后，洋子一家离开了所泽，到东京定居。在所泽时，严格地说，还有人指导，还有来自中国的四面八方的同命运的伙伴的陪伴，大家可以抱团取暖。到了东京，真正是以各自家庭的孤军奋战了。

他们一下子陷入了真正的孤独中。因没有语言，没有亲人和朋友，只能是自己去面对严峻的现实了。

东京的诱惑力无处不在。东京，是强者的天堂，是强者的天下，却不是弱者生存的好地方。

现如今，洋子一家，有了日本国籍和血统给他们带来的权力。但是，你没有语言，你就永远是个边缘人，甚至是个废人。永远不可能融入到日本的主流社会里去。

东京，这座国际化的世界名城，以他博大的胸怀，欢迎着来自世界各地的兄弟姐妹，热情周到地拥抱着每一位前来的客人。以她独特的方式，甜蜜地诱惑着对方，让你尽情地在这里消费。

东京，好玩的地方太多了。这里有数不清的名迹古寺，名花异草，名楼名川。这里有天下最好的美食，最时尚的衣服，最周到的服务，最靓的女孩儿，最温柔的服务！

这里是灯红酒绿的世界。这里一切的一切，都和洋子出生的中国，有着太多太多的不同。都和她出生的国度，背道而驰。

这里一切的一切，都需要钱。

这里是笑贫不笑娼的。

再不能拿过去在中国所学到的道德标准，中国人的常识观，来衡量日本的一切了。

洋子和她的家人迷茫了：这个花花世界与她所熟悉的世界，是完全的不同，简直是格格不入。甚至是颠倒黑白的。这里的世界真精彩，这里的世界也真无奈。

眼下，最最要紧的是：学习语言，赶快挣钱。

说起来容易，做起来很难。特别是她的父辈，她目睹了家人的不易和苦难。痛苦,不仅仅是来自物资，它更多的是来自精神！

环境不但改变了洋子他们一家人的生活，也改变了他们的性格。

也可以说，那是一种煎熬。多少年后的今天，洋子都不想再重提那段往事！一想起来，她就会有一种莫名的屈辱，那是战争带来的，留给她家族的不幸和耻辱。是的，他们堂堂正正地成了日本人，曾被多少偷渡来日的中国人羡慕。他们可以免费读书，免费医疗，免费住房，免费坐车，甚至于不劳而获。然而，人的需求，除了物资，更多的是精神！又有谁会知道他们内心的想法，他们内心的苦闷！那是别人看不到，听不见，触摸不着的。就像是光鲜华丽的外套里，包裹着一颗受伤的心！有时她都不愿去想，想想，她都会感到很累。那不是一般的累呀！

她真的不知道，她的家人错在了哪里？这历史的，沉重的一页，为什么还要他们这些受害者，一辈辈地承受下去？

洋子的这番话，说是讲给肖医生听的，其实，更准确地说，也是在讲给她自己，她跟其他女孩子不同的是：洋子爱直面现实，从来都不怕剖析她自己。只有她看清了自己，才会知道错在了哪里。从此，就不会再犯这样低级的错误了。像刮骨疗伤一样，她需要排谴痛苦。也许，这就是命运给她的相应的惩罚。她会改变自己吗？不敢说，她在尝试着去做，一直以来，她都在尝试着。

所以，当第三个骗子出场时，洋子的心已没了以往的愤怒，经验使得洋子有了一种涵养，她平静如水地应对着。

“请把你的帐号给我，我要把钱从迪拜的银行户头里边，直接给你转过去，我们好在东京买房子。”

啊，乖乖，又来了，洋子的心里笑骂一句：你可真大方啊，我跟你什么关系？就又要给我买房子了。对不起，我手头没有帐号。

“怎么会？”

“又怎么不会？”

“你的护照和身份证也可以，还有你的地址。”

一模一样的骗术，说不定对方就是那个威廉。哼，洋子眼珠一转，计上心来：“亲爱的，你很急吗？”

对方感到似乎有希望，忙应答道：“是的，是的，请帮帮忙。”

滑稽透顶，现在反而本末倒置了。他给钱的，竟来求洋子了。

洋子默默地坏笑了一下，把第二个骗子威廉的照片，发到了第三个骗子的 QQ 上，并附言道：“这个人能帮到你！你去找找这个人吧。”

搞笑的一幕瞬间出现了：骗子的QQ标志，唰地灭了。说明对方被击中了。

洋子得意地窃笑起来。她心里好痛快，终于打了一次胜仗。

大约五分钟后，骗子的QQ重又亮了起来。这说明他们的会议商量完了。他蔫蔫地打过来这样一行字：“我不认识这个人，我要你帮忙。”

洋子心里狠狠地骂一句：快滚吧！真是恬不知耻的东西！

随即洋子心里发着狠，干脆利落地把对方列入了黑名单。

这段时间，洋子感觉很累。她想调动下工作，临走之前，她想把自己报上去的选题，全部录制出来。她不喜欢虎头蛇尾的做法，有始有终是她一惯的作风。别人可以做不好，她不能不好好做。别看同是日本人，做好了，别人会什么都不说。如果做的不好，准会有人说，这期节目准是那个中国人做的。倔强的她，最最受不了的就是这句话了。她不能为中国人争光，起码也不能给中国人抹黑。反之，去中国时，她又会想，我不能让人在我身上，找出错误来，以此去指责日本人。嗨，真够累的，本来是个舅舅不亲，姥姥不爱的边缘人，这时就会莫名其妙地代表一方了。真是哭笑不得的历史，哭笑不得的人生啊！二十年来，不断地滚动重复，不断地滚动播放。此一时来彼一时，只能是笑看人生了。

洋子奇了怪了，她是招谁惹谁了？在日本，如若工作稍有闪失，肯定就会有人想道：会不会是那个中国人制作的？到了中国，见到老同学，有时也会被顺口来一句：“你怎么变成日本鬼子了呢？”这样让人哭笑不得的话给蛰一下。让她的心里很受伤。

洋子不愿说出来，其实，她的尴尬的经历，在她的父亲，以及妹妹身上都曾有过。只有小心翼翼地做人，只有凡事做得更好，才能堵住别人的嘴。只要做好了，日本人还是认可和服气的。不服输的洋子，一直在暗暗地较着劲儿。

在电视台忙碌了一天的洋子，回到家时，又不忘她的减肥计划，没进家门，就先围着皇太子家的院墙走了两圈，到家后，冲了个澡，本想到网上看看，谁料，屁股刚坐到椅子上不久，人就迷迷糊糊地睡着了。

洋子做了一个梦。她梦见一束冬日的阳光斜射进来，照得她心里暖暖的，醉醉的，她在冬阳里微笑着，看到一位高大朦胧的男人，缓缓地冲她走过来，很谦和地对她说："你好，我叫冬阳。咱们认识一下好吗？"她礼貌地下意识地伸出手去的一刻，洋子浑身冷不丁地激灵了一下，她被自己的美梦给惊醒了！

洋子按着梦的提示走进了她有些荒芜的小菜园。

按照时间顺序，她先打开了第一封来自加拿大的来信，是那位曾经被她拒绝过的博士写来的：

洋子，我回国之行的主要任务基本完成，我还是决定暂不留在国内，这里没有我的市场，枉有一腔爱国之情而人家不认可，不买账，那么其结果可能正如早已熟悉的一个人——古巴革命者切·格瓦拉的结局。我很喜欢美国的教育理念与教育环境。

洋子,我相信缘分，所以我的独白是：(择友)没有预设条件，凭自己的直觉直至最后的感觉，感到可以与某个女子相伴终身，那就结婚。

我想你也很耳熟中国有一个词叫"迷信"，不知道你对此词的理解。我的理解是：反对别人的信仰而自己又不懂运用科学依据进行解释，于是就说人家是"迷信"。

我想缘分是自然赋予的，不是迷信。在 5.1 亿平方公里的地球表面上如今生长着 70 亿的人，为什么只有那特有的两个人可以突破时空和种族的樊篱缔结为一对夫妻。人们常说天涯何处无芳草，但不是随便抓来就能凑合为夫妻的。全息理论成熟后应该可以解释缘分。

我不妨给你讲一个小故事：

在我来到加拿大第十年的元旦，我被邀参加中国驻加拿大使馆搞个联欢会。加拿大华侨协会的李女士当时格外引人注目，她思维敏捷、伶牙俐齿，青春靓丽，阳光活泼中彰显得体，引人注目。席间，一等秘书兼领事的张先生走近我们，为我们互相作了介绍，当张先生赞赏她的美貌、聪慧与阳光时，不知怎的，没等张先生介绍完，我就用法语冒出了一句不宜说的话，意思是“阳光背后有阴影”。于是李女士眼神一刹那出现了异样，但马上又调整过来后就用家乡话（她的曾祖父是绍兴人，而我的母亲是绍兴人，她的话我听得懂甚至很明白）向我说：王先生真是洞察秋毫啊，今后有机会定当拜访，还望您不吝赐教，在此并请多多关照。由于绍兴的原因，因此我们有共同的话题，虽然是初次见面但瞬即拉近了距离……

后来得知虽然她的父亲和她都出生在加拿大，但她的曾祖父是光复会的成员，中国和加拿大离得太远，中间隔着太平洋和国际日期变更线，一个是白天，而另一个是夜晚。她的曾祖父经常向她的祖父讲起绍兴，祖父又把绍兴的故事讲给她的父亲。现在，她的父亲又把绍兴的故事讲给她。一年前，她刚刚离了婚，想换个环境。她的孩子也在加拿大出生，但已经对讲绍兴的故事不感兴趣了。她不想那个绍兴的故事，到她为止，这让她忧心忡忡。她很想带着她的孩子去绍兴寻根，让那个绍兴的故事继续传下去。她的忧愁从她的眸子里折射出来，所以当时我可以从她的眸子里悟出常人难以察觉的阴郁。后来我们成了异性“闺密”。她最大心愿就是如何把孩子培养好，让她的孩子知道绍兴，她的根。经过我们的努力，当年10月份，我回国参加绍兴的学术研究会时，为她的孩子在绍兴联系了学校。那时小孩才7岁，一句中文也不会，也不习惯绍兴的生活，于是我就回到绍兴照顾她们的生活。我不但不感到累赘，反而很乐意。小孩子的确非常聪明，对环境的适应能力很强，语言学习得也很快。小孩到了绍兴后，不到两年时间就可以自由地用中文交流，为此李女士非常感谢我，敬重我。

在常人的眼中我们会走到一起，但我们没缘分，她为此极为苦恼，闷闷不乐，最终我于去年 10 月回加拿大。因为我们的“闺密”关系,她会与我反复磋商她和孩子的事，但她不想再生孩子，而我希望有自己的孩子；我有看法。我性格比较温和，但她是个刚烈的东北女子。这些可能就是我们不会走到一起的原因。

洋子，我很珍惜情缘，我不知道日本的情况，日本能不能成为我的缘结之地？

读完这封冗长的来信，“有些事只有女人可以做到。”洋子想：“虽然自己的身体状况完全没有问题，但孩子不仅仅要生，还要养，要教育。要抓紧了。”“那十年啊！没有性生活的十年，女人一生中花一样的十年”洋子摇晃一下脖子，想让自己更舒坦一些，这时，她的眼睛下意识地一扫，果然，真真切切地看到了“冬阳”两个字。豁然出现在眼前。

天哪，这到底是怎么一回事？！洋子像触了电一样，呆呆地定在了那儿！随即，拿在手里的开心果哗啦啦落地撒落地上，那一粒放在嘴里的，也险些硌住她的牙。她小心地憋住气，黑黑的大眼睛，忽闪忽闪地眨着，然后，洋子感到有种力量推动着她，像鬼使神差般牵引着她，小心翼翼地走近这封来信，它是否真的能决定洋子的命运呢？都说人生充满了选择，有的选择会决定或者改变一个人的人生轨迹。有的选择，也会轻易地将一个盲目的人推向万丈深渊。

下面，洋子将要认识的这个男人，曾经让她又爱又恨过。真正让她动过心，也真正让她心痛过。她面对着这位拿捏很到位的情场男人，几次想华丽地转身离去，但最终又身不由己地陷落在原地。

其实，爱不怕等，只怕无视；情不怕远，只怕敷衍。两颗真爱的心，走再长的路，也是咫尺；虚假的人，再近的距离，彼此也是天涯。

感情，不是讨好，更不是廉价，用了心，才会动情。话是这样说，真做起来就很难。那要看对方是什么样的人才能定啊！要看他是否真的懂情，看他来家园的目的究竟是要做什么。

九　深交后的陌生，认真后的痛苦

不可思议。

洋子的脑袋里不断地重复着“不可思议”这四个字。刚才明明是在梦里呀，怎么会在转瞬间就出现在面前呢？！这是洋子有记忆以来，第一次出现在她身上的奇怪体验。她惊讶得一句话也说不出来。她摇头轻淡一笑。迫不及待地打开了这封属名为“冬阳”的来信。信是这样写的：

我喜欢运动。我在业余时间最大的消遣是打球。我憧憬的生活是生活纯净。我希望我未来的另一半最好是诚实，少自私。真心希望在这里能遇到我的那个TA！

身高：175厘米　学历：硕士　婚姻：离异

月薪：20000元以上

民族：未填　职业：未填

购车：未填　住房：未填

我的择友要求

年　　龄：22—33岁　　诚信星级：不限

身　　高：160—168厘米

详细资料

生　　肖：兔　血　　型：未填　户口地区：未填

籍　　贯：未填　国　　籍：中国　宗教信仰：未填

工作状态：未填　公司类型：未填　公司行业：未填

公司名称：未填　收入描述：未填　最大消费：未填

毕业学校：未填　入学年份：未填　专业类型：未填

语言能力：未填　作息习惯：未填　锻炼习惯：未填

是否吸烟：未填　是否饮酒：未填　个性：未填

喜欢制造浪漫：未填　家中排行：未填

愿意要孩子：未填　对自己影响最大的人：未填

影响的原因：未填　愿与Ta父母同住吗：未填

怀着美好，怀着好奇，呈现在眼前的竟是这样一封索然无味的来信：

“嗨，我是一个诚实，事业有成，对爱情充满热情的人。希望你能回信，你会觉得是一个正确的决定。”

仔细看看，这就是那封来信的全文。绝无虚假，绝对真实的那封原滋原味的来信。

洋子一眼扫完这封信后，气就不打一处来：这是写的什么呀？她还从未阅读过如此简单扼要的求爱信呢。怪人一个！再看他的简介，更是令洋子七窍生烟。全部是：未填，未填，未填。

这人，在开什么国际玩笑？！难道他不知道，连雄性动物在求爱时，还要尽显殷勤：摇尾，歌唱，振翅，舞蹈，亲吻呢……洋子克制住自己的恼火，立马给他回道：

“你好！我很高兴收到你的来信。我想知道，你是做什么工作的？你是否有孩子？你现住在哪里？你的照片能否看见？既然是真诚的，这也将是我们要面对的。在你提供的资料中，全部看不到。很遗憾。”

现在的洋子，心里头更多的是郁闷。和这么一个不着调的人交往，简直是浪费时间。她又随手打开了另一封信，刚刚回复的那封，怎么瞬间又返回来了？这人也够死缠烂打的了：

洋子，我决定放弃（至少是目前的想法，这是我第三次选择放弃）留在中国，但我要想办法这次在国内的滞留时间长一点，多陪伴父母一些日子。父母年事已高，我经常有父母随时离我西去的感觉。我常做此噩梦。

现在我想多了解些日本的教育状况。我想日本的教育应该是先进的，否则日本不可能在明治维新之后不长的时间成为当时亚洲最强盛的国家。“二战”结束后日本又迅速成为世界第二经济大国，可见日本的教育非同一般。我们国人也常常沾沾自喜改革开放35年中国GDP跃居世界第二。但许多国人不知道，那是消耗了全世界30%的钢铁和石油，60%的水泥；经济质量决非他比，劳动生产率只相当于美国的1/12、日本的1/11；生产1美元国内生产总值的能源消耗是日本的11倍，德国的8倍，美国的4倍以上。

一个国家的社会状态更能体现其教育的水平。如：比北京早40年的东京奥运会，可容纳10万人的开幕式场馆，在闭幕后的场地上竟然无纸屑废物，这令世界震惊，这样的民族将是一个怎样的民族。而2011年我回国到过北京，有一天路过清华大学附中围墙外的一段人行道上，这小段路我不是走过去，而是一步步跳跃过去的，因为路面上有排出的粪便流。这些事对国人来讲可能是司空见惯，而对我们来说至少心里很不爽。所以有北京人说我不能拣卫生死角说事，我说在温哥华至少见不到这种现象。

嗷，乖乖！今天这都是怎么了？刚把那个“怪主儿”放下，又来了这么一位。洋子挥手按掉明晃晃的吊灯，房间里的光线顿时变得昏暗柔和下来。洋子忘记了刚刚掉在地上的开心果，不小心，差点滑了一跤。她迅速捡起，并脱掉外衣，仅穿着内衣，穿过客厅。客厅里有一面长镜，她路过时不由得驻足，观看欣赏自己:还行吧。她在心里凑合着给自己打着分。然后，自言自语道：今年一定要把自己给嫁出去。可是啊,你的真命天子又在哪里呢？嫁人也是要有好的人选的，他在哪里呢？这人如若真的来了，说什么也要先和他试婚，可千万别再犯上一次的错误了……想到试婚，洋子就会感到恐惧，一男一女，面对面地，突然提到这个问题，将会是多么尴尬的事情，本来很有情调的事情，也会变得索然无味了。如果不试，再遇到一个同性恋怎么办？我怎么会那么倒霉？还真的会再次遇到吗？她被自己的设想给逗乐了。她自信不会的。你给生活什么样的表情，生活就会还给你什么样的表情。你对生活笑，生活也会对你笑。如果整天想这事，对生活哭泣的话，生活就会还给你苦难。我没有对不起生活，我热爱生活，我也对它是充满信心的。

“我的生活我做主”，洋子抬起头，自信地微笑着：“我要活的精彩！”

仰躺在浴盆里的时候，她又想起了刚刚看过的博士的来信。她想着想着，就想笑，心想：博士啊，你也太较真了吧？你以为这是在做科研吗？敢和北京老太太较真儿？你不知道，北京地儿太大了，大得一般凡夫俗子都找不到尊严。她想起往事来就想笑，怎么傲慢的北京人，说话的时候总爱眼光下斜呢，还特爱用鼻音说话，一开口就爱吹，吹的都让人发晕。什么某某领导人，是他的什么什么亲戚，什么他是哪儿哪儿的大企业家，什么他去过哪儿哪儿，恨不能说，全世界都跑遍了。让听的人，顿时觉得，自己微如蚁尘！等静下心来。回头再细嚼嚼：真的吗？网络时代，没见过面的朋友的朋友圈里的朋友圈！八杆子打不着的关系。洋子想到此，突然来了灵感，她浑身湿淋淋地跑出来，她要马上抓住灵感。她想写点什么。在她翻找的时候，无意之中发现了自己十三年前的一篇文章：《我的一天》，久违了的记忆，让她绕有兴趣地读了下去。

2001年底　晴

7：00，朝霞射进我的房间。睁开双眼的第一件事便是打开电视。

7：10，在床上看 NHK 的早间英语。左耳进，右耳出，收获不大。就好像是我的早晨“闹钟”。

7：30，终于恋恋不舍离开我的床。这也许就是独身的好处。一直嫁不出的我，总是这样自我安慰。

9：00，坐在山手线里的我在大叔们的怒目下接了今天的第一个电话，来自中国。中国的刘小姐告诉我，一个星期前我寻的关于毛巾的报价，现在传给我。我客客气气地谢过刘小姐。中国内地的办事效率已经让我麻木了。好在价钱便宜。

9：20，我朝气蓬勃地迈进办公室。刘小姐的传真在桌上安安静静地等我。

9：25，我和加藤小姐一起为办公室里的同事倒好茶和咖啡。浓茶，淡茶，咖啡加糖还是不加奶都要记住。如果倒错了，会被误解为：你没有重视对方，日后会有“小鞋穿的”。

10：00，我把刘小姐的传真翻译成日文，小心翼翼地放在科长的桌子上。

12：00，我到台场，参加第 52 回东京国际的 2001 年秋季礼品展销会。大陆，台湾，香港都有来参展。大陆的展品种类不多，厂家的东西都差不多。香港的东西做工很精细，台湾的展品种类很丰富，但他们的工厂大多都在大陆，我一直在想：为什么我们大陆的厂家不能带来更丰富的展品呢？这也许就是为什么我们大陆的工厂不能直接和外国的公司直接做生意原因。

19:00，我回到会社。向科长汇报下午的礼品展销会的情况。

21：00，我回到家。一边吃晚饭，一边看电视。

就这样：一天一天，一年一年。

我感觉我就像是一件工具。会社通过我了解中国，我以此为生。我不知道我是在卖国，还是为中日两国的贸易做贡献，让更多的日本人了解中国，为中国引进外资。我的价值体现在被别人利用。会社利用我了解中国，利用我在中国寻找最便宜的商品；中国的厂家利用我把商品出口到国外。我通过被利用而实现我的价值，还有我的午餐。

其实每一个人都在利用别人，同时也在被别人利用。被不同的人利用不同的方面。利用大脑，利用内心，利用外表，利用身体，利用……

老师被学生利用，利用的是大脑。

坠入爱河的人被对方利用，利用内心。

做陪酒女郎的，首先利用外表吸引客人。

做妓女的，利用身体。

你知道自己有什么可以被利用的地方？又在利用别人的什么地方吗？

洋子的思绪被引回到十三年前，喔，十三年前的自己，还蛮有思想的嘛，她有点自恋地连读了两遍。时间过得真快啊，那时一切还像昨天般的历历在目。浪费时间，就是浪费生命。时间就是生命，她不由得想；我有没有浪费了自己的时间和生命呢？想到这里，她心里感到很荒谬。她知道，每个人的一生，都会有那么一段或几段刻骨难忘的感情，有那么一个或几个携手风雨的人。有一天，流年也许会将这一切都冲淡，而我们拥有的只是自己。回到属于自己的那个岁月的山河里，很多时候，是需要一个人徒步天涯的，只是不要害怕孤单。人生就是这样，过去的总要过去，不必在意太多，只有放下不快乐，才能找到心里的快乐。

六月三日清晨，妈妈打来电话：妈妈告诉她，已经托去上海旅游的福永阿姨，为洋子付了一年的钱，这样，在家园网上就可以随便看信了。

洋子哭笑不得地对妈妈说："我说妈呀，你可真爱操心的，我正准备撤下来呢！这件事，你怎么能告诉福永阿姨呢？”

“为什么要撤下来？莫非找到了？”

“没有！”洋子没好气地说，她又不敢说被骗的事。只能应付道：“我对这里很失望。”

“没有？我说洋子，什么事你都要耐心些，别学你爸，干事没点儿耐心怎么行？”

洋子听见话筒里传来爸爸的抗议声：“别什么事儿都扯上我好不好？”

洋子趁机对妈妈说：“妈，我得走了。”

“洋子，听妈的，凡事都要咬牙坚持，你别失望，美丽的人生从何时开始都不算晚。”

“我本来就没抱什么期望，又何来的失望呢？”

“孩子，你要学会等待，学会隐忍。”

“妈妈，我都快四十了！还等？”

“我说过的啊，年龄只不过是一个数字，它与美丽无关。别忘了，你是个优雅的女人。再说了，早就劝你跟他离，你就不听，怨谁？！”

妈妈虽压低了嗓门，还是被洋子听见了。

“那还不是您教育我的？什么夫妻要长相知，不相疑！”

“算了，算了，你就抓住我这句话了，在那儿给我偷换概念。”

此话刚一出口，洋子就意识到自己错了。妈妈，可是个奉献型的母亲啊，她教给过自己多少富有哲理的话啊，怎么都忘了？偏偏用这句来刺痛她？想到这里，洋子忙软下来，歉疚地说：“放心！我一定要学会用时间来计算痛苦，不会让痛苦淹没时间的。”

母亲也释然道：“那你晚上来家吧,你爸爸做了你爱吃的……”

“我知道了，我的好妈妈，我这两天忙。等等啊？”

一连几天晚上，洋子都把自己做了隐身状态，是的，她在有意地回避着加拿大的肖医生，明明把他当成知音，把他当成一个可以倾诉的好朋友，他这几天也不知犯了什么病，洋子一问他，在做什么呢？他就回答说："想你呢！"

"见鬼，别给你个微笑，就当爱情啊。我们是有约法三章的。难道你忘了？"

洋子无可奈何地摇摇头，做了个恍然大悟状。为什么男女之间交个朋友就会这样的难？！难道男人和女人之间真的会有这么大的区别吗？嫁给前夫十多年，没性，不也那么过来了吗？！她突感一阵心酸：也许男人和女人真的有不同的生活法则和需求。不然为什么会有女人需要一个男人的全部，而男人则需要全天下的女人！他们要享尽全天下的美女啊。哼，也真不怕撑死呢！！！

不去理他！看信！洋子心安理得地走进了她的小菜园。

第一封来自英国的来信，就勾起了洋子的兴趣。那封信是这样写的："朋友！你不会是大和民族吧？呵呵！"

一般这样的信，洋子是不予理睬的，今晚她偏不信邪了："你好！朋友你没有猜错，我正是日本人。想说点什么？"

没想到，那位英国人很友好地回复道："大和民族是个优秀的民族。呵呵，我很崇敬这个民族。"

这回，轮道洋子挖苦自己了：我真小心眼！

还有几封更无聊的，有一位二十五岁的，还自称是中共党员，要来日本，还说不怕别人说他吃软饭。看看，这点出息，他也不怕被他的党组织发现后，给他开除了？他想的美，在日本这样的国家，谁养谁呀！洋子用眼睛狠狠地斜他一眼：还男子汉呢，真没出息！还中国共产党党员呢，真的假的？还想让我养你？看着你都想吐。

"好吗？不要把我 QQ 拉黑嘛……谢谢……take care。"

洋子心里对他说："对不起，你的《赏味期》已过了。"

"Hello，你散发着一种让人注目的美，很想认识你。"洋子对他自语："谢谢！"

嗷，这里还有一封，更是蚂蚁拴豆腐提不起来的手。洋子只好礼貌回绝了他。没料到，对方太过小心眼，马上回复道：我是群发的，发错了。我不喜欢日本汉奸。瞧瞧，就这度量，这水平。明明是吃不到葡萄，葡萄酸嘛。还有脸来上网。连东京街头的流浪汉都不如。这里的流浪汉还知道先对路人说："对不起，你吃饭了吗？"那眼神怯怯地看着地面，声音低得微微发颤！

最后，洋子才把目光定在"冬阳"的来信上。都过了多久了？几乎都快要把他给忘了，他这人又来了。这人是不是故意在捉弄人？还是一个慢性子？！由于时间长了，洋子的心里已没了初见他时的激动，或许，想他时洋子的心里加了更多的想象进去。对方又故作姿态，让她产生了疲劳感。洋子想：要么，他就是不懂得感情，反应木纳。要么，他就是个情场老手。而且是个极具杀伤力的情场老手。对这样的人还是要防着点为好。没见他有什么出人头地的地方，还在那里一个劲儿地故弄玄虚。真是好笑。洋子漫不经心地看他写的来信：

"我刚刚才上这类网站，很多还不懂，抱歉。我从事保密工作生意，住在很保密的地方。可加我QQ详聊：000000000。谢谢。"

洋子看后，得出一句话，这人说的话，也等于没说。这不活生生一个保密局的嘛。礼貌中透着神秘。神秘中透着怪异。怪异中带着捉弄。

更深一层的意思是：想来搞潜伏吗？

喔，这里还有几张照片。洋子把照片放大，很专业地对着他端详：冬阳冲着洋子，很憨厚地微笑着。这是一张典型的现代农民的脸。洋子看着，便自语，"怎么会这么土哇！"洋子真没有说谎，那一刻，她都被惊得无语，见过土的，但没见过这么土的。这是来相亲啊,怎么也不知道选张帅气的照片呢？她想Pass过去，又静静地对着那双眼睛细细打量：这人胖是胖点，土也是太土，不过他的眉眼中却带着聪慧，憨憨地笑着，好像在告诉对方，他生活得很舒心。用老人的话说，“这人看上去有福相。”她又记起“相由心生”这几个字。略学佛学的人都明白，万物都不是简单的一因一果的关系。可是，如果生活中挎个这样的“老公”走出去。洋子还没有想过会是怎样的情景。

洋子“扑哧”笑出了声。感觉着有点搞笑，肯定会被认为他是山西的煤老板！或者是哪里来的大土豪。

然而，再定睛仔细看，就会发现，其实，冬阳他长得不丑，就是嘴有点大，衣服穿得太土。如今这岁月，哪里还有穿的确凉衬衣的？既不好看，也不吸汗。而且，还是老土的穿法：肥肥大大的衬衫，随随便便地往裤子外一罩。这种穿法，找遍东京的大街小巷,恐怕也仅有他老兄一人而已。东京街头的男人，各个是：衬衣永远地束在裤子里，钱包的边，诱人地露在裤兜外。于是，洋子得出结论：冬阳这人要么是太不注重小节，是个工作狂。要么就是没人打理，又太过于扣门的那一种，连给自己花一分钱，都要心惊肉跳的手！那不就是视财如命的葛朗台了嘛。而且，还是现代版的。

这时，洋子想起莎士比亚的一句名言：“衣裳常常显示人品”，还有一句：“如果我们沉默不语，我们的衣裳与体态也会泄露我们过去的经历。”是呀，还有什么可狡辩的呢？！

人生就是这样的不可思议，这样的反复无常。在洋子本能地抵触过后，她的内心又产生了一种强烈的冲动：想走近他，认识他，靠近他，了解他。一个对她来说，完全没有触碰过的陌生的怪人。

一个面带着憨厚微笑，稍厚的上嘴唇微翻，双眼有些迷蒙的男人，腆着微鼓的将军肚子，有些腼腆地冲着洋子在笑。

“傻样儿！”

洋子看后，毫无恶意地说了一句。她那样说，并不是想贬低对方，是因为在洋子的生活圈子里，的确没有这种另类。好奇心驱使洋子一步步走近了他。

洋子是个女人。恐怕她这一生也不会真正弄懂，男人喜欢女人的标准究竟是什么？只能靠自己的推测：美丽，温柔，聪惠。而且，最最重要的聪明，还要让位给美丽。可见，美丽的魅力在男人的心里边有多大。

是女人的洋子，很清楚她这一类型的女人，选男人的标准：头脑。含金量高，比重量大的头脑，最容易吸引她。在她看来，只空有外表，没点韬略的男人，是靠不住，是不堪一击的。怀着这样美好愿望和心情的洋子，在过往的男人中寻觅着，揣度着，不时有潇洒温和的男人停下来，友好地向她示爱，几个回合过后，就会让她感到索然无味。她从不拖泥带水，而是快刀斩乱麻，即不耽误别人，也不肯误了自己。拜拜之后，她又进入下一轮战斗。洋子的爱，没有什么目的。只是要选对类型才能爱他。一辈子，就做一次自己。这一次，遍体鳞伤也没关系。这一次，她想用尽所有的勇敢。这一次，可以什么都不在乎。但只是这一次就够了。因为生命再也承受不起这么重的爱情。愿意为那个值得爱的他丢弃自尊，放下矜持，只是不想再错过真心爱的人而已。

好奇，引诱着洋子朝冬阳走去。好奇，会把一个人引向光明，好奇，也会将一个人引向深渊。那一刻的洋子，只想到了光明，根本就不会想到“深渊”二字。

现在，渐渐成熟的洋子，常常会问自己，“我到底想找一个什么样的男人？一个能够呵护我，包容我，安慰我，甚至能让我去撒娇的男人吗？还是一个更具理性的男人？”洋子心目中的男人，应该是：他的肩膀能扛得起苦难，在苦难中不会倒下。只要一想起那个男人，自己也会随之振奋的，愿意为他，和他一起燃烧。爱是什么？应该是双方的共同付出，无论等待，无论享乐，总不该只有索取，没有付出的。一个成熟的，极具吸引力的父兄般的男人，你在哪里？你在这个世界上到底存不存在？！她寻找久了，累了的时候，就会迷茫地问自己。

洋子喜欢日本，也喜欢她的工作。更喜欢陶醉在东京早上去上班的潮流中。那是怎样一幅令人感动的场面啊：男人迈着大步，女人捣着碎步，孩子们跑着步，老人们不甘示弱地拖着步，穿梭在东京繁华的街头和拥挤不堪的各个车站。往往在这一刻，洋子会有种欣慰和满足，她没有被时代所抛弃，她生活在富有朝气，而又蒸蒸日上的首都。洋子和东京与时俱进着。洋子有时候很想一点点细细地回忆，医生当时对她说话的神态，他说的每一个细节，他是否在说谎？是否只是为了安慰自己？而编造了那么恐怖而又不可思议的谬论。现在，她都不能很清晰地记忆起来了。只有那句话：“三分之一的家庭是无性婚姻。”栩栩如生，形象生动，闭目不忘。连医生说这话时的面目表情，洋子闭上眼睛都能回想起来，没有惊恐，没有遗憾，他在讲一个很残酷的现实，但是，这个现实对他来讲不是残酷，只是事实而已。是什么原因让日本产生了这么多不可理喻的男人？是什么偷走了他们的性功能？又是什么原因叫他们见怪而不怪了呢？洋子不明白，她每逢想到医生说过的这句话，都会不寒而栗。这世界怎么了？这里的男人又是怎么了？

都是这个忙碌的社会造成的？它的发达，给了他们极大的财富，也从另一方面彻底地毁了他们，以及和他们一起生活着的女人们。

洋子苦笑笑，无可奈何地对自己说，你就是这其中的一员啊！

周末，最快意的是，去温泉泡泡澡，洗掉身心的疲惫。日本人喜欢泡温泉，喜欢洗澡，就像她们喜欢谦让一样闻名。在东京的大街小巷，人们见不到垃圾，饭店里听不到划拳声，电车上看不到打架的。这里的一切，都在安安静静地井然有序地进行着。就连 3·11 大地震后，日本人的克制和秩序井然，至今都令洋子敬佩得目瞪口呆；那是没有号召，也用不着宣传的，完完全全是自愿的，发自内心的。几次大地震过后，虽然到处是一片狼迹，却没有人趁火打劫，偷盗文物和财宝。就是金银首饰摆在面前，橱窗里的商品散落一地，大家都会绕道而行，没人会动这歪脑筋，发受人谴责的不意之财。

这里也充满了礼貌和客套。客套得让人有种拒人千里之外的感觉。就连夫妻之间也是这种彬彬有礼的相待，没有大声的争吵，只有表面的忍让，就连夫妻生活，也好似只有压抑，没有激情一般。唯一能发泄情绪的，就是扒金犒和温泉啦。因为日本人不喜欢大吃大喝，他们的食物简单又清淡。这里几乎找不到胖子。健康长寿的老人倒是随处可见。

十 想念一个人，真的不需要理由

六月初，一个周末晚上，洋子和部里的人一起去了富士山有名的温泉。她本来没打算去，这一段时间，她正在为长篇小说的结尾忙得头晕眼花。上班时间，洋子不敢怠慢工作，下班后，时间总是显得不够用。她本想，周末可以熬个通宵了，驾不住大家的劝诱和逼供，她不想说出真正的想法，潜意识里也有种渴望欢乐，回归大自然的冲动。内心的空虚是需要排遣一下了。洋子于是就跟大家一起来到了富士山。在富士山脚下的温泉里，洋子神奇地做了一个梦，一个长长的，至今都无法醒来的梦。那梦中的主人就是她和从未谋过面的冬阳。怪啦，难道真的中了那句话：日有所思，梦有所想了？

梦里的相识是这样的自然而然，没有语言，没有沟通，也没有羞涩，就像小时候遇到了邻居家的大哥哥一样，只是一个熟悉的动作，一个亲切友好的微笑，洋子把自己的手，乖乖地伸到了他宽厚的大手中。冬阳承诺；他要带着洋子离开这迷失了方向的黑暗。

就像那年，那月冬天的傍晚，小洋子在回家的路上，不知怎么搞的，就和妈妈走散了，儿童公园门前的大街上黑漆漆的。她一个人站在那里，东瞅西望地看着，夜幕中忙碌疾走的行人，她在努力地寻找着妈妈的身影，就那么一转眼，怀抱着妹妹的妈妈到哪里去了？她一遍遍地小跑着，追赶上很像妈妈的阿姨，哭叫着“妈妈！”阿姨回过头来时，洋子更加失望了。怎么都不是妈妈呀？无助的小洋子只想哭！黑暗，让小洋子感到恐惧。黑暗，也伤害了小洋子的骄傲和自尊。就在这个时候，他来了，他心疼地牵起她的手，安慰道：

“别怕，我带你回家。”

“你是谁？”小洋子警觉地问。

“我叫冬阳。”

“可是，我不认识你！”

“我们前世就认识的，你是不是给忘了？”

“前世？你怎么还会记得？那时候你在哪里？”

“我一直在不远的地方看着你，只是你没有注意我罢了。”

蓦地，小洋子傻笑起来。“大哥哥，你不要说得那么吓人好不好？我怎么没有听说过？”

小洋子反而被他给逗乐了。

“真的，我不骗你，不信，我给你讲个故事好吗？”

小洋子拼命点头，欣然同意，并央求地催促道：“天黑了，不要讲吓人的好吗？”

“啊，这个故事我知道，是妈妈讲过的，叫《一千零一夜》对吧？”

冬阳震惊：“小屁孩儿，你怎么什么都懂啊！？”

“哈，大哥哥还骂人哪？”两个手牵着手的孩子，同时放声大笑起来。清脆的笑声在夜空中弥漫开来。

原来我们一直寻找的爱情其实就是一种被人心疼和心疼他人的感觉。如果你一个人独自在异地他乡，是否想过：此时是否有人为你牵挂，为你担心，心疼你的奔波、心疼你的无助、心疼你有没有按时吃饭？有没有按时睡觉？也许有些人会觉得这思念未免有些不够浪漫和唯美，其实爱就是两人之间累积起来的所有的心疼。当你在雨夜中打着寒战，有个人一边嗔怪，一边把自己的衣衫披到你身上的时候，你的内心一定会充满了温暖。当冬日里，那个人心疼得把你冻得通红的小手放进自己的手心时，你不可能无动于衷。当你们走在街头，那个人突然蹲下身子为你系上开了的鞋带时，你的眼睛也许会潮湿。如果此刻的你在这样地心疼着一个人，那么我想这就是爱，这就是令无数人费解的爱吧！？原来，爱就是一种心疼和被心疼的感觉。爱一个人就会去心疼一个人，而心疼一个人，你就会甘愿为他的幸福和快乐而付出，并且无怨无悔！！！原来这个人一直在默默地注视着自己，而且，已经过了漫长的一辈子了。轻描淡写的寥寥数语，让天真的小洋子坚信不移。她有点怪罪的问："你为什么不早来告诉我这些？"

"我不好意思。"

"你很怕羞吗？"

"有点，别人都看不出来的，你怎么知道的？"

"嗨，我是谁呀？我就是那个最懂你心的人哪。"

他们两个对视着，会意地笑起来。

那时的她还不知道什么叫爱情。她懵懂地对这个大男孩儿有了好感。但小洋子幼小的心灵，永远地记住了这份感受。

冬阳牵着她的手，在昏黄的路灯下，边走边说，给她讲了一个真实而又动听的故事：

"难道你就什么都不怕吗？"

"我是男子汉，男人是不怕的。"

"一次也没有过吗？我不相信的。"

冬阳沉默了。小洋子感觉到，他的手在微微地颤抖，她仰起脸来，好奇地看着他。那一瞬，双方同时呆住。许久，小洋子才醒悟过来，她轻轻地问；

"你生气了？是我说错了吗？对不起了！"

过了半晌，冬阳才用很重的鼻音说："你别多想啊，跟你没关系。只是我想起了我爸爸。"

两个孩子的话题，一下子触到了敏感区，空气中弥漫着淡淡的忧伤。这是冬阳曾经最忌讳的话题，留在少年心中永远挥之不掉的痛。今晚，他想把心中的痛说给这个有着天使般善良的洋子。冬阳自己也说不清楚，他为什么会对这个女孩儿这样信任，这样一见钟情。这有点不符合他的性格。他外表憨厚，大大咧咧的样子，其实，他内心世界几乎不向任何一方敞开的。已经有好多好多年了，自从爸爸离开他们后，他经历了许许多多的苦难，屡屡碰壁后，他心已死，情已绝。只是因为他作为一个弱者，在他成长的过程中，他不得不面带微笑地去迎奉每一个人。脸上的微笑是在卑微的成长过成中，所养成的一种习惯罢了。他的内心钢铁一样硬着呢。

“你好可怜哪，爸爸没的那年，你多大呀？”

“我十五岁。”

小洋子一时语塞了。她不知道该怎样安慰他。她知道自己的话，在这时候将会变成废话，是没有用的。她只好紧紧拉着他的手，跟他无言地对视了一小会儿，默默地乖乖地跟着他走。

都说眼睛是心灵之窗。洋子的眼睛告诉了冬阳，她的心很疼。为他，为他的不幸。

又过了一会儿，小洋子谨慎地又开了口：“那你后来呢？能说给我听听嘛。”那声音是颤弱的，甚至有点央求。

冬阳没有理由拒绝这善意的询问。

“我就一个人跑到山上、河边、田野，总之，我们村子附近没人的地方，我都去过了。”

“去干吗？去哭吗？”

“不是，我才没空儿哭呢，我是告诫自己：我要长志气，要发奋读书，要帮着妈妈带大我的弟弟和妹妹们。也好安慰爸爸的在天之灵。我要担当起一个长男、长兄的责任。”

“哇，你可真了不起！”

“不是了不起，是责任。你懂吗？我是长子呀！”

小洋子似懂非懂地瞪大一双清澈的大眼睛，拼命地点着头。

“那后来呢？”

“后来我就离开了家乡啊！”

“去了哪里？”

“北京啊！”

“你不和妈妈在一起，去北京做什么？”

“我考上了北京大学。”

“哇，我真敬佩你！”

“也没觉得有啥了不起。”冬阳很平淡地说，考上北大，自然是件很光彩的事，可对他们家来说，在那年代，在农村的环境中走出来，没了爸爸，也没有经济收入的冬阳，能完成他四年的学业，并非易事。其间的艰辛，如今只能化成动力，他很少很情愿地想起那段时光了。那是一段看得见曙光，又不得不在紧迫寒酸中，过着度日如年的日子。他认为，要骄傲地活着，有尊严地活着，有骨气地做人，才是为人的根本。如果没有这种心理支撑着他，他是不可能走到毕业那一天的。

小洋子听得入神，心被感染，被打动，被征服。从那时起，小洋子开始崇拜他，一个来自女孩子对大男孩的崇拜。这是不是爱的基础，就连梦幻中的人也说不清楚。

他们牵着手，深一脚浅一脚地蹚着向前走着。两只手在不知不觉中紧紧地攥在了一起。洋子的心，告诉她的手，不要松开这个要强的男孩的手。生生世世都不要松开。

刚才还涌挤不堪的街道，渐渐变得空寂无声了。她的家也似乎变得更加遥远了。为什么走了这么半天还没有走到啊？小洋子无望地看着黑的夜，静的街。她迷失了方向。很焦急地说：

“快看看北斗星吧，我们是不是走错了？”小洋子想起和爸爸在一起时，他常教给她怎么辨别方向，因为妈妈就是永远不知东南西北的人，他担心女儿长大了也会承传妈妈的这一特质。

“不要怕，有我在呀！”

冬阳挺着胸脯，很勇敢地大声说：“我能保护你，你放心好了！”

看他不像在说谎，十分认真的样子，小洋子恐惧心理，一下子消失怠尽了。

“那我们现在该去哪里？该怎么走？”

“你就跟着我走好了，我记得你不是说过这句话嘛：“我相信，在这个世界上，有我这样一个人的存在，就肯定有一个我爱和爱我的人存在。我信心十足地等待着那份真爱。希望与爱我和我爱的人，能在这里相遇，相识，相知，相爱，并时刻准备着与你携手浪迹天涯。”

“那是我长大以后，在佳缘家园上说过的话。你怎么会知道呢？”

“我就是看了你的独白后，特意来这里寻找你的……”

“你可真有心计啊，那就跟我说说你好吗？”

“好啊，我全告诉你。从哪儿说起好呢？”

“在我眼里，你就像是一个谜，告诉我，大学毕业后，你去了哪里？你现在又在哪里？”

“是呀，大学毕业后，我去当了几年小官，”冬阳思索着，“那衙门很大的，那里的官也很多，还都是些肥官。我也算不上官的，就干了四年，知道吧，我居然在那里挖到了人生的第一桶金！后来，我就离开了那里。”

“为什么？”

“不为什么呀！就是不想干了，就离开呗。”

“我知道你这儿没说实话。我知道的！”

“那你说！”冬阳吓得一时噤住，故意高声叫号着。他很自信；你一个毛头小丫头，能看透我！？

“我也不想告诉你，这事儿是只可意会，不可言说的。”

冬阳倒吸一口冷气，心里叫道：还真被她击中了，不可轻视呀！

“你这个与我气味相投的鬼灵精！”

冬阳被洋子的一针见血，逗得“哈哈”大笑，他抓紧了洋子的手，心里惊呼：知我非你也！的的确确，当年能舍弃那么好的工作，除了想抓住机遇外，还有他来自内心的担忧啊！

“告诉我，你后来去了哪里？”

“我去了国外，开始漂泊。”

“漂泊？”

“嗯，差不多吧，也可以说是移民。”

“那你和我一样，我不是移民，是寻根来到日本的，寻根，你懂吗？一定吃了不少苦吧？”

“我是男子汉，男人吃点苦不算什么。苦难只会让我变得更坚强，更豁达罢了。告诉你，我现在是个凤凰男了！”

看他提到“凤凰男”时，那一脸得意的样子。小洋子很茫然，她不知道什么叫“凤凰男”，也不懂得他为什么说到这三个字的时候，会很骄傲地挺胸抬头。

“我喜欢你这样的男人，经历了苦难，又不会倒下的男人，才算得上是真正的男人。你聪明，又有知识，我长大了就要找你这样的男人做丈夫。告诉我，你到时会来娶我吗？

不问还好，这一问，冬阳像被什么蛰了，一下子沉默了。他在犹豫。这也是他的一个致命的缺点。无论好事坏事临头时，他都要犹豫不决。也许是他看不见的小农意识在作怪！

小洋子迎着他的目光追问道："你不喜欢我？"

"你还小，"冬阳的脸憋得通红，沉吟一下，"到时候再说好吗？"

"那你说，你一直在注意着我都是假话啦？"

"没有啊！"他心里想，她真是咄咄逼人。

"这么说，你又不好意思了？"

"你怎么这么了解我？"

"我是被上帝派来专门监视你，照顾你的，我不小了，你不要对我说谎就好。"

"告诉我，你从哪里来？"

"法国呀！"

"你为什么不说从美国来呢？你知道女人的虚荣，你以为我不明白吗？你在利用我的虚荣心，我知道你明明来自马来西亚嘛。"

"你怎么会知道？快告诉我！"

"我会推算，你明明在那里住了一个月了……"

"还有吗？"

"我喜欢的是你这个人。无论你来自何处，无论你出身贫贱都与我无关，我要的是一个坚强意志的丈夫。不想要一个用谎话来瞒天过海的男人！所以，我奉劝你，以后不要对我说谎，我也决不说谎。不然，我会生气的。"

"你了解我有多少？你又喜欢我什么呢？"

"我只知道，你脑袋里藏着的是智慧，这要比钱和钻石贵重得多，脑袋里的智慧是任何人都抢不走的。"

有过一次失败婚姻的冬阳诧异了，美好的爱情怎么会来得这么突然？这么悄无声息？他明明是喜欢她，想把她送回家的，然后，再等她慢慢长大后，再来收获的。就像农民，春天要播种，夏天要除草，秋天才能收割一样。他是个农民的儿子，其骨子里依旧保持着小农意识。本末倒置的结果，让他本能地抵触起来。莫非，莫非，莫非！

他的脑子里飞快地闪现出一千个，一万个莫非来。

冬阳啊，冬阳，是你犯了老毛病？还是一朝被蛇咬，十年怕井绳？还是有说不出来的秘密？

他想自己是一个成功的，一个能结婚，能照顾家庭，却不浪漫的男人，他希望找个美丽善良的女孩共度一生，他目前已经开始了稳定生活，在多年学习和飘泊后，呵呵。他悟出，海外生活是：好山好水好寂寞，在中国：好吵好闹好热闹。他就是在那种打打闹闹中走过了多年，看着自己拼搏出来的业绩，再看看造的灰头灰脑的自己，他犹豫了：该如何规划自己人生？他在放大自己业绩的同时，又要无故地猜测疑惑，所有靠近他的人，都是有企图的。他像一个没有抱窝经验的老公鸡，埋着头，露着屁股地在那儿，搂着他的钱瞎忙活着。真是憨态可笑！

他最大的心愿，就是孝顺年过古稀的母亲，他睡不着觉的时候，常常会在心里暗算，爸爸走的那一年，妈妈多大年纪？好像还没有他现在这么大，她一个女人还要带大他们五个兄弟姐妹。想着，想着，冬阳就会感到心痛。他成功的动力有母亲的缘故。他成功后的最大心愿就是孝顺母亲。他想，只要兄弟姐妹和睦了，也就是最大的孝顺，母亲最大的开心，也正是冬阳所向往的。

他要找的那个女人，对整个世界来说，她是一个人，而对冬阳一个人来说，她就是整个世界。他必须慎之又慎。

特殊的人生经历，练就了特殊的男人。他不愿意和盘托出他的过去，更不想让人知道他内心的想法。他就像一个矛盾体，想倾诉，又不敢。想坦荡，又想隐瞒。有时真是莫名其妙！他一生中犯过不止一次类似的错误，别人没有注视他时，他要找回自信和自尊。他会发起主动攻击。一旦，他俘虏了对方，他又会犹豫不决。真正的牵着不走，打着倒退呢。他意识到时，也曾经后悔莫及过。然而，他改变不了自己，依旧要周而复始地犯这个重复过的错误。他恐惧会失去已有的一切，回到从前的孤寂、贫穷之中。

小洋子瞬间变大了。她蓄满泪水的双眼，惊异地盯着他的脸，想在他的脸上找到答案。

这时，冬阳出出乎意料地松开了她的小手。内疚歉意地低下了头。

“洋子，你怎么了？我们该回去了。”洋子被中村从沉思，沉睡中唤醒。她慌慌张张地睁开眼，大脑还没有明确地反应过来，她现在身处何处？怎么冬阳会变成中村啊？她慢慢地转过身去，探寻地看着中村的脸问：“我这是在哪里啊？”

中村也满脸疑惑地瞪圆了双眼，惊奇地解释：“温泉啊！谣考羌，你怎么了？”“谣考羌”是洋子日语的发音。这时，她才不情愿地从梦中走出来。

洋子无可奈何地从那个梦中走出来，心里头是一片无望无际的苍凉，他怎么会无情地松开我的手呢！？

假如洋子不曾遇见他，洋子还是洋子，她不会受伤，只会偶尔做做梦而已。然后，还是会日复一日地奔波在繁华的东京街头，淹没在这喧嚣的城市里。在茫茫人海中走着自己的路，繁忙的工作中寻找着自己的充实而已。然而，是他的出现，无情地打碎了洋子本该平静幸福而又忙碌的生活。

是心碎？还是心醉？

十一 任岁月流逝，依旧情系中国

洋子回爸爸妈妈的家，从不按门铃，而是自己很仗义地用钥匙开门。

周末晚上，洋子刚打开房门，就从房间里流淌出熟悉而忧伤的音乐声：二泉映月。

一腔悲愁映残月，神曲绕梁终不绝。从弦上流出的悲伤，不仅是不朽的千古绝唱。也是父亲的最爱，爸爸很喜欢听这曲子。这是他当年来日本时，从中国带来的唯一的纪念了。对《二泉映月》他是百听不厌的。洋子看爸爸听这支曲子时专注的神态，就在想：爸爸的内心世界，一定有某种感情是和它共鸣的。

有一次，洋子曾好奇地问起爸爸，爸爸就跟洋子讲到下面这件事。

当黑暗的日子结束，光明快要到来之时，阿炳在灿烂的阳光下把它留给民族，含笑驾鹤而去。很久之后，一位来自扶桑的大师说："断肠之感，对这首曲子来说是太确切了，听这首曲子，应该跪着来听才对。"说着，那位大师离开椅子，双膝跪下，双手毕恭毕敬地垂下，进入了阿炳的"曲子"。当"曲子"结束，片刻宁静之后，那位大师抬起头来时，早已是泪流满面了。

可见，音乐是不分种族的，是没有国籍的，他对人心的震撼力有多大吧。

有人说，看不见黑暗，是因为穿行在黑暗之中；听不见苦难，是因为置身于苦难之中。阿炳，一个失去了用明亮的眼睛看世界的大师，却用二胡的弦完整地抚摸过这个世界。那么，世界就在他的心中了，没人知道，他的梦中是怎样的一个世界呢。如今，我们已无法知晓了。

自从爸爸手术后，正逢洋子离婚，事情阴差阳错地都赶到了一起。她便给自己立下了不成文的规定：每天与父母通话一次。每周回家看望一次，因上周赶稿子，没能回来。因此，她下了班就直接回了这里。

回家看父母亲，这也许在中国是再正常不过的事情，在日本却成了奢侈。以前，总是忙啊忙，很少顾及父母，再加上那时的父母还很健康。她就很少为父母操心。自爸爸这次手术后，让洋子深刻悟出：生命的宝贵，生命的重要，生命就在一瞬间！她不想让自己的生命中留下遗憾！在她意识到之后，就尽力地弥补着过去的不足。今晚，她要带父母亲去吃寿司。

寿司店就在她家楼下的对面。准备在这里边吃饭的人，可先写下自己的名字，等在店里，店外都行。洋子来时就先写了名字。她选这里，一来离家近，二来她很喜欢这里的环境：幽雅，干净。而且鱼都是当天从海里打捞上来的，非常的新鲜。其实，日本的菜只是赏心悦目。并没有中国菜口感好，吃着香。一开始，他们也觉得日本菜，吃起来没滋没味的。日子长了，反而会感到中华料理，不但口味重，油也太大。吃下去反而会感到不太舒服了。也许，这就是人们常说的习惯吧。日子久了，习惯也就成自然了。初来日本时，到寿司店看着日本人心满意足地嚼着，小小的米饭团上摆满了五颜六色的寿司时，他们就会纳闷，就会茫然地想：难道这就是日本人渴望的幸福生活吗？寿司的色彩极鲜艳极浓烈，闻起来又没什么味道。可是日本人吃起来确是津津有味的。

人生就这么充满了戏剧性，从不理解，到被同化，不过是一二十年的时间。

他们选了个较僻静的角落。从他们的角度看过去，正好能观赏到整间大厅；所谓大厅，充其量也不过有篮球场的四分之一大小，不过真正是窗明几净，加上李香兰的《夜来香》，委婉亲柔，让人无论是听起来，还是看起来都很舒服。

席间，父母亲又提到了她的婚事，这个问题是洋子不愿提起，且又无论如何也绕不过去的。在亲人面前，她也只好缴枪不杀了："现在，我倒是看好了一个，"洋子试探着吞吞吐吐地说，"不过，还没有决定呢。"

妈妈立马有点抑制不住声音中的激动："快告诉我们，他是哪儿的？是干什么的？"

爸爸一下急了："老太婆，又不是你出嫁，你看你，急什么？看把你兴奋的！"

"你少跟着掺和，怎么嫁女儿就像是割你的心头肉啊？！"

"你们尝尝这个吧！"洋子说着，将一盘新鲜的河豚端放在妈妈面前："这肉很细嫩的。"

妈妈歪着头，细端详着那盘摆的如同盛开的百合一样的河豚；"这鱼是有毒的。"

"您就放心吃吧，早就把毒腺摘除了。"

妈妈把筷子伸出去，又在空中停下了，犹豫不决地说："谁敢保证他会百分之百地处理干净？"

"亏你想得出？你以为这是在中国吗？还敢拿人的生命开玩笑？……"爸爸说着，率先夹了一块放在了嘴里，细细地品尝起来。

妈妈立马拉下脸来，奋力反击："我说先生，跟你说过多少次了，你不要动不动地就把中国给扯进来好不好？"

"好好好，我没在意，伤着你的爱国心了是不是？"

"妈，算啦，爸他没有攻击中国的意思，他只不过说实情而已。"轮到女儿批评，妈妈好像还能接受的样子。她皱着眉感慨："是呀，中国的食品越来越让人不相信了！真是悲哀呀，还舌尖上的中国呢？以前回国，一定要吃大餐。现在回国，都减肥了。”

爸爸不失时机地哼了一声。

这冷冷的一声，似乎又要惹恼妈妈，洋子赶快给爸爸使了个眼色，并把妈妈爱吃的三文鱼推到她面前：“您哪，还是对这个感兴趣。如果我没猜错的话。”

“还真是，知母莫如女嘛。还是先说说你男朋友的事吧。”

“妈，您看您，还真当回事了。我那么一说，你就那么一听好了。”

洋子本想以此堵住妈妈的嘴，没成想这一招早被她识破。妈妈不耐烦地推开盘子，催道：“别想蒙混过关，快说出来，让我们帮你参谋参谋。有什么不好？”

为讨好，洋子故意嬉笑道：“还不是我上次跟你们说的那个新加坡的呀……”洋子在极力延长着解释。因为她心里明白，她是解释不清的，那个人，走近了她，又故意地掩饰着自己。他想得到她，又不想让洋子了解他。是很怪的。

“那人哪？”爸爸不笑了，严肃地一语双关的道，“这么久了，你了解他有多少呢？什么样的男人，就找什么样的女人。你们好像不是一路。婚姻千万不能随意。自爱才能赢得自尊，爱情也是一种态度。他如果诚心，怎么会到现在都没有把他公司的网页告诉你？登一个网页只不过十几美金啊，多简单的事儿，就连你妹妹都能轻而易举地做到！他自称是一个有着近三千人的企业，不会犯这么幼稚的病吧？什么网页在更新中，什么你不懂英语呀？都不过是借口！也许他真像你说的，是个很优秀的人，可优秀的人在一起也不一定快乐，适合的人在一起才最幸福！”

提起那个澳大利亚人，爸爸的气就不打一处来。哪儿见过这样谈恋爱的，藏着掖着，给人一种不光明磊落的感觉。这样的男人不可靠！

“算了，女儿也不是没头脑，”妈妈怕女儿不高兴，忙打圆场，抢白道，“你呀你，你就是人老话多，树老根多。”

“那就莫嫌我老汉说话啰唆。不要拿别人的过错来折磨自己，我觉得这不是聪明人的做法。”

本来就犹豫不决的疑问，这下被爸爸无意点中。洋子不由对自己生气，甚至有点恼羞成怒的感觉。是啊，她细究起来，到底了解他有多少？他说他是新加坡的也好，马来西亚的也行，印度尼西亚的也罢。洋子都无法查证。网络，本来就是一个极其便利、又极其虚幻的世界。是摸不到，又看不见的。他还可以说他是北大毕业的呢？你查得到吗？就是查到了，那人到底是不是他本人？为什么真心相处，又要遮遮掩掩呢？他到底想隐藏什么？洋子想到这些时，也是疑惑满腹。中国人别的本事没有，蒙人，骗人，可是世界手屈一指的。洋子算是服了！她想说服自己，相信他，可找不到相信他的理由。她又不想这么快地否定他。她处在矛盾的煎熬中。

“我不明白，一段痛苦的婚姻就至于让你离开日本？多少人想来都来不了，你倒想轻易地放弃？！你看看，我这里有份调查报告。”

爸爸说着，就像变魔术似的，把那张纸拍在了桌子上。

妈妈见状，不失时机地来一句：“真小看先生你了，看来你是有备而来呀。”

FBI 数据：十大最安全的国家及地区 日本第一

来源：倍可亲(backchina.com)

美国网站「Lifestyle 9」周三根据美国联邦调查局（FBI）的数据分析，通过犯罪率、经济状况等因素，选出全球十大最安全的国家及地区，日本高踞榜首，台湾排第二，香港位列第三。

该网站根据犯罪率、自然灾害、贪污程度及经济状况等因素，评估各国及地区的安全程度。网站指出，名列第一的日本，文化是其成为最安全国家的主因，因为日本人普遍避免作出令国家蒙羞的行为。至于排行第二的台湾，在暴力罪行、抢劫的层面而言，台湾是全世界最佳居住的地方之一。

网站指出，排行第三的香港犯罪率远低于欧美国家，鲜有严重罪案发生。网站又提到，香港警察办案效率高，且执勤时态度专业，经常巡查餐厅、酒吧等公众场所，令游客较有安全感。

看过后是片刻的静默。

“日本还是不错的地方，你不要因赌气就做出错误的判断。”

“是呀，天涯何处无芳草？何必太在意？”

“我在跟女儿说话，你总跟着捣什么乱？”

“你说你说，我的先生，我们不敢惹你。看看，你爸爸病后，别的没见长，脾气可大了。”

“行了，妈，你就少说两句好吗？”

“我要真说错了，你可以反驳呀！”

“我没那意思，我只是想对女儿说，女人不是为男人而生，而是为自己而生的。妩媚的姿态悦人亦悦己。千万不要走进死胡同里。”

母女俩会意地一笑。这笑，是意味深长的，既有掩饰爸爸的意思，也深知爸爸满怀真诚的爱意。

过了一会儿，妈妈意味深长地说：“其实不必急着要生活给予你所有的答案，有时候，你要拿出耐心等等。即便你向空谷喊话，也要等一会儿才会听见那绵长的回音。也就是说，生活总会给你答案，但不会马上把一切都告诉你。也许，这个冬阳……”

又过了一会儿，爸爸还是忍不住地说：“选择和谁交往，不和谁交往，这都是你的自由。我们虽说是你的父母，也不会强迫你，感情这个东西，并不是霸王硬上弓能上得了。你问问你自己，到底喜欢他什么？这个人真的值得你一辈子厮守吗？！我觉得那个医生很不错。他靠谱，是个有担当的、心里宽广的男子汉。”

“爸，我们俩是不会成为夫妻的！”

“那个叫冬阳的，他又究竟好在哪里？”

“他总是有与众不同的见解啊。”

“是呀，我总觉得，他还有个孩子，你说你自己还像个孩子呢，将来在一起过日子，麻烦和矛盾肯定少不了。恋爱是美丽的，可是婚姻生活哪有那么简单，当浪漫回归现实，当生活变成了柴米油盐。生活也就由浪漫变成了考验。要知道，婚姻需要的不仅仅是浪漫，更多的还是理性和责任。你进了冬阳的家，马上就得学着做妈妈，做继母，那可不是件易事儿，你做好心理准备了吗？”

洋子听罢，把举到嘴边的生鱼片，又索然无味地放回去，含糊道：“我还真不知道。”

“怎么讲？”

洋子没头没脑，一字一顿地只说了一句：“他、很、执、着。”

“你什么意思？洋子，拜托你把话说完好不好？”

看着妈妈着急的样子，洋子的心里平白无故地冒出一句话来：老人的悲剧不是身体的衰老，而是心很年轻。

洋子想，再怎么逼问，我也不会把梦里的事讲出来的。也许，冬阳有什么不愿告人的难言之隐？应该说，每个人都有追求自己生活的权利。道不同不相为谋嘛。

“我是你们的女儿，你们该了解我，我只是想找一份真爱；被一个有思想、有头脑的人爱。被一个有能力、有智慧的人爱。不需要他有多少钱，也不在乎他有没有公司，这些好像跟我都没有太大的关系。我更不需要他能否给我一个有多风光、有多体面的婚礼。也不需要一个装修得多么华丽的家。”

女儿的话，突然让妈妈心里涌起一阵心酸，也不知拨动了她心里的哪一根弦。她一下抓住女儿的手：“你怎么会这么像妈呢？我当年能嫁给你爸爸，就是出于这种考虑。别的不说，就你的刘伯伯和王姨吧，把他们的同学给我介绍了好几个呢，我愣是一个都不看，就给回绝了。你说我傻不傻呀？！”

“老太婆，你后悔了？”

“那倒不至于，就是觉得自己当年太一根筋了。”

事已至此，洋子的戒备心也完全没有了。她还是讲出了自己的疑虑：“我有时也会觉得，冬阳这个人身上有一种令人不可思议的地方，比如：我想了解他，可又靠近不了他。他的爱，有时会伤害我的骄傲和自尊。到那时候我就会想：爱是什么？是苦役？是思念？还是一种对自己没完没了的折磨？我认识他后，有时会感到很幸福。有时候也会感到很累很累。累得我都想逃避，可又舍不得。”

洋子对冬阳，有一种雾里看花的感觉，不知道该不该托付终生。洋子是个不计付出的人，但却是个一定要得到对方认同的人。

妈妈听罢，欠过身去冲着爸爸，他蓦然一怔，呆呆地看着妻子。他立刻领悟到妻子目光的含意。年轻时，他也曾犯过这样的错误，她也曾不止一次地抱怨过：就算你再忙碌，就算你很焦虑，也要在空闲之余说一声我想你；就算你再疲惫，就算你再郁闷，也要在临睡的时候道一声晚安；就算你生气了，就算我们吵架了，也要在第二天阳光依稀的早晨，眯眼向对方微笑；就算感到无趣，就算生活平淡，也要在黄昏的街道上坚定地握着彼此的手。我不需要太多，只是需要遵守我们的约定，这样去做，一辈子也就已足够了。

爸爸不知道接下来该怎样安慰女儿，他只感到，心里那个悔呀，使他找不到恰当的话说。命运弄人，为什么时间又在此轮转回来了，这么无情地降落在心爱的、多情的女儿身上？！

六月底，一个周末的晚餐，就这样收了场。

他们没有急着回家，而是缓缓地走进了并木的银杏树下。这里离他们的家只有几分钟的距离。这里也是东京的一处名风景区。特别是到了秋末冬初的时候，来这里的行人会络绎不绝，人们会手握一杯温热、香味宜人的咖啡，坐在金波摇摆的树伞下，一边慢慢地品着咖啡，一边绕有兴趣地欣赏着过往行人，那咖啡会越品越有滋味，就像是在细品着自己的人生。长椅一字排开，散落在银杏树下，常常是座无虚席。椅子前是一条禁车的宽阔的大街，街对面，依旧是茂盛的银杏树。树下依旧是陶醉在幸福中，懂得享受生活的人。

尽管这里人来人往不断，但依旧静得出奇。

就在他们三人坐在那里，享受着这一切的时候，令人意想不到的大煞风景的一幕出现在面前：先是一声尖叫掠过夜空，而且是用中国话在尖叫，他们三人听得清清楚楚，不由得相互对视了一下，脸上的笑容瞬间就僵住了。

十二　相识在青山银杏树下

那一声不合适宜的尖叫的确是从一个中国孩子的嘴里发出来的。他是在跟妈妈赶往医院途中受到了惊吓，才不顾一切，声嘶力竭号叫的。这段插曲，让沉浸在愉悦中的游客，感到大煞风景。在众目睽睽之下，也把无辜的洋子拖进了一个未知的故事中。

小男孩只有两三岁的样子，对大人的话，正处在似懂非懂的阶段。妈妈带他去医院看病危的外婆，受到惊吓的孩子正不知所措之时，性急暴躁的妈妈又嫌他闹人，就在他的大腿根那儿狠狠地掐了两下。小孩惨痛而又惊恐的哭叫声，以及他妈妈大嗓门的中国式的谩骂，顿时吓跑了好多游人，也给洋子带来了一个忙碌的、心中充满五味杂陈的夜晚。

首先是洋子的妈妈，她一听到中国人的大声喊叫，就条件反射般地有种蒙羞之感。她赶快让洋子过去看看，到底发生了什么事。她凑近刚一用中国话搭讪，就给自己惹来了推卸不掉的麻烦。原来打孩子的女人，刚从中国来到日本还不到半年，今天快下班时接到医院的电话，当时她就毛了，日本话她一句不会，对方还说得老快，“叽哩呱啦”地说个不停，她当时是让在一起涮碗的小李帮她听的。原来，她妈妈急病发作被送进了医院。她哪里经历过这事儿，立马就慌了神儿。

她先去幼儿园接了儿子，家也没回就往这里赶，黑灯瞎火的又迷了路，正不知道该怎么办呢，儿子又给她添乱！此刻，见到会说中国话的洋子，就真的像见到了救星一样，她死死地用一只手抓住洋子连衣裙的下摆，几乎是痛苦万分地乞求道：“大姐呀，咱可都是中国人哪，你可得救救我们娘俩，人都说，老乡见老乡，两眼泪汪汪，这人不亲土还亲呢，你说是不是？你说这庆应医院到底在哪儿呀？我妈病得要死了，这天又黑了，我还不会说这鸟语，可愁死我了。”

洋子先是耐心地指给她该怎么走，后见她还是不明白，就想带她去打辆出租车。对方一看，就像生怕一撒手，会失去救命稻草一样，带着哭腔求着：“大姐，俺看你面善，心眼好使，你看这样好不好，麻烦你带我们去一趟行吗？”

洋子心里一惊，她没有一点思想准备，她扭头看爸妈，目光里带着询问。妈妈早已凑上来，赶紧问长问短，十分关切地小声道：“你不用担心我和你爸，这么近，我们自己能回去。你快跟他们去一趟吧,看着也真够可怜的。这黑灯瞎火的，你也别急啊。有什么事，就给我们打电话。”

那天晚上，洋子在医院忙忙碌碌地折腾了半宿，才拖着疲劳的身体摇摇晃晃地回到家。

原来口口声声喊她大姐的女人，来自中国河北的房山。她叫何英。她的母亲今天下午被 120 送到医院时已被宣布脑死亡。日本医生征求家属的意见：是否还需要抢救？因为何英的妈妈已经八十四岁了，而且来时已被判定为脑死亡。

日本的医生说，像她妈妈这种情况，一般日本人就会放弃抢救了。因抢救也是无效的。有很多日本人都在生前遗嘱中写到了，在生命的最后选择平静地告别，有尊严地死亡。但考虑到你们是中国人，按中国人的想法，中国人的传统观念，医生不敢擅自决定。而这个决定要老人的亲人来决定。也就是说，这个决定将是重大的，将决定着何英妈妈的生死。洋子把医生的话如实地讲给何英。

何英听罢洋子的翻译，不做任何回答，第一个反应就是放声嚎了起来。这突如其来的情况，叫她束手无策，好像只有哭才能缓解她心中的悲伤一样。

不过中国和日本的大环境不同。两国的习惯也不同。这何英也太中国化了。她这出奇不意的大哭声，也立马产生了连锁反应：首先是她怀中的宝贝儿子，也不知何故跟着号啕大哭起来，震惊的洋子也被吓得不知该如何是好？她小声地劝道：何英，咱们这是在医院哪。你能不能先别哭？她一边劝着何英，一边又不好意思地赔着笑脸冲着医生不断地点头哈腰。算是赔罪了。当时，洋子就忙出一身汗来，真是又丢人，又恐惧，又担心哪。这种毫无准备的情景，还真是难为了洋子。医生更是手足无措，他们那神态在问，是不是她有精神病啊？！两个主治医生互相对视了片刻，他们那神情在说：我们也没做错什么啊？！你这突然发作是我们哪儿做的不对了？

很快，何英的哭声就招来了不解和抗议声。这里是医院啊，是患者静养的地方。怎么可以在这里大哭大闹呢？！这不是破天荒的事情嘛。

现在，被指责的不再是何英，而变成了洋子。她只管哭，哭似乎就能解决一切问题。而且，哭得那么没有尊严。决不是梨花带雨哟。当时也只有洋子能理解她，突然间要失去母亲，那种绝望的感受。

中国和日本的风俗的确不同，日本人就算是吃了一肚子的黄连，脸上也不能露出苦相来。有的甚至还要黄连树下弹琵琶，苦中作乐。中国人不理解归不理解，但是来到日本，在这块土地上生存，就要入乡随俗，进门随风了。

洋子只管赔罪。谁让她会说中国话，谁让她们站在一起呢！一时间，洋子的心里没有感动，也没有厌恶，只有酸楚和悲哀。她在等待着何英平静下来，她在等待着何英的决定。说到底，也只有她是老人的骨肉血亲，只有她才有决定权。

何英终于抽咽着道：我妈妈一辈子不容易，我不能就这样眼睁睁地看她咽气。虽说得轻描淡写，虽说得寥寥数语，但她的意思是，这件事就这么定了：抢救！不抢救，那就是大逆不道，有悖常理。

她带着哭腔说完就陷入悲伤和迷茫中，她的眼神里有很多很多想要诉说的故事。

别人无权干涉何英的决定。医生也不十分清楚她们之间的关系，就一再地向洋子申明：只要你妈妈带上呼吸器，她就等于什么也看不见了，什么也听不见了，她会出现什么状况，只好等待命运的决定了！医生的言外之意，洋子明白：这样一来，痛苦的生命还会有多久？只有慢慢地等待死亡了。

抢救开始了。

当终于把何英的丈夫等来后，洋子这才打车回了家。那时已是凌晨两点多了。洋子长舒一口气，拖着疲惫的身体，打开自家房门时，这才感觉到非常累了。

明媚的阳光铺洒在办公桌上。洋子正在专注地拟稿，准备制作下一期节目。她右手托腮，双眼直视屏幕，边想边敲打键盘。而思绪却要时不时飞跳出来，控制不住地想起何英一家。

从青山并木银杏树下偶遇开始，至今已有近一个月的时间了。一个月来，洋子始终没有从何英家的生活中解脱出来。大千世界，人海茫茫。人和人的相遇，是很偶然的。她们能在这种情况下相遇，也算是有一种特殊的情分在。因此，能帮上忙的时候，洋子都尽量地帮她。二十四天后，何英八十四岁的老母亲，还是撒手人寰了。她没能用六百万日币挽留住母亲的生命，却用六百万换来了“心安理得”这四个字。

国家与国家文化的差异，人与人性格的不同，永远无法定论谁对与谁错。何英本想，在母亲生命凋零之前，再多给予她些爱，再多让她享受一些，在过去匆匆而逝的岁月中，她老人家吃了很多苦！她们做儿女的，都是有目共睹的，然而，又是视而不见的。她只想在母亲最后的岁月里，让她以母亲的名义，再重新饱满灿烂地开放一次。直到母亲人事不省，安静地躺在病床上的那一刻，做儿女的才幡然醒悟：其实，他们的母亲才是世界上最伟大的母亲。这人哪，任何时候都不能忽视了对至亲的关爱。错过了，是不能够重来的。

可惜，太晚了些。母亲还是走了。在她走前，在她头脑清醒的时候，没能听到来自儿女，来自丈夫的一句美妙的赞美。她等待了一生，一生都是在空盼中度过的。她希望得到亲人的首肯和谅解，别人是无所谓的，只要自己的亲人能理解就行。十八岁她就去了中国。从此以后，她没了亲人，没了故乡，也没了祖国。在异国他乡，她一个弱小的女子，除去男人外，她不知道还有什么样的路可以让她走？！！

何英的母亲走后，洋子才了解了许多关于这位老者的故事。

何英的妈妈原本是位日本人，她不但能流利地讲一口纯正的日语，还会用日语写些小文章。只可惜她的六个儿女中没有一人会说日语。因为他们瞧不起自己的母亲，也就连带着瞧不起日语。他们从小就不想让别人知道，他们的母亲是个日本人，是那样不光彩地流落到他们家，并且生下了他们，这样的来历，会叫他们脸上好无光。她是这六个孩子们的生母，六个孩子又在精神上拒绝走近她这个母亲。她的精通的母语，在她生命垂危之际，也未能给她派上用场。她曾经给别人当了一辈子日语翻译，入院后，再不能为自己当翻译了，她的心油在漫长的岁月中已耗尽。她只好带着遗憾离开了人世。

洋子听了有关她的故事后，曾怀着尊敬和悲哀，细细地端详过这位辞世的老人。平心而论，老人长得很俊俏：小嘴、大眼，洋子见到她时，老人已经非常的憔悴了。但依然保持着一个女人的，并未随着时光老去的优雅。特别是在老人火化的那一天，安静躺在那里的情景，更是令洋子终生难忘；白发飘飘的她显得很美，很安详，无怨无悔地静闭双目。看着那场景，洋子突然间想到：年龄只不过是个数字，它真的与美丽无关。

何英的母亲有着一个日本女人在中国走过的传奇的一生。世界上，大概没有人能把握得了这人生会发生什么，会变的怎样。她也一样，本来是生在日本，却鬼使神差地在中国度过了一生，跟两个中国男人，相继结婚，前后为两个中国男人生下了六个子女。最终，她又死在了日本。

何英的母亲原本出生在日本的神奈川县。她十八岁那年随夫去了中国，不到一年，丈夫就战死在中国战场。十八岁的她一下子没了主心骨。她也随即成了抗日部队的俘虏。很快，因为她的美丽，就被抗日的小头头收留。她为他生下了两个孩子：一儿一女。那一年的春天，她又怀上了他的第三个孩子，待孩子在母亲的肚子里长到六个月的时候，她的丈夫在没有任何征兆的情况下，突然失踪了。从此以后再没有回来。她先是默默地垂泪，后来四处打听和寻找。始终没有音讯。

两个月后，绝望的她腆着大肚子，牵着两个能走的，踏着中国东北初春的残雪，开始了漫无目的的乞讨生活。在乞讨中，她认识了最后一个丈夫：他高高大大的身材，破破烂烂的打扮，腰里扎着根麻绳。头顶着一顶破皮帽，脚上的兀拉鞋都开了口。和蔼可亲地把她们娘仨个迎进了他的窝棚里，这里没有家具，没有摆设，但有温暖：火炉和那张男人亲切的笑脸。

她不挑这个人，只要他能够收留她们就行。

是啊，她心里在想：事到如今的她们，还有什么资格去挑剔别人呢？只要能给她们口饭吃，只要能让她们活下去就行。无论两个孩子是中国人，还是日本人，在妈妈的眼里，她们们都是可爱的活生生的人。她相信：她生下的每一个孩子，都肯定是上帝牵着手，送到这个世界来的。孩子们是无辜的，再苦再难她也要把他们养大！

何英母亲这一生，淋漓尽致地体会到了生、死、甘、苦这四个字。都说在一个人的一生中，会充满了任你选择的机会，有的选择，还会改变一个人的人生轨迹。她耐心地等待过，热心地期盼过，属于她的机会始终没有等来，当第二任丈夫生死不明地离开她以后，她带着一份沉重的心情和遗憾，想一个人带着孩子们硬撑下去，想给自己的生命留下最后一点可回忆的尊严，她努力地做了，但做不到。她想和孩子们活下去，只有再找男人，可那时，连走起路来都摇摇晃晃的她，还考虑什么自尊呢？她从此以后，变得不愿意说话，只是默默地微笑。这微笑的背后有多少无奈、悲伤和坚强。直到死前的岁月，她都始终如一地做到了宠辱不惊，与世无争。

两任丈夫过后，接下来，她又开始和第三任丈夫共度生、死、甘、苦了。人这一辈子啊，就像是永远在赶路一样，有时上坡路，有时是下坡路。上坡的时候费力些，下坡的时候，一不小心就会摔跤。她数不清一生中摔过多少次跟头了。然后，她再爬起来，自己给自己拍拍，吹吹，再接着往前走。她怕停下来，停下来，有可能就走不下去了。她没人诉苦。闷了，她就会在心里哼唱家乡的曲子。她会在曲中听到家乡的蚕鸣声，她会在曲中见到父母亲，还有姐姐和妹妹。也不知道她们过得好不好？她们是不是也在想我呢？！

她不敢唱出声来，她不想让人们知道她是日本人。她很清楚被人知道后，她的命运会怎样。她更怕给她的男人蒙羞，还有她的孩子们，也会有厄运临头的。

她忍耐着，她相信没有不可治愈的伤痛，也没有永远不能结束的苦难。只是时间不到，终有一天，她所有失去的，都会以另一种方式给她补回来的。

是这种信仰，让她孱弱的小身躯，又为第三任丈夫一连生下了三个孩子。

现在，这个小小个子的日本女人，一共有六个孩子。全部是中国人的孩子。

第三任丈夫对她说：只想找一个可以荣辱与共、风雨同舟、不离不弃的女人。她按照他的话做到了。

第三任丈夫对她很好。她很知足，也很感恩。她想报答他的恩情，可是老天没有给她这个机会。在“文化大革命”中，因为她受牵连，而被活活地给斗死了。

第三任丈夫死后，她一个人把前一窝、后一窝六个孩子聚到一起：给他们的恩人跪拜后，就毅然决然地离开了那块伤心地。

她们去了乡下，一个没人认识她们的乡下。

其实，那时候他们还不知道，他们无论走到哪儿，哪儿都是他们母亲的伤心地。

深藏在她内心的苦难，连她的儿女们也不曾真正地了解过。她也不想让她们知道和了解太多，她担心：不知道哪一天的风云突变，就会给她的儿女们带来灭顶之灾。

直到中日关系正常化之后，她才敢直直腰，长长地吐一口气了。

她决定先一个人回日本趟趟路，看看这里是否能容得下她那六个来自中国的孩子们。

在中国，她的内心世界盛满了孤独，那是刻骨铭心的孤独。在那里，她丢失了尊严。她决不让自己的儿女们再去走自己的老路了。在中国，因她是日本人被排斥，回日本，再因孩子们是中国人被排斥！天哪，什么这国人，那国人的，怎么就没有人为老百姓想一想，无论哪国人，我们终究都是人哪！又是谁，为了什么把我们扔了出去呢？……

想到这里，洋子的眼睛突然一亮：有了！我有好的选题了！

洋子细细想起何英妈妈的一生，心里沉甸甸的，她不由得眼睛变得湿润了：上天总是眷顾自己，无意中让自己遇到了这么好的一个题材。她斟酌思索，想能找到一个更好的切入点，作为女人，她是伟大的。作为母亲，她是无私的，老年的她，为避免孩子们再次受到伤害，一个人孤苦零丁地回到日本。她避开国家与国家之间的恩怨纠葛，甘愿一个人来挡风挡雨，当她确认天下太平时，才肯把她的流淌着中国父亲血液的儿女们接回日本！

而此时的她，早已是病入膏肓了。

洋子回到家，打开电脑。首先看到的就是冬阳发来的信息：洋子，我很长时间没陪女儿了，所以比较专注地陪她，请不要生气啊。

洋子先是冲着电脑傻乎乎一笑，心想：这个男人心还是很细的。他不但要照顾女儿的情绪，还要考虑到我的感受。真是难为他了。

我怎么会跟一个孩子去争风吃醋呢。她心里劝慰着自己，故意装作毫不在乎地摇摇头。她脱掉外衣，因她感觉房间里有些闷热。自从昨天八号台风过后，东京的天，骤间就像变了脸的猫，气温狂躁地窜到了三十四度。早上又毫无征兆地地震了。她被震醒，又沉沉地睡去。每到这时，她就会想：该给自己找个伴了。是的，她希望在恐惧时，身边能有个人用手抚摸自己两下。那也是一种幸福的！她很渴望的。

她坐下来，拉动一下椅子，想选一个最好的角度写作。因为她发现自己长时间的伏案，背似乎都有点驼了。写作，其实就是一种苦役。为什么要写？没人用鞭子抽打她。洋子也说不清，过很久不写，她就会憋得发慌。奇怪的是，她还不能打开空调，当风直吹着她时，她又会肩痛。

写作时，她体会到了什么叫汗如雨下。

刚才和父母亲一起吃饭时，爸爸还问："你怎么瘦了这么多？不会是哪里不舒服吧？"

"好啊，这正是我期盼的嘛。"

妈妈不好直说，委婉道："进行得怎么样了？"

"妈——！"洋子嗔怪地叫一声。

"别找那些隔山垮水的，不着边际。就在东京吧。东京有什么不好？再说网上的东西是不可信的，就像是跟空气说话一样，你没法认识到真实的对方。"

嗨，妈妈刚停下，爸爸又来了。爸爸以前可不是这样婆婆妈妈的。手术后的爸爸怎么连性格也发生变化了？

分手前，妈妈又递给她两盒包装精致的东西。"把这个拿回去吃。"

"什么呀？"

"你爸爸特意去银座给你买回来的美国大樱桃。"

洋子嗔怪道："我又不是孩子？"

"你不是写作没时间嘛……"

洋子又下意识地想到了冬阳和她的女儿，她知道女孩子对离婚后的父亲的感情是敏感的，是复杂的。对一个她不熟悉的人，即将想进入她父亲生活的女人是相当排斥的。我干吗要给冬阳烦恼？我干吗要伤害无辜的女孩？我干吗要横在他们父女中间？我又干吗要蹚这地雷呢？……洋子犹豫了。对她自己的所做所为，那一刻，真的有些动摇了。

十三　走过的风景，只是风景，只能静静地欣赏

告别宴会定在七月十三日的中午，在东京的新国立剧场的五十四层东天红饭店举行。

大概是考虑到洋子来自中国，台里特意把宴席定在了这里。这里可以吃到可口高档的中华料理。

洋子当初能痛快地答应来参加宴会，她主要是想见一个人：当年的老台长，现已退休在家，并身患癌症的一位老人。当年，就是这位老者力排众议，首肯了洋子的能力，武断地留下她，并起用她。

洋子是个快意恩仇的人。她很想利用这个机会，当面跟她说上几句感恩的话。对于老台长的这份重视之心，她的恩德，洋子是没齿难忘。尽管这句话，迟到了近十年，而且，她如今已在这里谢了幕。不再需要什么庇护。她还是想找机会告诉老台长她当年的内心感受。

洋子的爸爸常说：“做人不要太吝啬，吝啬得连句好话都不愿意说给人家听。”奥黛丽·赫本也说过：“若想眼睛美丽，请看到别人的优点。若想嘴唇迷人，请盛赞别人的长处。若想头发闪亮，请让孩子抚摸你的头发。”

洋子懂得这个道理，可她就是说不出口。这些年来，她唯一能做到的就是，拼命地工作，以此来证明自己的能力。她真的做到了。

洋子知道，这次聚会也只不过是以她的名义而已。大家身上日积月累的疲劳，的确需要一个释放的场所。好在日本的各种宴

席，无论是欢迎仪式，还是告别宴会，基本都是各付各的钱。

大家见面后，先是面对面地寒暄，彬彬有礼地互相行大礼，就像两个对着啄米的鸡,没完没了，你起来，他低下，双双对礼，正儿八经地得折腾一阵子。洋子想：既然今天来了，又要唱主角，那就来个死猪不怕开水烫了。我奉陪到底了！

大致上她得一个又一个地嘘寒问暖，细腻周到地问长问短，尽可能地真诚地压低自己的姿态。当老台长进来时，她像搀扶自己的未见过面的祖母一样：亲呢、轻柔、体贴入微地跟她耳语了几句，就缓缓地移着脚步，一边耳语着，一边把她老人家送到了座位上。

到了座位前，老台长立马停住迟缓的脚步，抬起头来，悉心地眯起眼睛:“你好！”一句地道的中国话，把一老一少的心，顿时拉回到十年前……“谣考羌（洋子)，你还是当年那样。没变！”

她们第一次相见，是在台长的办公室里。

当时，秘书没能挡住洋子，她径直走进了台长的房间。明子小姐捣着小碎步跟在她后面，嘴里嘟囔地重复着：“你跟台长有约吗？你是哪个部的？找台长到底有什么事儿？能否先告诉我？”

无论问什么，洋子都不予理睬。她心里很不客气地想：我要是太顾虑了你的职责，就没有办法申诉我的痛苦了。对不起，真的对不起了。就叫我放纵一下自己内心的痛苦吧。她镇静地站在台长室门口，轻轻地敲了两声后，自己就边推开门，边像日本人那样自语道：“台长，对不起！我打扰你了。”

台长闻声,欠身抬起头来莫名其妙地看着眼前这个眉目清秀，嘴唇微薄，嘴角上翘的女孩子：“来坐下，告诉我，你是谁？找我有什么事吗？”也不知当时洋子的什么地方，牵动了老台长的哪根神经。

老台长的亲切友好，无端地让洋子心生委屈。她瞬间想起了很多人间的不平，强克制住在眼里打转转的泪水，讲述了在招聘时所遇到的种种不公。她说到了她的努力，她所受到的教育，中国的教育，日本的教育，她讲到她的出身，和她知道这一切时内心的感受，她也落落大方地把自己发表过的作品拿出来，一古脑地展现在老台长的面前。这些作品有的是用日语发表的，也有的是用汉语发表的。“台长，你要有时间，真的希望你能看看我的作品……”

老台长听得入迷。她不但记住了洋子那张俊俏的面庞，也对她略带中国腔的日语发生了兴趣。

倔强的洋子本想诉完苦后，就转身离开那里。离开给了她不公待遇的地方。是呀，这里是她的所爱，是她打算为之工作的地方。她喜欢这工作，似乎她生来就是要做这个工作似的。不一样的是：招聘的人不看自己的水平，竟以她的日语里有中国味为借口，就想轻而易举地把她打发掉！他们的做法大大地打击了洋子的自尊，也激发了她心中的强烈不满；工作，失败了，可以重来。做人不能失败。

她被委婉地拒绝了。

她洋子不服地斜了大个子佐藤一眼，心想：我才不会轻易地逃离呢。我要你付出代价。她没有垂头丧气地直接回家，而是飘飘洒洒地直接上楼，并且直奔台长室。

反正也不干了。洋子当时没任何心理负担，她只是要讲一个事实：我堂堂正正地入了日本籍。我要在东京，凭自己的努力，堂堂正正地当个日本人为什么会这么难！？我究竟哪里不如土生土长的日本人？她就是要讨个说法而已。

所有的事情都有不可能的可能性。洋子在老台长的干预下，成功地走进了电视台，她成了一名编导。这份工作人人羡慕，人人追求。洋子毫不怀疑大家对她的真诚，她用宽容和热心对待她周围的每一个人，她尽可能地低调做人，以博得别人对她的好感。同时，她内心又很清楚：无论自己怎样努力，到头来也不会得到承认的，只要不出差错，就万事大吉了，你不要想在日本轻轻松松地交上个知心朋友。特别是在有竞争力的同行中，那简直是痴心妄想！一开始，洋子就给自己立下了规矩：不在同事中处朋友，也不把自己的私事和别人讲。包括她结婚、离婚这样的大事，周围的人都一无所知。谢天谢地，好在日本人对别人的事不感兴趣，洋子这些年才能轻轻松松过关！

“洋子，我们可不舍得你抛下我们，就这样走了呀。”

洋子随声望去，是佐藤和中村。

他们两个有点兴奋，有点神秘地移靠到洋子身边：“等下散了，我们三个再去喝点什么好吗？”

洋子禁不住刻薄地挤兑大个子佐藤道：“当年，你差点没让我进不来！我现在又把编导的位子，完璧归赵地还给你了，我们已经是两不欠了啊。”

洋子略带宽容和讥讽的话，让佐藤略显难为情地一拍脑门，低声尴尬地叫道：“你看看，我都给忘了，你还记得？你这人也太小心眼了吧？”

中村有点丈二和尚摸不着头脑，急忙插嘴：“怎么回事，怎么回事，快告诉我！也让我听听好吗？”

显然是一只叽叽喳喳叫着的小傻鸟。

佐藤迟疑片刻，斜视她一眼，一脸严肃：“这是我们两个人之间的秘密，别乱打听。好不好？”

中村听罢，脸上有些挂不住了。很快，洋子就捕捉到中村脸上的疑惑。

女人最懂女人的心思：中村一脸的意味深长，不容置疑，她一定产生误会了，别再以为佐藤跟自己在谈朋友。她急于想洗清自己，就故意尖锐辛辣地说：我可没看上你啊，少在那儿做美梦啦。不要以此来挑拨我们闺蜜之间的关系啊！你居心何在？

日本人的私生活是非常隐私的，除非自己想说，一般情况下你不说，也不会有人问的。就是在心里乱猜，也不会明挑。两个日本人相遇在街上，也不会没完没了地打探别人家的私事，多数情况下的对话内容是：

“你好！”

“托你的福，我很好。你好吗？”

“你这是去哪里啊？”

“啊，我去那边。”

“那你走好！今天真是个好天气！”

“是个好天啊！”

“啊，下次见！”

“走好，下次见啦！”

过后，仔细回味一下，哪句话也不犯毛病，哪句话，也没说到实质性的问题。完全等于白说。

这就是日本，一个让人琢磨不透，又谦让多礼，不给别人添麻烦，你也别给我加烦恼的民族。真是说不上好，也说不上坏，待长了，不免要入乡随俗，还会乐在其中，觉得很舒服呢。因为这里没有爱多管闲事的人。

其实洋子比较了解中村：她这个人动机比较单纯。她年龄大了，又长相一般，能力平平常常。她有点着急了，想早点找个好男人，把自己给嫁出去。前些时候盛传，佐藤的老父亲病逝了，在京都老家给他留下了近二十亿日币的老宅，她可能有些动心，同时，佐藤的身价立马就飙升上来。爱情是没道理可讲的，婚姻则不同，是要实实在在的在一起过日子，在一起生活的。“贫穷夫妻百事哀”，这句话放到哪里都是真理。

他们几位在同一桌上。大家主要是叙旧。这里不流行劝酒，基本是自斟自饮。夹东西时，也别忘了使用公筷。没有喧哗，只有窃窃私语的说笑声。一个又一个的老前辈，细数着洋子的优点。就好像他们刚刚发现了洋子一样。让洋子心里有点发堵：早干吗去了？她只是微笑着不语。

临近结束时，洋子为让中村放心，故意说今天不巧，她还想去办点别的事情。下次吧，下次一定参加。

中村一听就急得跺着脚央求：“洋子，就算我求你了还不成？跟我们一起去吧，就在前边不远的地方。你这人真是，你就给平淡的生活找点乐趣好吗？”

见洋子一脸的不解，她赶忙补充道：“佐藤来时就说过了，你今天要是不去，他就取消下一家的活动。”

见中村一脸临战前的警觉。她就想：这中村真是个傻姑娘啊。洋子不忍心搅了她的兴致，也不想让自己处在不尴不尬的境地中，就别有心思地提议：咱们再把望月和大家叫上，一起去热闹热闹好不好？

中村见有希望，急忙点头，“咱们就这样定下来，我去叫他们。”

看着她转身离去，洋子在暗想，这是一个什么样的女人呢？心思一点都不复杂，就她这样的，能和佐藤君走到一起吗？看来玄！

国立剧场的送别宴结束后，他们一行五人浩浩荡荡地走进了附近的一家小居酒屋。

日本人有个习惯是正和我们相反的，他们实在不明白，我们中国人为什么要没完没了地攒钱？他们基本没有后顾之忧，钱都是用来花的，享受的，而不是在那儿捂着，藏着，攒着不用的。一到节假日。东京就会上演空城计。说到底，他们不是过生活，而是享受生活。而我们中国人是捱生活。

男人下了班，一般不忙着回家,而是三五成群地泡在小酒馆，或者是司那谷店里。他们喝酒时跟中国大不相同的是：喝酒的人，要酒的时候，往往会为店主付钱买上一杯酒喝。而中国常常是店主为酒客献酒。真正的本末倒置!

这个时间段，正是酒店的空闲时间，人不多，灯光也较暗，迷迷的音乐令人心醉。

洋子本来就是应景而来，她选择在大家和望月中间落座。刚刚坐下，佐藤就迫不及待地一把拉起望月，“抱歉，咱俩换个位置好吗？我有话要和洋子小姐说。”

望月不知原因，嘴里连连地应着：“好，好，好。”

大个子佐藤刚刚坐下，中村也小鸟依人般地贴在了他的另一边。看来佐藤今天遇到了难题；他想甩也甩不掉了。好在洋子的心思没在他身上。人，就是这么奇怪：别人想着你，你却在惦着另一个人！

两杯酒下肚后，佐藤就完全没有了学者的儒雅风范，借着酒劲儿直奔话题：“洋子，你能对我说句实话吗？你有没有喜欢过我？哪怕是一闪念也行。我们大家在一起都这么多年了，你都在想些什么，我居然一点都不知道！”

“我说大先辈，你不会是刚喝就多了吧？”洋子不想对他轻言絮语，她也不想让佐藤心存希望，更不想引起中村的误会，就怔怔地看着他，直接亮开嗓门：“先辈，想当年我还没进得了电视台，就被你的骄傲打击过。你难道忘了吗？”

“那是我的不对，我应该惜才！不过，那时候谁会想到你？”

“唉，这是什么意思？怎么回事？”

后到电视台来的中村，对当年的事一无所知。她很感兴趣地缠着佐藤：“给我讲讲呗！”

佐藤不想理睬她，他尽管按着自己的思路往下说：“洋子，说正经的，其实我一直在这里等你，从没有离开过，我一直在等待，等着那个和我终生相伴相爱一生的你能关注我。我想，我们会因缘而聚，我始终这样认为，所以感觉你在这里真的很好，美丽的缘分也许就是给我的最美丽的暗示，也同时在给予我们创造共同的机会吧。今天你就这么突然地要走了，能不能把机会留给我？……”

见他开始不着边际地喋喋不休起来，大家都诧异地愣了一会儿。

洋子莞尔一笑：“先辈，你是不是喝多了？”

佐藤摆了摆手，叹了口气，一副意志消沉的样子：“我弄不明白，我哪里出了问题，你不能一直对从前的事耿耿于怀吧……”

“那一页早就翻过去了。”

“那就好，那就好。”佐藤机械地点头称赞。

这时《北国之春》的音乐声响了起来。望月把麦克递给了洋子。她像接住了救命恩人的手一样，紧紧地抓牢了麦克。然后不计后果地抛下一句话：“其实，你不必再等我，我早就结婚了。”

佐藤听后，如五雷轰顶，呆望着中村喃喃道：“她在说什么？”

说完此话，连洋子自己都有些诧异：十年了，整个电视台没人知道她结婚了，更没人知道她又离婚了。她的婚姻就像影子一样，结婚时没告诉任何人，也没有任何仪式。结婚后，她很快就发现了不对的地方，就更不能炫耀了。好在日本人对别人的私事不感兴趣，不闻，也不问。这就成全了洋子，她只是笑而不答地听别人讲。从不触及自己的婚事。是呀，说什么好呢？她和那个男人唯一的联系就是，他每天很晚回来，都要打开她的房门，轻唤两声："谣考羌（洋子），谣考羌（洋子）！喔，你早睡了？那好，晚安！"以此来确认她是否安在，然后，他会转身，轻轻地替她关上房门，回到他自己的房间去睡觉。休息日，不是睡到日落西山，就是躲避。开始洋子真的以为他工作辛苦，不去打扰他。

日复一日，年复一年，由不习惯到习惯，最后，洋子变得近乎麻木了。

人生，有时也很奇怪。往往知道了来路，却找不到归处。在她十年的生活中，大部分经过的人和事，如同车窗外的风景，转瞬间便没了踪影。她睡不着觉时，就会竭力在想；究竟是在何时碰到田中这个人的。他是怎样并入了洋子的车道，陪着她踉踉跄跄地走过了十年，十年过后，他们依旧不能融入到彼此的生命中，他们在一起似乎看不到未知的将来，他们的生活中有风雪，没有阳光，暑热和严寒一样无滋无味，欢乐时寻不到欢乐，忧愁像雾霾一样笼罩心中。这辈子如果一直与他厮守下去，洋子不敢想象她的后半生将该如何度过。无论怎样，人的一生应该有一次用年华燃烧的爱情，这样才会是一个完整的人生吧。洋子在想：我的人生有吗？我是不是该结束这十年的婚姻了？

洋子想起来就头疼，她不是没有想过，也不是没有去努力过，甚至几次离家远渡美国，最后依旧得回来乖乖地过着这种没滋没味的日子。她一直在用别人的错误来惩罚自己。还有这个必要吗？她想这次要和他彻底地断掉，她要把不愉快的往事，永远留在记忆里。这才下决心离了婚。

唱完歌，她回到原位。兴致正浓的望月又把中村拉去唱《夜来香》。

洋子斜了佐藤一眼，微笑着坐下。

佐藤不笑，一脸的落寞、凄然。过了片刻，直视着她，轻声问："告诉我实话，为什么要离开电视台？"

“我说过了，来时我只不过是想证明一下我自己的能力。”

“还有呢？”

“我做到了。”

佐藤哼了一声。“大家都知道你很优秀。哪里出了情况？”

“没有。我这个人只享受争取的过程。我想，我已经做到了，仅此而已。”

“不对，你没有说实话。”佐藤两眼有点直勾勾的，略显结巴地打断她：“你刚才说的是实话？你真的结婚了？”

“是的，我结婚了。”洋子的倔强劲儿来了。心想：我结不结婚，关你什么事？洋子故意气他笑着答道。

“和中国人？”

“佐藤君，你喝多了。那是我个人的私事，懂吗？你难道忘记了？”

“对不起，这个我知道。我知道的。可你还记得那期节目吗？”

“哪期节目？”

“就是大冢去年做的那期啊！大冢君，你过来一下好吗？跟洋子讲讲你那期节目是在哪儿拍的？”

大冢四十岁出头，是个思维缜密的人，他意识到气氛有点不对头，他不想被扯进去蹚这浑水，赶忙连连摆手：“不关我的事啊！别开玩笑啦！”

洋子聪明的大眼闪闪烁烁，转而她讥讽地一笑，凝视着醉眼蒙胧的佐藤，大怒：“我就知道你狗嘴里吐不出象牙来。”

此时曲停歌止。屋子里一下安静下来。

洋子想起来了，那期报道是大冢发现的不假，但却是出自一位中国记者的手：写的是中国的一位嫖客，在和卖淫女进行性交易的时候，换言之，就是他们在做爱的过程中，那位嫖客都没有忘记偷走了卖淫女的钱包。

记得当时那期节目的反响很大。大家不解的同时，对中国人的道德观念产生了疑惑：这简直就是非人类、非人性的所做所为，令人不耻，也令人唾弃！真是连畜生都不如。真正地恶心！简直是恶心透顶！

那个洋子曾经熟悉的世界，现在已经变得遥远陌生了。那个世界，洋子已经有些不懂了。离开中国有二十多年了。是啊，人生又会有多少个二十年呢？但是，洋子相当反感别人拿中国的丑陋现象，在她面前说事儿。

日本男人，一根筋的较多。总体来讲，他们是很讲诚信的。不会做出这种令人匪夷所思的事情。是呀，人家又没说错，人家又不是攻击我，我又不是男人，我干吗一听到这些关于中国负面的报道，就会受不了？就会立马跳起来呢？真是的！太不冷静了。

洋子在心里这样劝着自己的时候，往往又会突然感到委屈：凭什么我就要受到这样的侮辱和折磨？我又没做错什么？……

哼，想得美，还想和我结婚，别说你有二十个亿，就是有二百个亿，我也不喜欢。洋子心里恨恨地说：看他那娘们腔，端茶还翘着兰花指的做派，想想都叫人恶心！

十四 美国小伙——迈克

在生命中，总有一些人安然而来，静静地守候，终生不离不弃；但是，也有一些人浓烈如酒，疯狂似醉，却是醒来后，你根本无处寻觅，他来去都如轻风，在对方的梦中无痕地划过。如今的洋子遇到了对手，她正在走进误区：有一个人拉紧了她心中那根思念的线。她想淡然处之，她知道：淡然是一种优美，一种心态，一种涵养，一种境界。可是，她的心却不听她的派遣，愣是和她较劲：一辈子，能够有一个人，好好相爱，该是多美啊！她抱着渴望和期待，一步步，被那根思念的线牵引着步入了雷区。

洋子坐在电车上，她上下班一般都要乘坐都营大江户线。这是一条新开通没几年的，在首都圈内循环的线路，非常方便，干净，快速。

这天晚上，回家的电车上人很多。她被拥挤的人流簇拥着，被动地往车厢一角挪着脚步。在平时，洋子会尽可能地回避开车厢两头的位置。因为，这里位置往往是给特殊人群设置的：孕妇、老人、心脏带起博器的病人！

今天很特别，她被后边的人拥挤着，随波逐流地站在了一位老伯伯的脚前，紧跟着拥靠在她左侧的，是位身材高大的外国人。起初，人们都是相安无事的。日本的电车里，无论有多少人，在大多数情况下，都是安静得连掉根针都能听得见，这决不是夸张，而是事实。日本人坐电车，喜欢看漫画，读书，睡觉，玩手机。现在，大多数人，无论男女老少，都爱手不离机地专注地对着它：如醉，如痴。一副痴迷不悟，欲罢不能的样子。好像是如今的一种规格，一种礼仪，一种现代精神。这场面，本来是日本电车上再正常不过的画面。然而，这天晚上，由于两个特殊人物的出现，骤然间就使正常变成了不正常。

一位是洋子前面那位老人，一位是洋子身边的外国人。先是那位老人，对着外国人不客气地命令："赶快把你的手机关掉！"

外国人塞着耳机，正陶醉在他的世界里。根本就没有听见老人的话。或许，他根本就不懂日语。

老人的话，就像炸雷，立马引来了大家惊异的目光。

外国人这才如梦初醒，感觉气氛有点怪异，有点不对头。

老人不依不饶地开始指着他的手机嚷嚷："关掉它，我有心脏病的。"

外国人傻傻地瞪着眼，不满地嘟哝着："我招你，惹你了？我听我的音乐，碍你什么事了？"

满车厢安静无声，日本人的本性是，不爱掺和别人的事。同时，也不像中国人那样好管闲事。无言的下文就是：事不关己，高高挂起。且看事态如何发展！

碰到这样的事，大多数日本人都会绕着是非走。

看来，这位老人也是得理不饶人的手，他显得有些急躁起来，指着他座位后边的日文提示，继续抗议。近二十年来，这样的事情，洋子还真是第一次碰上。本以为这事就会这样过去了，谁料到，这只不过是刚刚拉开的序幕而已。老伯愤怒地瞪圆双目，闷闷地嘟囔："你认不认字？这里不许使用手机！"

眼看着一波未平，一波又起。也许那位老伯真有病，他受不了电波的干扰。也许这外国小伙子，压根就不懂日本的这一规定：老弱病残坐席附近，禁止使用手机。

这时，洋子终于忍不住了，她用英语小声提示说："这座位周围是不允许使用手机的。他可能戴了启博器，你关掉就没事了。"然后，还不忘给他个台阶下："我看，你只是不懂日本的规定而已。”

小伙子这才满脸尴尬，惊讶快速地关掉了手机开关。一场大战被灭在了临战前。

风波刚刚平息，六本木车站就到了。洋子冲外国人微笑一下，赶紧从拥挤的车厢里钻了出来。

六本木车站是东京都最深的车站，也是东京都最繁华的地段。这里夜的繁华，不次于白昼。是有了名的外国人活动云聚的地方。

洋子像每天步出这车站一样，排着队伍，坐扶梯，经过检票口，来到路面，从站台到地面，最少也经过了五分钟。每每坐着扶梯时，洋子就会想，可千万不要在这一刻发生大地震哪，不然的话，跑都跑不到地面的。

她站在地面上，深深地吸口新鲜的空气，正准备回家时，一个外国男人突然间挡住了她的去路。“刚才的事，真的很感谢你。”

对方的真挚，一时又让洋子不由得歉意起来。当时她差点置他的感受于不顾啊！让他这一谢，洋子反而感到羞愧了。

“让我们认识一下好吗？我是从纽约来的迈克。”

“我叫洋子。”

“认识你很高兴。”

“我也一样。”

“能不能请你去喝点什么？”

洋子歉意地笑笑，“对不起，今天恐怕不行，我还有点事情。改日好吗？”

“没有关系，这是我的名片，我在池袋的太阳城工作……”

“啊，谢谢你了，不好意思，我没有名片。”洋子不是珍惜她的名片，而是她从不把名片送给不熟悉的人。她这才想起来认真地打量对方的脸。这是一张很自信的脸，浓眉下的大眼睛正挑战性地盯着洋子看，微微上翘的嘴唇上，是很有个性的胡须。挑逗般地颤动着。

“相信我们还会相见的！”

说有事是谎话。只是洋子不想和陌生人约会，见眼前的迈克很理智，很礼貌的样子，洋子的心里才感到踏实地大大的松了口气。

和迈克分手以后，洋子并没有急着回家，她先去细露子匆匆地转了一圈，确认没有迈克后，才往家的方向走去。日本是很安全的国家，她从没在这里遇到过被抢，被偷，被跟踪的事情。但从前在中国时养成的戒备心理，有时还会冷不丁地冒出头来，小小地考验她一番。都二十年了，依旧还有烙印。她自己有时想想也感到好笑，止不住对自己无奈地摇头。

回到家的第一件事，依旧是迫不及待地打开电脑，上网！

有位老者的话，她觉得很精彩：如果一件东西，踮起脚就能够着了，你就去够；如果站在那里不断地使劲跳起来也还是够不着，那就别够了，没必要把自己搞得那么累。爱情，亦是如此吧。凡事要看开一些，看透一些，什么都在失去，什么都留不住，唯有当下的快乐与幸福最真实。

他说得很形象，很富有人生哲理。洋子很欣赏这位老者的话。她又看了一遍，想把它默默地记下来。

下一封来自台湾的信，是这样写的：你有一个可爱的笑容……我真的不知道你，我愿意更多地了解你！你从哪里来？

再看他的独白：昨天的事情今天不重播，今天的事情导演不叫cut，明天的事情我要和你一起去编辑，拍出奥斯卡都望尘莫及的经典大片。洋子看完，不由得觉得这话在哪里见过，在哪里呢？她一时又想不起来，还有点叫她心里起疑！

对自己影响最大的人是居里夫人的女性一定是位很知性的人吧。我非常愿意与这样的你交往。我来日本已经12年，现在东京附近一大学工作。我们能否进一步相互了解呀?

这位男性的话有点让洋子动心，他不是因她的美丽而奉承洋子，而是因敬仰居里夫人而靠近她，进而想了解她。洋子蓦地觉得：他们站在同一个台阶上，似乎会有共同的语言。

这个人还在他的独白中写道：感情上若习惯防备，寂寞就多一道墙围，爱情隐隐约约提醒我这一回：再不拥抱就是罪！我站在绝望的边缘，摇摇欲坠……我只希望能有个自己的港湾，我只希望能有份永恒的爱恋，爱，快一点，快一点，来到我的身边。

如果让我在这里遇见你，会不会是个奇迹呢，曾经无数次幻想过未来另一半的样子，朦胧而亲切，找寻至今，我才相信，爱情终究是缘分，茫茫人海两个人的相识相爱，本身就是一种巧合，你会是我的那个巧合吗?

爱一个人意味着什么呢？这意味着为他的幸福而高兴，为使他能够幸福而去做需要做的一切，并从这当中得到快乐。一般的宿命，就是我们总会遇见一些人遭遇一些事。然后，看着命中注定的事发生，却无能为力。而我的宿命就是遇到了你，一眨眼一瞬间凝固停止延续到永远。

其实，你喜欢一个人，就像喜欢富士山。你可以看到它，但是不能搬走它。你有什么方法可以移动一座富士山呢？回答是，你自己走过去。爱情也是如此。

洋子冲着屏幕咯咯地笑笑，她笑得很真切，很天真。就像少女永驻她心中一样，你这个没心没肺的！她学着妈妈的语气，狠狠地骂自己一句。她从抽屉里拿出丝帕，擦拭着眼镜，望着夜幕降临的东京城。灯光闪烁的东京，更显的妩媚撩人。它的夜晚的妖艳，决不会输给白天的华丽。就像刚刚看到的，那些为爱挖空心思，使用出浑身解数，用尽人间最美好的语言文字，为爱唱尽赞歌的人一样。每个人都不想输在爱的起跑线上。听这些人讲话，不是说去追求，只是听而已，每个人说的话都如饮美酒般，令人陶醉啊！看来，相见不如怀念，这句话是有一定道理的。见了面，未必有听对方的赞歌好。

在这些人中，她只是想寻找一个人，那个真正拨动了她心弦的人——冬阳。

洋子和冬阳的相识，是一种偶然，与他的相知，更是令人不可思议，廖廖无味的干柴般的数字，竟能打动她，她也不知道真正的原因何在。常言说得好：相识满天下，知己能几人？

和他在一起，虽廖廖几语，彼此之间马上就会知道，对方想说什么，想要什么。他们两个彼此吸引着走向了对方。不言而喻：他们两个是气味相投的人。他们一旦相遇，就如同干柴遇到了烈火般燃烧起来。被燃烧的男人，可以说停就能停得下来，而被燃烧的女人，是要像飞蛾扑火般把自己燃尽为止的。这就是女人与男人的不同，这就是女人的悲剧。洋子不想走进这悲剧，她心在抗争的同时，腿倒是先迈了进去。

电视上正热播着一部爱情韩剧：男女主人公卿卿我我地相依在沙发上，男人伸出宽厚的臂膀，把女的揽在怀里，多情地吻着她的额头。洋子的眼睛禁不住随着他们的动作移动起来。

不敢想象，她以前是最讨厌这类电视剧了，没一丁点现实意义，以不变的男女俗情，赚够了观众的眼泪和时间。还会有很高的收视率。真是害人害己。洋子总觉得，只有无聊的人才肯花大块的时间，看这等无聊的连续剧，每天都在那里哼哼呀呀地缠绵着！

今天我是怎么了？洋子想着，坐下来，顺手翻看着邮箱里寄来的广告。一盘艳丽色彩的寿司图画呈现在她面前。今晚，她突然有了强烈的想吃寿司的愿望。她抄起电话就按照号码拨了过去。

洋子报上自家的地址和电话号码。对方很客气地问："要大盘的，还是小盘的？”

“当然是大盘的。”

“那是四人份的那一种喽？！”

“对，就是那种！拜托了。”洋子信口开河地应着，她根本就不知道自己在说什么。更是把她好不容易坚持不懈的减肥计划全都给毁了。就为那个冬阳，洋子啊洋子，你值得吗？你又至于吗？这个世界上没有谁对不起谁。只有谁不懂得珍惜谁。懂得珍惜，这才是幸福的人生。人与人之间，可以近，也可以远；情与情之间，可以浓，也可以淡；他冬阳不想珍惜，你就该勇敢地转身离开才对，何必跟自己怄气？！

“有早上到的海鱼，便宜一点的。还有用刚刚到的 100 公斤重的重量型金枪鱼做的，价钱贵一些，你打算订哪种？”

“当然要新鲜的，重量型金枪鱼做的。拜托了！”

“不客气，十分钟后给您送到！”

等待寿司到来的十分钟虽不漫长，却叫洋子思绪连篇。她一古脑地想起了和冬阳交往以来的种种不快：洋子会礼貌地每天向他问安。他有时回复，有时不理。当他不出现时，又会有种种借口来搪塞洋子：

“我在开会。”

“我在开车。”

“宝贝儿，我在陪朋友聊天！”

“我在跟妈妈说话！”

“对不起，洋子，你不要生气，我在专注地陪女儿，因我好久没有陪她了。”

“我的前妻借口来看女儿，来了我这里，在跟我吵，我不能跟你说话。”

“我刚刚回到公司，乱七八糟的事情太多。”

冬阳用来拒绝洋子的理由很多，很多。虽然有些是根本就经不住推敲的，她还是宁可信其有，不可信其无。渐渐地随着时间的推移，洋子的心里产生了疑惑：为什么和他恋爱，就像是在做贼一样,有种偷情的感觉？是哪里出了问题？本来是光明正大的，到这里竟成了偷偷摸摸。奇了怪了！她把自己的不解说给对方时，他说："你别想太多了。"多么轻松的一句话，他找这些理由的时候，是否想到过洋子的感受呢？

她没有反驳他，她在想：让事实来证明吧,到底是我想的多，还是你的怪事多。因为她牢记住了一句话：倾听，不要打断；静静的聆听，是对他人的尊重，也是内心谦虚的表现。你若爱他，就多聆听！而他，似乎是在利用这句话，也在利用自己，还是不明理由地被利用！

洋子想到这里就会心情复杂。她不知道和他的结果会怎样？本来他的出现，就击败了她原定的原则：不要有孩子的男人，不去那个她不喜欢的国家，不让自己再受委屈。这还没开始！她不敢想象下去。那个男人的影子也在变得模糊起来。是呀，他说他是北大毕业生，难道北大的就都是好人吗？清华大学不是还出过朱隶投毒案吗？北大毕业生在美国杀死老公的报道也不是没见过，干吗要那么轻信？她又想：一个人不管他有钱没钱，也不管他身份高低，他都可以有一份最纯洁的爱情。他为什么爱我，又要本能地拒绝我？我又没去找他，是他来敲开了我的门，再把烦恼带给我。

我为什么遇到他，就会有一种失而复得的欣喜，身心无辜地会涌起和他彻底融合的渴望。他不是傻子，他肯定领会到了。他在掩饰？他在考验我？还是在耍弄我？

随着一件事情的意外出现，证明了洋子的担心并不是空穴来风，东阳的的确确在这里玩着婚恋游戏。原来骗子并不都是同一种类型的。你防得了001，防得了美国大兵，却无论如何没有想到还会有这样一种人。洋子走进了他的怪圈，任他布局，她发现时，竟找不到了返回的路途。她那时对他虽还恨不起来，起码认定他在骗自己。

随着一个洋子根本不相知的女人的闯入，揭开了这近半年的秘密。

那一天，洋子的空间来了位陌生人，他加进了洋子的QQ，并迫不及待地找洋子聊天。没聊上一两分钟，对方的异样便引起了她的注意。很快，对方就追问洋子，你多大了？你在哪里？多高？多重？这样敏感的问题。洋子立马警觉起来，便说：我们俩不合适，希望你能找到你的幸福。就在此时，对方似乎再也忍耐不住，露出了她的本来面目，冷笑道："哈哈，我知道你是谁。""我是谁？"洋子下意识地反问的时候，做贼心虚的对方急忙溜掉了。一头雾水的洋子，冷冷地坐在那里。发了一小会儿呆，她整理好思绪后，便给对方写了下面这封信。

"你好，你何必呢，干吗要跑那么快呢。如果真想交朋友的话，不妨向我说说你的心事。人生除了男女朋友之外，还会有很多种友谊的。我会耐心地倾听你的心声。也不会伤害到你。多保重！我不明白你在说什么，而且那么快又把自己给删除了。常言道：不做亏心事，不怕鬼叫门。你怕什么？其实，我也已经知道你是谁了。不要这么无聊好不好？"

没料到，洋子的这一击，果然有效。对方马上向她吐露了一个惊天的秘密。她原来是个女的？她是出于好奇和嫉妒来寻情敌的。她说，实在是控制不住自己心里那个魔鬼，来此寻仇报复的。天，真相已经大白了。那就让她把心中那个魔鬼释放出来吧。人就是这样，喜欢自寻烦恼。其实，人生的路有千万条，不要认准一条路去走，错过了，就是错过了，一切都不可能重新再来。

洋子在对她说的时候，也在心里这样劝着自己。她清醒地认识到：原来，这世界上所有的完美，都是在等待拆穿的骗局。

不要因为寂寞爱错人，更不要因为爱错人而寂寞一生，尝试信任才能得到幸福。缘分是本书，翻得不经意会错过，读得太认真会流泪。每当这时，洋子就会这样一遍遍地安慰自己。当她想得失神时，门铃响了，原来是送寿司的服务生来了。

十五 有些情怀，只能对它黯然一笑

冬阳对洋子说，他不喜欢中国女人：爱说谎，爱八卦。

洋子闻此感慨：自己如果一直在中国生活下去，也是一个中国女人。爱说谎，不会是所有的女人吧？但有一个前提是，跟他冬阳接触的女人肯定爱说谎,而且伤到过他？被变态女人伤害过，就要泄私愤到喜欢你的人身上吗？这人呀！可真怪， 你再优秀，也得碰上识货的人。你再付出，也得遇上感恩的人。你再真诚，也得赶上有心的人才行。你再谦让，对方也得是懂得珍惜你的人才行。还什么北大毕业生，找女人的品位怎么会这么低下？洋子诧异。爱八卦是什么意思，她就不太懂了。现在中国流行的好多词儿，她都不懂：我晕，嗯那，羡慕嫉妒恨，羡慕，就说明别人比自己做得好，学习还来不及呢，又何来的嫉妒和恨呢？真是复杂。复杂化的时代，产生了复杂性的人，还有复杂性的人际关系。中国离洋子的世界变得越来越遥远了，中国人随着时代的进步，也越来越变得高深莫测了。什么凤凰男，孔雀女，土豪，还有个土豪金。五花八门的，很耀眼，很眩晕，很难懂。

来到日本后，洋子和家人都曾接受过日本的礼仪教育。是铃木老师给他们讲的那一课。当时,他们听后对铃木老师还很排斥，因为她当时讲道：站要有站姿，坐要有坐姿，睡也要有睡姿。女人站立的时候，最忌讳的就是：双手交叉抱在胸前，她演示着做了个姿态，后又加以说明，中国女人的站相多半是这样的。

她刚从中国而来，哪里听得进这些，这不明明是搞攻击吗？骄傲的中国心受到了打击。大家开始抗议，要求换掉铃木老师。这样学校又只好给补了一课：品位。告诉大家，品位是一种境界，一种生活质量；品位是一个人的情趣；品位是思维，是涵养；品位是人生的态度；是对自然、对美、对和谐的亲近和本能的认同；是对艺术的感知力、鉴赏力，也是生活的细节。

从那时开始，洋子才真正懂得了什么是品位，什么是美。她开始追求上品位的美，也开始审度自己的不足之处。

一连两天，洋子都没能按时回家。她去涉谷看了场芭蕾舞。感动她的不是芭蕾舞本身，而是演员的敬业精神。日本松山芭蕾舞剧团是很有名气的。这么叫得响的剧团，其演技一流自不必说，而演出后，演员亲自走下舞台，小跑到剧院大门口，微笑着挥手送着每位观众，其距离近得伸手即可触摸到。

这亲切友好的场面，远比演出本身还具亲和力和凝聚力。洋子感慨：真的是服了日本人的敬业精神。

第二天晚上，她又去了趟上野。洋子写起东西来常常会忘记吃饭和买东西。为了不挨饿，她必须要像老鼠那样，准备和储存足够的食物，以备后患。看来，有时动物比人还要聪明。

直到第三天晚上，洋子才如往日一样，按时出现在六本木车站。

迈克抑制住声音中的兴奋，激动地叫着："洋子，洋子，我在这里都等了你三个晚上了……"他就如同从天而降一般，挺拔地站立在洋子面前。由于过度的期盼，迈克的面目表情显得眉飞色舞。"快告诉我，你这几天都到哪里去了？"

这就是老外，根本不把自己当外人，那问话，那神态，那自然的表情，就好像他们已经是多少年前的好朋友一样。有句话说，世上多少尴尬事，可让迈克这样做，真的这世上就没有尴尬事了。其实，人和人之间，彼此只不过是互相的过客，面对面就会越走越近，背对背就会越走越远。人和人相处就要真心，这样一来才会相互理解。

“迈克，不要急，慢慢说，你在这里等我有事吗？”

“亲爱的洋子，我在这里等你当然有事了。”

尽管洋子对他称呼“亲爱的”还有些不好意思。可他这样一来，他们之间就真的如同多年的老朋友一样了。

“我能帮你做什么吗？”

“是的，我需要你的帮助。”

“又遇到什么麻烦了？”

迈克连忙摇头：“no，no，no。”他可能又想起了三天前那件不愉快的往事，急忙笑着说：“这次可是好事呢。我要你周末陪我去参加一个朋友的生日晚会。”

“这个周末？”洋子沉吟一下，“去你的朋友家？”

“可以吗？”

看着迈克迫不及待的样子，洋子倒有些犹豫了：自己以什么样的身份参加呢？女朋友？刚刚与他认识，只不过是漫不经心地帮他解了下围而已。这人又何必挂在心上呢？

迈克见洋子在犹豫不决，就不容置疑地劝她：“答应我吧，我就知道你会答应我的。”

事已至此，洋子再不敢含糊不清了。她有点夸张地摇着头：“不，迈克，我周末有事，不能陪你去。我很抱歉！”

迈克一下子沉默了，一脸的意味深长：“真的吗，洋子？”

“真的。”

洋子在想：她必须拒绝这个人，拒绝他的诱惑，她的心里现在装着的只有冬阳。自从把他装进心里后，洋子的心里再也容不下第二个人了。她们曾约好，晚上在一起很好地畅谈。她不能允许把他们二人的时光与第三人分享。那段时光只是他们两人的晚宴。天真多情的洋子，就是这样一根筋地守候着如同空气般的网上恋人。

本来是约得好好的，冬阳还左一个“宝贝儿”右一个“等我”。冬阳当时信誓旦旦的样子，让洋子是既感动又甜蜜。

可结果，那天晚上，冬阳又放了洋子的鸽子。

洋子无法集中精力继续写她的文章。她在难熬的思念中想了很久，很久，这已经不是第一次被他耍弄了。她不明白：自己为什么要在这个男人身上自讨没趣，最初时还为他担心，现在有些灰心了。她不止一次地在他这里，无价值地消耗着时间。人生最大的错误，是用健康换取身外之物，她清楚，但没法改变。这就是洋子人生最大的悲哀，她是用生命换取个人的烦恼，因而导致了她人生最大的浪费，就是最后用生命解决自己制造的麻烦！这一次，她突然醒悟地想：该是停止这个错误和麻烦的时候了。

于是在夜里，洋子给他写下了这段话：我总是等不来你，你会让我等得很累。两个相恋的人，要是面对面地走，就会越走越近，要是背对背地走，就会越走越远。相处就要有真心，只要相互理解，心心才能相印。晚安！你应早用行动来提示我的自作多情！谢谢你陪伴了我这么久。保重！

洋子写完后，如释重负。四十五天的感情，终于在此画上了句号。庆幸的是，四十五天，在人生的长河中不过是一瞬罢了。但坦诚地说，在四十五天中洋子认真地对待过，悉心地呵护过，虔诚地付出过，美丽地想象过。冬阳，是她第一个把真实姓名和地址告诉过的人，而且，从今往后，她也不会再告诉第二个人。洋子真的期盼过，与这个有点木讷的男人，执子之手，与子偕老。洋子根本就不相信，他有几千人的公司，她早就有点感觉到：他有那么点虚荣，不过，为了他男人的自尊心，洋子没有揭穿他。她想要嫁的是他这个人，不是什么公司。聪明的洋子明白：所谓的公司，不过是画饼充饥而已。是他自己给自己扎嘛啡呢。嘛啡这毒品别人给你扎，你是被迫接受。如果是自己给自己扎，那就是已病入膏肓了。洋子她不要一个多么风光的婚礼，也不要一个装修得多么豪华的房子。她真正想要的是：这个男人经历过一些苦难，在今后的人生中，当遇到困难时他不会倒下，会给她和家人力量，这样的男人才算得上是好男人。岁月蹉跎，时光荏苒，人的一生中，痛苦与寂寞常常是挥之不去的！再好的东西都有失去的一天，再深的记忆也总会有淡忘的一天，再爱的人，也有远走的那一天，再美的梦也总会有惊醒的一天，该放弃的决不能挽留，该珍惜的也决不该放手。

婚姻需要尊重和理解，不懂得尊重别人的人，到头来也很难得到别人的尊重。

“冬阳”这两个字，对洋子而言，已经不代表任何的感情色彩和神圣的关系。完全跟早上出去买早点的时候，喊人田中、高桥、望月时候的心情一样。它其实不过就是一个称呼，这个称呼眼下已经引不起他本该得到的尊重和爱戴了。

它被不懂得爱的人轻易地给葬送掉了。

洋子尝试了网恋，网恋让她失望至极。她现在回头再看一眼，心情相当复杂，说不清现代科学技术造福了好人，还是现代科学技术帮助了别有用心的人？有一次，当她给网友写完信，发出去时，网站就会立马出现一批新人在面前，其中有一位名字为“巧儿”的照片，先是吓了她一跳，这么眼熟，但名字和地点又南辕北辙。一个月前，这个人曾以“70后”的名字出现在这里，而且，所在地是美国的波士顿。一个月后，依旧是这张脸，就写成了哈尔滨。年龄和身高略做了些变动而已。无独有偶，同是一张照片，被发现欺诈行为后，马上会摇身一变，从澳门就会改到了德国。要不然，就是从印度尼西亚换成了新加坡。都是换汤不换药，什么他有三千人的公司，老天爷，那得多大呀，无论他有没有钱，单看这数字，已很是敬佩，没有高的智商，怎么能去领导这三千人的庞大队伍啊？！她很是服气了。接下来又赶上印尼大选，冬阳就此乱了分寸，他哆哆嗦嗦地向洋子诉说着，如果反华那一派的人物获胜，他的忧虑和恐惧时，她就安慰冬阳，那就尽可能地少到街上去，并询问，公司有没有食堂？对方一时性急，失去了警惕，顺口答道："没有食堂。"说者无心，听者有意。洋子当即就觉得好奇怪，那么大个公司，怎么会连个食堂都没有呢？这个疑惑一直藏在她的心里。只是她没有说，她不敢证实这一现实罢了。

她没资格给予评价，只能选择退避。

早上，她看到了冬阳发来的消息：晚上和朋友吃饭去了，刚回家。

轻描淡写的廖廖几字！亏他好意思说！

洋子没有回复，她要硬下心来，和往事做个告别。

两个小时后，洋子再次收到了冬阳的短信：洋子怎么了？为啥不理我了？

这人，他还好意思问？真是揣着明白装糊涂。其脸皮也太厚了！

洋子又不由得疑惑起来：冬阳这人是不是聪明过头了？瞬间，洋子对这个男人完全不明白了，完全认不清了。她想他的时候，他就会轻意地搪塞道：我在开会；我在和朋友说话；我在和朋友吃饭；我前妻在我这里，我不敢说话；我在专注地陪女儿；我在开车；我今天累了，我想睡觉；宝贝儿，我在陪妈妈说话呢；宝贝儿，我在忙！

一次次地被他捅刀，一次次地吃他的闭门羹，何苦来呢？跟他是什么关系？为什么要受他的摆布？你是他的"受疟狂"吗？！洋子在心里这样问自己。渐渐地，越来越多的怪事，堆积在洋子的心头，她发现，这个貌似男子汉的人，很多时候会咬文嚼字，钻文字的空子，然后就偷换概念。当揭穿他时，他又会以很无赖的嘴脸反问："我是说去也不好，说不去也不成，你要我怎么办？"他的装腔作势，会让洋子怒火中烧，多久了，她一直在忍耐着这个土包子，本以为他是真实的，他不会欺骗自己。不想，久而久之他倒是变本加厉了。洋子打字的手，禁不住有些颤抖起来，难道这就是自己想寻找的爱情吗？她对他失望的同时，也有些愤怒！

洋子想转移自己的思绪，她又试着打开了几封来信。其中有一封这样写道：

昨天到我的农村老家去，和童年的伙伴驾船到一海岛上去，拾了一些当地的海生物，螺是很有特色的东西，味道鲜美，但与过去我小时候比，其资源少得可怜。被太阳晒得贼黑。昨天很迟回家。

你的问题要给我详细的情况说明，我想你可能也仅是偶尔出现，应该没问题。我有时记忆会中断一瞬，如有次去福建学院去讲课，在说该校的客套话时，竟然在一两分钟内忘了校名，这是很不该，但原因主要是那天好几件事情绞在一起要考虑，分心的结果。

每每看过这样的来信，洋子心里会留下些愉悦。她会在这些形象感人的场面中找到那个过去的自己：一个纯情美丽的小姑娘。一种飘飘欲仙的，如梦如幻的生活。她怀念那样的日子。那生活是简简单单的。那年月是没有烦恼的，是纯自然的。她很适合和别人交朋友，都说她善良，都说她善解人意。朋友们愿意和她说心里话。其实洋子心里明白，她的代名词就是傻。她不适合钩心斗角的社会。她害怕被搅进无休无止的矛盾中。

相识满天下，知己能几人？是朋友的在一起，不是的，她就选择赶快逃避！她讨厌纠缠，更不愿违心地去应付她不想看到的人，不想做的事情。

有人说：“只要你去了普罗旺斯，就不会想离开。因为那里有你想要的东西……”薰衣草，花语为“等待爱情”。真的好美！这样一个地方，你也开始向往了吧？

洋子说，我没有向往那里，我活在真实的东京。在这里，我每天能呼吸到新鲜的空气，我每天能喝到纯净的甜水，我每天能吃到放心的食物。我每天能听到一个现代的国际名城的心跳声！我已经足矣。特别是今天早上，当听到马来西亚的飞机，在乌克兰坠毁的消息时，她为那二百九十八名遇难者祈祷的同时，也为能活在这个世界上而庆幸。

现在，她完全抛弃了来自冬阳的烦恼！

洋子明白：冬阳世界的门，好重。重到洋子不能把冬阳世界的大门打开到容洋子侧身而入。洋子只能透过门缝看冬阳的世界。冬阳的世界，洋子不懂，真的不懂。这是一个洋子没有接触过的，全新而又陌生的浑浊的世界。

但洋子知道：自己要活得精彩。因为生命只有一次！

为自己，为父母，为亲人，也为替自己担心的朋友。

洋子要活得精彩。对得起父母的生和养，父母为子女思前想后，操心操肺。

洋子要活得精彩。谢谢朋友给予的关心与祝福。

洋子要活得精彩。把微笑送给与洋子擦肩而过的人。

洋子不但要活得精彩，还要活得精致！

洋子思考着：如何活得精彩？如何活得精致？

十六 发人深思的日本式教育

每天早上四点，洋子准时起床。这是她多年来养成的习惯。2014年7月24日，洋子早上依旧是四点醒来。与往日不同的是：今天是她的生日。她的人生告别了38这个数字，进入了陌生的39。

每到洋子生日这一天，她都会对自己的父母说上一句："感谢你们把我带到了这个世界上。"

来不及感叹人生的她，今天的第一个目标依旧是运动。她先是下楼去锻炼身体。无论春夏秋冬，无论刮风下雨，洋子都要围绕着皇太子家院的围墙，快步如飞地走两圈。这个天然的运动场所，不但路途坦荡，空气也格外清新。是很多人喜欢的运动场所。鉴于洋子家就住在附近这种得天独厚的条件，她每早必去。皇太子家的围墙外，二十四小时都有警察执勤，安全很有保证，让家人都很放心。一圈下来是四公里，她每天的目标是八公里。这是她必做的功课。

今天比较凉爽，东京今早的温度才22℃。在热浪难挨的7月，的确是个难得的好日子。洋子今早的心情也不错，晨风中，她能听到飒飒作响的树丛细语，能闻到身旁花草中飘散过来的阵阵沁人脾肺的花香。每天都是这些美妙绝伦的景致，每天都是这一时刻来健身的熟悉面孔。过于熟悉时，对美好的东西，往往也会产生漠视。是呀，当洋子无意中把她每天见到的最为平常的景致拍下照片发给朋友时，在朋友们的惊叹声中，她才猛地感悟道，"生在福中不知福"这句话的涵义。这里真的是太美了！

今天，这个生日是她离婚后过的第一个生日。洋子边快走边合计着，该怎样过，才能过好这个生日。她先想到了自己的父母亲，没有他们的生育之恩，也就不会有自己的今天。所以理所应当，晚上要和他们在一起了。不过，那又要离不开催她快结婚的话题了。妈妈常说，人的一生很短，一睁眼，一愣神，一叹息，就是一天；一天天，一忙碌，就是一个月；再一忙碌，就是一年了。日子过得的确很快，难怪他们催。

人们往往把离婚称作人生的失败，洋子过去也认为是这样的。她现在就不再认为这是失败了，她觉得自己的人生也从来没有失败过，只有经历过才会知道：结婚是人类对生活方式的一种选择，婚姻就是生活的一段历程罢了。当婚姻名存实亡，爱情已经变成了生命的桎梏，那么离婚就是生活新的出路和解脱，成为一个重新的选择的开始。关上一扇门时，也开启了另一个新的世界的大门。也许这个新世界更精彩！为什么不给自己一个新的希望？

洋子有个习惯：她每天在走步的时候，大脑都会不停地思考问题，她小说的很多章节，都是步行中的产物。她喜欢走步，可能也和这个有关，走步运动，不仅健身，更能健脑。这一习惯的养成，可能和母亲有关。洋子的妈妈是个作家，她很小的时候，就跟着妈妈一起走，妈妈在去采访的路上，要把洋子送进幼儿园。妈妈常常是大步的走，洋子就小跑着追。每每走到红军街的游泳馆前时，小洋子就向妈妈提问："妈妈，我什么时候能进这里呢？我很喜欢这里。"

"很快啦，你再长长，妈妈就送你去。"

"可是，妈妈你每天都说再长长，再长长到底是多久啊？"

"洋子，妈妈不是跟你说过嘛，走路的时候不要总说话！"

"为什么？"

"妈妈在想问题，你一说话，就给妈妈打断了。"

"你在想什么呢？能告诉洋子吗？"

“是妈妈的小说，洋子还没长大，听不懂的。乖啊，不说话啦。”

“那我干吗呢？”

“你也乖乖地想啊！”

“我想什么呢？”洋子闷闷地道。

妈妈歉意地弯下腰来，冲着洋子笑。

洋子心里老大不高兴，她不知道自己该想什么，只是不忍心再烦妈妈了。她有时甚至会很委屈地想：是不是妈妈不喜欢我？她不愿意和我说话？

从此，小小年纪的洋子，就养成了一种在心里默想的习惯。这一习惯和她的年龄是极不相符的，又是无可奈何的。她的童年，与自己的小伙伴们所不同的是：她一个人在默想中完成过很多别人不知道的故事。那是寂寞有趣又丰富多彩的。幸福是什么？幸福是一种感觉，幸福是一种不可言语的快乐。小洋子过早地体味到了。

直到今年，她和妈妈重又提起往事的时候，她才不解当年的问题，问妈妈当年让她一个不足四岁的孩子想什么……那语气中当然也流露出了她的不解和不满。其实，她的语气和她的心境是背道而驰的。

妈妈听后，紧盯着女儿的眼睛，一下子变得潮润了，连声地说着：“对不起，对不起！”她以为是自己曾经伤害了洋子。她也曾无数次内疚地想：是不是当年我过于自私了？是不是我冷落了她？是不是我的作为伤害了她？那个年月的她，不但要照顾家庭，还要创作，还要直面人生很多困难，她当时是既没时间，也没有钱，还要养育儿女。

其实洋子的本意并不是想听妈妈的这句道歉话。她只是想和母亲一起回味那个懵懵懂懂的岁月。父母为家，为她们姐妹付出的爱，她是不会忘记的。她感恩天地给她生存，感恩父母给她生命，感恩亲友给她友谊，感恩师长给她道理。洋子，她是个知道感恩的人！

今天是星期四，别看过生日，班是要照上不误的。这就是日本。日本人的敬业精神令洋子佩服。日本人骨子里的轻生死，忍和韧劲，对工作一丝不苟的精神，是别的民族很难学到的。只有来到这里，只有走近他们，才能感慨，感悟到，他们与其他国家的区别究竟在哪里！

洋子上班前习惯地看了看家园网上朋友的来信。有一封这样写道："有幸来到这世上，每个人都是一个过客，而我只不过是一叶漂浮不定的浮萍。我曾年少轻狂过，也有过激情岁月，亦历落魄年华。家乡微腥带咸的海风，让我能尝酸甜苦辣，茫茫大海锻造我大度胸怀，拍岸惊涛炼就我泰然处世，纯朴家风陶冶我仁爱世人！我生在家乡，长在福建、东北、上海、武汉、北京、巴黎以及踏足的地方。语能虽弱，但乡音未改，并且南音北韵，又汉语洋话。因历多元文化，某方向也稍被同化，但骨子里民族传统。洋人说我是汉人，但也有汉人说我像洋人，亦中亦洋，又非中非洋。"

洋子突然感悟出：自己的处境和心态与这位朋友很相似。没有经历过的人很难理解。洋子被封闭很久的心扉，只能对读得懂她的人打开。她喜欢和这样的朋友说说心里话。仅此而已。能说心里话的人，你不一定是想嫁给他。爱一个人，不光是因为他的样子，还因为和他在一起时自己的样子。我爱他，不光因为他为我而做的事，还因为为了他我能做成的事。我爱他，因为他能唤出我最真的那部分。我爱他，因他能穿越我心灵的旷野，如同阳光穿透水晶般容易，我的傻气，我的弱点，在他的目光里几乎不存在。而我心里最美丽的地方，却被他的光芒照得通亮，别人都不曾费心走那么远，别人都觉得寻找太麻烦，所以没人发现过我的美丽，所以没人到过这里。只有到过的那个人，才是我的最爱。能说到一起的，那叫挚友，并不等于爱。爱是没有理性的，爱是不讲道理的。千万不能把爱和友谊混淆。

工作的一天，也就是战斗的一天。在日本工作的人，人人如此。社长有社长的位子，社员有社员的职位。不用人特意监视，人人都会自觉地遵守纪律，他们都知道生存的不易。没了工作，就等于没了饭碗一样。辞了那家电视台以后，洋子很快又被另一家录取了。她看中的是：这里工作较随意，只要有好的节目，好的收视率，你就可以不到台里来坐班。洋子自信自己的能力，她爽快地签约来到了富士台。

洋子今天跟踪拍了一天日本儿童第一次独自去商店买东西的真人秀节目。几组孩子们的年龄都是在三岁到四岁之间的。他们之间男女孩儿都有，有的需要步行两站地的路程，有的需要坐几站路的汽车，统统是没有家长在场的情况下要一个人面对陌生的世界去完成。对成人来讲，这件事很简单。但对尚未独自面对外面世界的幼儿，的确是既难又乐趣丛生。而且是很耐人寻味的。

从这个节目中，家长和孩子们都收益不浅。因此，这档节目在日本很受欢迎。收视率很高。

洋子也颇有兴趣地编导，同时也在心里把日本儿童和中国儿童做着暗暗的比较。一般来讲，三岁的孩子，有的连走路都显得蹒跚，一个人踉踉跄跄地背个包，或着提个筐，过公路，穿小道，去没有去过的地方，边走边打听，嘴里还得一遍遍地念叨着要买的东西，那生怕忘掉的样子，实在可爱可笑，实在让人放心不下。

有个太郎君，三岁零四个月，他去杂货店买了鸡蛋，忘了买白菜。就再去，后又忘了白菜的发音。妈妈教他，一遍又一遍，因在日语发音中“白菜”的发音和“一百岁”的发音很相似，妈妈就给他不断地做着一百岁的手势，一边拍拍他，一边说句

“你要加油啊！”就又把他打发出去。这样，那孩子反反复复地折腾了四次，终于把白菜买回来了。妈妈这才奖励太郎君一盘凉拌白菜吃。

另有一个三岁零六个月的女孩百合子，她要走到镇上，在那里坐汽车去有田，给妈妈买一个饭碗。结果，到了镇上，汽车还没有来，小女孩又想起来要上厕所，一位老伯把她带到厕所门口，等她出来时，发现老伯还等在那里，并为她擦掉因凉而流出来的鼻涕。小女孩很感动,当上了汽车后，在和老伯摆手告别时，流出了感动的泪水。由此，让洋子想起，日本孩子坐汽车在下车的时候都会对司机喊一声：“您辛苦了！谢谢你了！”礼貌待客，看似一件小事，其实是从小养成的一种美德。日本人很注重对孩子自立、礼貌等诸多美德的培养。

百合子周转了大半天，终于为妈妈买回来了那个碗。买的过程中，店员拿出来两个摆在她面前：“有红的和蓝的两种，你要哪一只？”

仅三岁的百合子，没有拖泥带水，当机立断道：“要红的。”那时，洋子边拍，边替百合子担心，没承想，事到临头，仅三岁多的孩子会这样淡定从容。

人生中的第一次小小的考验，第一次小小的成功，对于一个孩子的影响是巨大的，会令他们终生不忘。日本家长对孩子的淡定、激励和放得开的做法，也让洋子敬佩得无语。他们护崽儿的做法与中国的截然不同。这也就给他们孩子们今后性格的形成和人生的道路的选择，会无形地奠定下独立、自强不息、不怕挫折的基础。

洋子还没有结婚，她体会不到对孩子的教育问题。不过，她想，如果她做了母亲，也决不会是一个糊涂的家长，既不做养儿防老型的爹娘，也不当为儿女准备万贯家产的奴才。是的，如果她的孩子有出息，她何必给他财产？如果她的孩子没出息，给他财产又有什么用？

中国人喜欢将自己没能实现的愿望转嫁在孩子身上："我的女儿将来要去美国的哈佛大学！""我的儿子将来要做大官！"管他是不是那块料，大话先吹下。不知是在给自己打气，还是在吹嘘中获得一种虚无缥缈的满足。可怜又可悲！

日本人对孩子的要求则简单明了：首先要健康，再就是能独立地面对困难，面对人生，面对生活。仅此而已！

每思至此，洋子脑子里便会想起曹操说过的话来："天生我材必有用，吹尽黄沙始见金。"

科学在日新月异地发展，如今有了网络，人们不出家门，就可以在短时间内遍踏世界。真是神奇！可人类的思想却渐渐地在倒退着，甚至不如他们的祖先了。又真是悲哀！

今晚，洋子决定去爸妈那里。原生家庭，亲生父母亲永远都是她的避风港，永远都是她最亲近的人。

今晚，面对最亲的人，洋子要编一个善意的谎言。她要对他们说，那个不着调的冬阳马上要来东京看她来了。是的，洋子也是大大地不解：为什么他在休息的日子里都不能和自己保持联系？这说明了什么？他肯定有什么在瞒着自己！是什么呢？难道他的上一段婚姻还没有处理清？在没有处理清的情况下来找自己，是对彼此的不尊敬。洋子想起来，就备感委屈；我又没去找你，你干吗来折磨我？

洋子想起王菲唱过的那首歌，她在心里为它改了下词：

只因为你在信中赞了我几句，

我从此便记住了你。

天真的我总是梦想着，

你是走进我生命的人，
存在我心里的魂。
我的心从此不再漂泊，
期待有一天你能出现，
从此我开始孤单地思念，
从此我允许你常驻我心间。
想你时你猫在角落，
想你时你隐在天边，
想你时你说不便，
想你时你也许正在寻欢，
我宁愿相信你的谎言，
也不愿把你的形象在我心中改变，
可是亲爱的，你是否认真地想过，
迟早有一天，
时间和距离会把我们生生隔断！
也许今生今世我们真的做不了夫妻？
洋子依旧会把你珍藏在心间。

也许，洋子今后所有的悲剧，都是源于她对这个男人的爱。真的就会应了那句话：“当断不断，反受其乱！”

冬阳几乎让她得到了一切，又是他亲手毁掉了洋子的一切。

这一段精彩的网恋故事，最后，也只是属于他们彼此之间的永久性的记忆罢了。

只是可惜了这付出真情实感的一百五十八天！

十七 有些过往，也只是过往，只能让它随风远去

离去的，注定要离去。

在网上相恋的一百五十八天之内，洋子虽然早已感悟到了冬阳种种怪异的言谈和举止，她一直在奉劝自己：宁愿信其无，不愿信其有。洋子单纯得有些痴痴的。洋子善良得有些傻傻的。一次次，她总是以自己委屈的妥协为代价来换取对方的愉悦。

来到日本这二十多年，洋子改变最大的就是；她学会了日本人生来必备的忍让、坚强、认真和不服输。洋子也是靠这种力量驱赶着冬阳留在她心中的残影。

日本的女人是优雅的女人。优雅的女人如一缕阳光。日本女人拥有女人的骄傲，拥有女人的温柔和忍耐。由此，日本女人在全世界的女人中有很好的口碑。也更加显得高贵和优雅。洋子也想做这样的女人。这样的女人，又怎么会知道，在这个世界上，还有一群专门来颠覆优雅女人的男人存在。

她不得不服冬阳的做男人的魅力，看来魅力和长相是无关的。他是靠一种手段，一种能猜测到洋子心里的精灵。在这方面，他是成功的。或许，也可以说，冬阳他就是一个情场老手，他会拿捏得十分到位。他天天会叫她“宝贝儿”，软软的，酥酥的，可他俩的感情却没有一点实质性的进展。当他看到洋子发过去的父母亲的照片时，他第一句敲打过来的话就是：“这不是咱爸和咱妈嘛，他们这么恩爱呀！”洋子陪爸爸去医院回来的当晚，他也会关心地问：“咱爸怎么样？”洋子告诉他“没问题时”，冬阳又会很兴奋地说：“太好了！”

还没有结婚，就称对方的父母亲为“咱爸”和“咱妈”，洋子不知道别人会怎样，反正自己是做不到的。而且，要叫得如此响亮和顺口，那得有多么宽广的胸怀呀。她愿意相信他是出于真心而非出于表演。有很多时候，我们往往不知道，自己在欣赏别人的时候，原谅别人的时候，自己也成了别人眼中的弱者。事实上，还不如急转身，马上离去，赶快忘掉这一切，那样，苦恼也许会少些。人生如一本厚重的书，有些书是没有主角的，因为我们忽视了自我；有些书是没有道理的，因为我们迷失了自我；有些书是没有内容的，因为我们埋没了自我……

这一天，还是不可避免地发生了。在七夕节的前一天，他们曾经有过这样的一段对话，引发了分手的开端：

洋子：你才是真正的日本鬼子。

冬阳：咋用鬼这样一个词呢?

洋子：机灵的意思。

冬阳：我是日本人的老公。

洋子：你 9 月也来不了吧?

冬阳：不确定，宝贝儿。

洋子：所以呀，得分开了。

冬阳：也许你不能理解：我有坐飞机恐惧症。

洋子：又开编了。你才是小说家呢。

冬阳：也许你会认为这是借口，实际情况就是这样。

冬阳：我如果瞎说，我跟你姓。

洋子：这还用反击你吗?

洋子：你一次次地去印尼，难道不是坐飞机吗?

冬阳：真的，宝贝儿。

冬阳：新加坡到印尼只有 1 个多小时，时间短，还能忍受。

洋子：那我们只能是无休止地等下去了？

冬阳：在印尼本地，我都开车的。

洋子：看来我们见面要比牛郎和织女还难。

冬阳：是呀！

洋子：在我看来，不见面的原因是你没处理清前一段婚姻。

冬阳：这样的毛病你能忍受吗？宝贝儿我一开始就没答应来啊。

冬阳：是你催的啊。

洋子：你变得太突然，也不合常理了。要不然，你就是还有更可怕的理由！你又在那里偷换概念！

洋子：你让我无语！

冬阳：你真的想多了。

冬阳：我就是这样的原因。

洋子：不，以前你若是君子。

冬阳：你每次让我去日本，我都会迟疑不语。

洋子：你现在给我的感觉就像个无赖！

冬阳：答应不行，不答应也不行。

洋子：我们都说清了也好！

洋子：晚断不如早断！

洋子：真正的男人，在这时候是不会这样的！

洋子：你还是白配了男人的！

冬阳：洋子，注意你的身份。

洋子：我很注意！

洋子：要散，也用不着恶语相向。

洋子：你很让我失望！

冬阳：我没有。

洋子：事实的确如此。

冬阳：我就是有飞机恐惧症。

冬阳：超过 2 小时的，我都承受不了。

洋子：只是不承想你这么可爱的人，会有这么可恶的缺点。

洋子：那我去看你吧！

冬阳：以前在印尼被惊吓过。

洋子：怎么样？

冬阳：差点就离开这个世界了。

冬阳：都也写了遗嘱了。

洋子：你不说实话我就生气！

冬阳：像我这样有飞机恐惧症的，有很多人，只是你不了解而已。

洋子：实情不是这样！

冬阳：我不跟你说这个。

洋子：我说我去看你！

洋子：怎么样？

冬阳：当然可以啊。

洋子：你说什么时间吧？

冬阳：以前你不是说过要到新加坡来看我吗？

冬阳：任何时候。

洋子：我听你的！任何时候是假话！

冬阳：你考虑好了，再决定。

洋子：我要你的准确安排。

冬阳：你不觉得你咄咄逼人吗？我怎么说假话了？

洋子：我看你又要偷梁换柱了。

先生啊先生，聪明反被聪明误了。

冬阳：洋子，你去查看我们的微信纪录。

洋子：干吗？

冬阳：看看你生了多少次气，说了多少难听的话，我说了多少？

洋子：我哪敢啊！

洋子：您会冷暴力。

冬阳：不和你争论了。

冬阳：你平息下自己的情绪。

洋子：我也要出去了，谢谢关心！

冬阳：如果还不开心，那还是骂骂我吧，哈哈哈。

洋子：我不会。

洋子：一会儿自己哭一下就好了。

洋子：别担心！谢谢！

洋子：你去忙吧！

洋子：跟你没关系了。

冬阳：你别哭。

冬阳：别伤心。

冬阳：我走了。

冬阳：要开车了。

洋子：眼泪是我的。伤心路也是我走的。

冬阳：你多注意！

洋子：谢谢你。

冬阳：你是一个好女人！

洋子：不必！

洋子：你也一样！

冬阳：只是情绪有时候有点不好。

洋子：你会找到更好的。

冬阳：还有就是有点儿敏感。

洋子：我会祝福你！

冬阳：如果失去你，会是我的终身遗憾。

洋子：不一定！

洋子：冬阳，一路走好吧！

洋子：我配不上你！

冬阳：不要乱说。

冬阳：你比我强。

洋子：你注定了受疟型的！

洋子：我这点没看错！

这是四个月前的记录。以下就是现在的真实写照了：

洋子：你在忙吗？五分钟前，我接到一条很恐怖的消息。那人我没有接触过，很奇怪的，一问他，就没了。

冬阳：你别在意。网上这类事情很多的。她两个人都不知道你，不可能作弄你。

洋子：谁两个啊？你前妻？那一个是谁啊？

冬阳：我哪知道是谁呀？

洋子：你刚才说的是什么意思？

冬阳：我得明白真相。

洋子：不要了，其实，真相在我们每一个人的心里。

冬阳：我知道是谁了。

洋子：谁啊？

冬阳：我当然知道了。我简单地跟她提起过你。

洋子：为什么要跟她提起我呢？

冬阳：很简单，你是相信她，还是相信我？你是相信你的直觉，还是信她的话？

洋子：不知道，我不想被搅和进矛盾中，只想绕着是非走。

冬阳：把她的名字告诉我。

洋子：我不想说。

冬阳：你没错，你怕什么？

洋子：和泥土相争，自己也只能矮到泥土里。

冬阳：你不要理睬她，不就行了吗？

洋子：怎么会是我？是你惹得呀。

冬阳：不理睬是最大的轻蔑，这是鲁迅说的。

洋子：为什么要和她提到我？

冬阳：我这么大岁数了，还不能有几个女朋友啊，那也正常。再说，那都是历史了。你别瞎琢磨这事了，快去休息一下吧，转移一下注意力。

洋子无语了，她并不介意他的过去。过去是不能磨灭的，她会坦然对待。她所介意的是他的真心。好一只麻雀变成了凤凰。不管你是有翅膀的凤凰，还是秃尾巴凤凰，反正都叫凤凰。其实，凤凰也是有所不同的，男人也有不同的：男人的高大，从来不是看他的身材，而是看他的心胸；男人的强势，从来也不是看他会不会吃亏，而是看他是否坚韧，没有因为困难而退缩，这才叫真正的男人。

屈指算来，和这位兄长从认识到分手，整整用去了六个月的时间。六个月，在人生的长河中虽不算长，却让她一下子跌到了人生的低谷，她为这段感情付出了惨重的代价。现在的洋子，神经如若被车轮碾压过，她内心有一种绝望的感受，除了无尽的痛苦外，还有深深的思念。有时，她想着想着会惊讶得一句话都说不出来。这个冬阳，他怎么会这样？他给洋子一种无理也要闹几分的感觉。洋子委屈地埋着头在想：我也没有主动给他抛绣球过去，是他主动给我来信的，当他来信的那一刻，难道就不知道我住在东京吗？难道就不知道从印度尼西亚过来，是需要坐飞机的吗？那时候，他的脑袋难道进水了，还是健忘到连自己有飞机恐惧症的事都给忘记了？他在洋子的心里至今还是个迷。洋子可以向他敞开心扉，但他永远都要把心门紧闭。两个人在一起多久并不重要，重要的是你有没有在这个人心里待过。有些人哪怕在一起一天，却在心里待了一辈子；有些人即使在一起一辈子，却没有在对方的心里待过一天。洋子承认，她看到对话的那一瞬间，的确不够冷静。她爱对方，她把对方的点点滴滴的好，全都收藏在心里了。在洋子准确敏锐的感情直觉面前，冬阳所有的掩饰都是苍白无力的，也都将是徒劳的。这时，她心中积蓄已久、强压已久的火，腾地一下子就爆发了，她感到自己正被他故意编织的一个又一个的网，在套紧，钻进了这网里，也就没了方向，只能按着他的引力，亦步亦趋地跟随着他前行！洋子困惑了，动机单纯的她当初来到家园网时，也是因为她会熟练地使用汉语的原因，又感觉自己对中国比较了解，对中国人还是比较亲切一些。也许，他真的受过惊吓，是我真的错怪了他？也许，他开始时不好意思告诉我？也许，这个男人就是要一个人默默地承担所有的压力，他要做家庭的脊梁，一直在用自己的脊梁顶住这个家的人，他要在这个世界上立足，他必然要面临很多困难。这个时候，他回到家里，他确实没有心情再去谈情说爱了，这个时候，聪明的女人，不应该去指责他，而是要去抚慰这根抗不住的脊梁啊！也许，真是自己错了？这样想的话，就算可以原谅冬阳，可那些谎言，又该怎么解释呢？

除非这世界在不经意中早已发生了巨变，她就像一个外星人一样，完全不知道人世间的是非曲直；除非她在这些昔日的“精英般的同胞”面前，早已变成了弱智。海外生活的二十几年，感觉身心都得到了净化，更能坦荡地对待生活了。来到这里，才蓦地发现问题：感觉这里的环境远不同于洋子生活的环境，她太感陌生的同时，也失去了方向。这是一个洋子不懂的世界。信誉受到严重挑战的同时，自己就像一个被人耍弄的弱智，希望能找到新的知己的可能性也变得很渺茫了。她没有这方面的表演天才，不能胜任一个说谎者的精湛表演，只好垂头丧气地退出了。

没料到，几个战役打下来，她几乎是彻底地失望了。我的老天爷，这里的骗子怎么会这么多呀。她知道，在这个世界上，只要是有人的地方，当然，既有好人也有坏人，它该是没有国都之分的。然而，事实证明，在看不到、不了解对方的情况下，还是要自己小心，自己保护自己。因为女人是很容易受伤的。如今的洋子已被那些骗人的巧语撕扯得遍体鳞伤。本带着美好的愿望，想在这里邂逅一段美丽的爱情。她被帅气的骗过以后，就屈尊着找老实憨厚型的，这种人的作为，更是让洋子不得不刮目相看。一张张玩世不恭的脸，一个个涂了蜜的嘴，让她防不胜防啊。如果，识破对方后，那张本来的面孔上，会立即带上一副欧美人的假面具，那些外国人的照片,立马又会迷惑对方一阵子。真正是；刚刚抽回了自己被咬住的脚，手又被叼住了,手还未等全部拽出，衣服已被撕破！以前，她无意中看到这样一篇文章；一篇《中国男人配不上中国女人？》的文章成为社交媒体的热点。文章称，中国男人普遍仪表邋遢、气质猥琐，已经“配不上”和国际接轨的中国女人。关于中国男人的形象，《新周刊》曾邀日本人加藤嘉一撰文，该文发表于新周刊《男人没了》专题。他说，中国男人是不自信的，是没有责任感的！他质问：“这样的中国男人凭什么牛逼呢？！”洋子看到这里，曾在心里想：不会吧？现在，在谎言和这些经历后，洋子动摇了！

这梦幻似的人生让洋子转了几个弯，现在，她不得不重又回到原点。她必须立即转移爱的方向，不能因为，一朝被蛇咬，十年怕井绳啊！她深信，日本人的诚信度远远高于中国。完全不是同一水平线上的，在事实和真理面前，她只能选择无语，她无法解释和偏袒她曾经可爱的同胞们。坏人虽然是少数，但是，只要超过一定的比率，就会给人形成一种难以改变的“普遍现象”，到那时就不止是一个人的问题了，而会被上升到一个国家的声誉！而相比之下，日本的男人还是负责任的。他们会把事实真相说给对方，不必相互去猜谜，不会海阔天空地乱跑火车。他们真的会以谎话为可耻的行为，认为其是大逆不道的。由此看来，这个世界上没有谁对不起谁，只有谁不懂得珍惜谁。懂得珍惜，这才是幸福的人生。你骗得了一时，难道还能骗得了一生吗？交一个欣赏你的朋友，在你穷困潦倒的时候安慰你，帮助你；交一个有正能量的朋友，在你情绪低落的时候陪伴你，鼓励你；交一个为你领路的朋友，自愿做你的垫脚石，带你走过泥泞和迷雾；交一个肯批评你的朋友，时刻提醒你，监督你，让你时刻发现自己的不足。保持善良，做到真诚，宽容待别人，严于律己，其他一切随意就好！交朋友也好，找爱人也罢，人生不过就是这么简单的道理，又何必人为地弄得那么复杂化呢？！洋子想，从今以后，她要以一个全新的方式去迎接生活。她要尽可能地让自己快活起来，她要活得自主一点，阳光一点，她的生活毕竟还没有真正开始嘛，要活得精彩。

十八 换一种心境，才能拥有不一样的心情

洋子决定在遇见那个爱她，她也爱的人之前，决定先充实一下自己。

对，先学营养学，对自己以及家人朋友都好！这个想法在洋子的脑海中闪过。

洋子找来好多材料，左选右挑，最终决定在位于表参道的学校学习：在那里毕业考试通过，可以获得国际认可的营养师证书。

东京的池袋是以热闹而出名，银座是以繁华而吸引人们的眼球，新宿是以不夜城而闻名天下，而表参道则是大名鼎鼎的时尚的发祥地。日本人，几乎无人不知道这些地方。

在表参道学营养学的同时，也可以接触到新的时尚，丰富自己，让洋子的世界更精彩，更精致。

初秋的东京，天是蓝蓝的，云是淡淡的，阳光是明媚灿烂的。

当洋子推开教室的门时，她感到：明媚灿烂的阳光不仅照在了她身上，同时也照射进了她的内心世界。

从此，洋子的生活又开启了一扇新的大门。

营养学不仅仅是讲食物的营养，还可以学到正确的、健康的饮食顺序，食物与食物的搭配方法，以及食物与季节，根据每个人的，每个时期的不同情况，如何合理的进食和食物的制作方法。

中国有一句老话：“人食五谷杂粮，孰能无病。”也就是说，五谷杂粮食之不当，才会生病。可见，食的重要。食的适宜：养颜美容，强身健体。

讲解基础营养学的是一位皮肤白里透红的保养得很精致的女士，安田老师。看上去40岁左右的样子。日本人，尤其是女性，

一般是不会讲自己的年纪的。也许是安田老师为了告知学生们食的重要性，她让学生们猜一猜她的年纪。

“35 岁！”川口君边端详边犹豫地回答道。

“不对。”安田老师微笑中略微带着腼腆，“不要恭维，大胆猜啊。”

吉村小姐听后道：“38 岁！”

安田老师说：“再猜！”

渡部小姐有些不自信地回答：“40 岁？”

安田老师还是摇头。

菊池：“42？”

安田老师：“再往上！”

大家互相看了看，都有些不相信。安田老师的皮肤不只是肤色好：白白的，微微透着红润。皮肤也有光泽，几乎没有明显的皱纹。走路也是朝气蓬勃。

“绝对没有 45 岁！”松浦君肯定地说。

“今年，55 岁了。”安田老师稍稍有些得意地揭开谜底，“其实，我们每一个人都可以做到。只要注意饮食，注意科学饮食。因为，我们吃进口里的事物决定了我们的身体。我们的身体又是有一定规律和周期地进行着更新。所以，从现在起，我们要学会正确地认识自己和食物，这会改变我们的明天和明天的自己。”

“是啊。”不听不知道，洋子恍然大悟。

我们今天吃的食物决定我们明天的身体。我们今天学的知识和经历的事情决定我们的未来。这都是同一个道理的。

任何事情都有多面性。年纪轻，天真可爱；年纪大，阅历丰富，阅历也是一种财富。美丽和魅力，你更喜欢哪一种？

安静下来后，仔细地想一想，其实离去的，都是人生的一段风景，留下来的，才是真实而漫长的人生！洋子放下手中的小说以后，她又去了英语课堂，她决心把忘记的英语重拾起来。她要不断地充实自己。她人生的下一站，究竟在哪里呢？在美国？在法国？在加拿大？还是就在脚下？无论在哪里，她都不会认输，她要重新书写自己精彩的人生。她懂得那个道理：女人不能靠男人来强大自己，女人只能靠自己。

你的世界，我不懂。

我的世界不但要精彩，更要精致。

我的世界的大门已经打开。

我在我的世界里等你。

等到樱花盛开时。

忘记一段痛苦，重启一段人生。趁着自己年轻，精力过剩，她不该为情所困。洋子决定：她要给她平淡的生活找点乐子。走出感情的误区后，洋子一下子释然了。她觉得好像到处都充满了乐趣。奇了怪了，怎么从前自己就没有发现呢？她回到家，把这感觉讲给爸妈时，妈妈用温和的眼神看着她："还是学习好啊，我看你也变得更美了。"妈妈还不忘拉上个应援的，偏着头，向上推了推老花镜，"我说先生，你也给女儿句表扬好不好？"

"还用表扬吗，我的女儿我知道的。我从来就没对她失去过信心。"

闻此言，妈妈立刻反驳："舐犊情深啊，其实，男人老了要比女人更加娇惯孩子。你忘记她前些日子啦？"

"前些日子怎么了？"

"你是不是在明知故问啊？"

洋子赶紧笑着抢过话题："妈——！智者千虑也有一失嘛。你就不允许我犯一点小小的错误啦？那我可到要问问您，到底是不是我的亲妈？！”

那一瞬，老两口同时笑眯眯地呆在了那里。等反应过来后，爸爸郑重地说：“这件事，我做证啊，她不但是你的亲妈，为了生你，还差点要了她的命。”

“爸爸，我记得，我知道你要说什么，我一生出来就有九斤重！”

“对对对！”

洋子被爸爸一本正经的神情逗得前仰后合，开怀大笑，发出一连串清脆的笑声。

“爸爸，其实你明着跟我站在一起，其实呢，你是妈妈最忠实的战士。”

这回轮到洋子爸爸自嘲地笑了起来。

十九　第一个敢吃螃蟹的人来东京

洋子小时候常听妈妈跟她讲：“第一个敢吃螃蟹的人，是勇敢而智慧的。”

对第一个来自美国的寻亲的人，洋子也同样充满了敬佩之心。经过网恋这四五个月的时间，他还是第一个敢于前来东京看洋子的人。起码说明他是有诚心的。

记得那一天是东京的深秋季节。洋子违背了自己一贯做人的起码礼节：她没有请假去机场接这位来自远方的客人。

其原因是，在日本上班是很严格的，一年之内，请假日数是非常苛刻的。没有谁会轻易请假的，除非想被炒鱿鱼。再者，对于一个从未谋过面的陌生男人，她不想投入过高的热情。不过，一向做事认真而又细致的洋子，还是在远方那个先生到来的前一个星期日，特意跑了一趟对方预订的宾馆，并把远方先生的地铁出站口和宾馆的接站车，都一一拍成了照片，并且发给了他。

他们的第一面交往就是在宾馆的大厅里开始的。那天晚上，大厅里人不多，他拉着银灰色的旅行箱走进旋转的大门。按照时间推算，和他进来后东张西望的神态，洋子内心很快就断定：就是这个人了。他个子不高，走路有点拖拉，脸上的表情还算镇静。

洋子忙起身迎上去，那一刻，她心中既说不上悲，也说不上喜。两人面面相觑，互相打量。尴尬的时间在飞速地消失后，便是简单而又目的性极强的自我介绍。并且，就这样确认了彼此。

原来这是一位地地道道的老人。洋子先是震惊得无以言表。很快，她就不由得长舒了一口气：知道他年龄比自己大，但没想到会有这么大。她的心里一下子倒也释然了。一个主意突然从洋子的心里蹦了出来：既来之，则安之，且看你如何表演下去。

看来眼前这位老人还真是精力过剩啊！不但玩起了网恋，还真的飞过千山万水，真真切切地来了东京。

这位来自远方的聪明的先生，很快就找到了能展示他才能的切入口，他侃侃而谈地和台前的服务生讨论起有关他的房间来。

远方先生一再强调：他订的是有一张大床的房间，而不是有两张小床的房间。他不满意现在安排给他的房间。

远方先生在那儿争辩，而洋子只是默默地听。那一刻，洋子在心里想：这些都跟她无关紧要，只是感觉眼前的这个人很善于狡辩，他不但在年龄上打下了很大的埋伏，在具体问题上，他也很会推卸责任。只不过住一两天嘛，何必这么斤斤计较呢？洋子心里不解，初次见面，也不好表明自己的想法，只好陪着笑脸尴尬地站在旁边。

远方先生的网上明明写着只有45岁的，他还调侃说，自己是个小老头，还曾说过，“会让洋子失望的”。洋子没信，45岁的人，再老又会老到哪里去呢？她还以为他是幽默加智慧呢。眼前的远方先生不仅是个小老头，而且还是个老老头，原来他都有70岁了，这是后来才知道的。这么大的年纪，他还真的敢来？真是叫人佩服！令洋子失望的不仅仅是远方先生的年纪，更重要的是他的品质，让洋子都禁不住想刻薄一下他。可是，洋子还是一忍再忍地咽下了自己的刻薄。

远方先生根本就没有征求洋子的意见，而是直接通知了洋子他到达东京的时间。这是起码的礼节问题。

在远方先生选择的宾馆大厅里，他们第一次面对面地相见。远方先生当时是满脸的惊喜。当洋子走近远方先生的身旁时，远方先生还悄悄地翘起了脚尖。他的这个动作没有逃过洋子的眼睛，若在平时，这样的事情发生在其他人的身上，洋子会觉得对方调皮和可爱，也许会戏称之为“老顽童”。然而，此时此地，此情此景，却让洋子的心里平添了几分堵。洋子身高是166CM，远方先生自报过他的身高是170。可远方先生尽管偷偷地翘起脚尖来，也没有洋子高。洋子选择先生，是不以身高为标准的。洋子没有问远方先生为什么要这样做，那会让他很尴尬的，洋子不想这样直来直去地伤害一个人的生理缺欠，于是，在这个问题上，洋子又一次选择了沉默。

看上去，远方先生刚刚染过头发。不论是不是为洋子，洋子都在心里说：谢谢。远方先生的发质和发量告诉洋子：远方先生要比洋子的父亲老多了。

高领蓝白相间的衬衣，只挡住远方先生像乌龟一样布满皱褶的颈部的下半部分。而他的上半部分，就很固执地反抗着远方先生，明目张胆地在那里冲着洋子伴着鬼脸。哇，好一张干巴巴的树皮。这样的皮肤，会很搞笑地让洋子想起她曾经养过的那只沙皮犬。沙皮犬的皮肤就是这样嘟噜着的。洋子经常去揪它的松夸夸的皮。很好玩的！

浅灰色的毛衣看上去适合远方先生的脸色。这件毛衣应该是远方先生的最爱，因为袖口已经破损了，他还选择穿着它来相亲。

远方先生选择米色的裤子，是希望可以掩饰他的短腿和身高吧。

白色的袜子加黑色的鞋子，在默默地告诉洋子远方先生的出生地是哪里。

在他们交谈前，洋子已经知道，远方先生谎报了他的年龄和身高，因为远方先生对他的年龄和身高有严重的自卑感。洋子没有掉头而去。第一因为洋子的教养和修养。第二因为洋子选择未来的先生是不以生理的年龄和身高为第一标准的。第三，洋子希望远方先生开朗的微笑后面有顶天立地的男人的担当。看来，原来网上给洋子的信息，都在莫测之中。

远方先生和宾馆前台的小姐交涉了足足有30分钟以上。就为一张床的事情，可真够磨叽的。原来，前台小姐给他有两张单人床的房间。远方先生说，他预订的是一张床的房间。前台小姐希望远方先生提示预订书。远方先生强调他告诉预订房间的旅游公司要一张床的房间了,远方先生是一个人,为什么需要两张床?远方先生问前台小姐："你认为我神经不正常吗？"前台小姐告诉远方先生今天已经没有一张床的标准间。远方先生坚持要一张床的房间。前台小姐很为难,她不想用英语继续和他交谈下去了,就用日语问洋子会不会讲日文。远方先生一直讲英语,只讲英语。在洋子回答前，远方先生抢先说洋子只是他的朋友，她不能决断他的事情。他强调说，只有他一个人住，为什么要两张啊?从那一刻起，洋子知道，远方先生会日语，而且他非常了解日本。远方先生坚持讲英语，并经过艰难的交涉，他赢了。他终于得到一张大床的房间。此刻，远方先生狡猾的小眼睛里放射出胜利的微笑。可远方先生在洋子心里的分数只打了50分。洋子领教了远方先生的交涉力。洋子没有掉头走掉，留下来的原因是：洋子需要如山的铁证。

因为考虑到的远方先生年龄和长途的奔波，洋子帮远方先生拉起皮箱，洋子也知道了远方先生的行李的重量。

远方先生马上说："不要，不要。"

远方先生问洋子："到了很久了？"

洋子不想给远方先生压力，说："没一会儿。"

远方先生笑着说："我知道，你的性格。一定等很久了。"

看来，眼前的这位老人其实并不糊涂，他是明白事理的。

洋子心里就在想：并不糊涂的你，为什么要说这么显而易见的谎话呢?

远方先生没有忘记给洋子带来异国他乡各色的小食品，这说明他很善于人际关系，也很了解小女人的心理。但是，精明过人的远方先生，却将购买数据遗忘在了礼品袋中。不过是区区的两千日币罢了，洋子会想着加倍偿还给他的。

一番东拉西扯过后，远方先生无意似的说，他此行忘记了带茶叶。洋子明白远方先生的希望，第二天，她便特意去高岛屋为他选了上好的名茶和点心，作为回礼送给了远方先生。

洋子拉着他的旅行箱，刚把他送进房门，远方先生就迫不及待地来了个西方的见面拥抱，送给了尚未反应过来的洋子。西方人的礼节与东方人的礼节确实不同，无可非议。但是，远方先生接下来的举动，吓得洋子不由得噤在那里。

那是因为远方先生的手，他竟敢顺势下划而去。洋子知道远方先生对洋子的渴求。洋子很快挣脱出来，并且，很快结束了这种混扰不清的见面礼。她快速地斜他一眼，很厉声而又正经地建议道："我们去咖啡厅坐坐吧？"

就这么突然地结束拥抱了？一脸漠然的远方先生，实在是感到意犹未尽，他十分认真地向洋子解释说："我是要娶你的，让我抱抱。抱抱都不行吗？"

霎那间，洋子脸上的笑容消失了。她清淡一笑问远方先生："你需要的就是这个吗？如果单单为这个而来。你还不如到外面去找，外面会有好多的。"

远方先生很精明，他立马意识到错了，并做了个投降状，很委屈地回答："我从来不买的，我是很认真的。我不但给你带来了我的庄园，还给你带来了我的10亿的家身。你不要那样去想我好吗？"

洋子接过话题说："不用买，也有啊！可是，我要告诉你：我不是那样的人。你若为此而来，你会发现，你找错了对象。你的庄园和10亿身价可以让你找到免费的。”

眼看要冷场了，远方先生急中生智而表现出讨好和奉迎。洋子这才有些不好意思地收敛地笑问道：“你今天旅途一定很疲劳了。我明天再来看你好吧。”

远方先生不好意思地问：“洋子，你不会真生我的气吧？”

洋子笑而不答，想：眼前这老者，是不是属于中国那种类型的“土豪”啊？一想到眼下网上流行的新名词，洋子更加地瞧不起这号人物。不就多几个钱吗，土财神一个！

临人分别时，他又绕到了先前的话题，很感兴趣地问：“你怎么会说，日本可以不买，就就，在美国可是不会的，你说的是真的吗？”

远方先生说完后，立刻敏感地觉察到洋子情绪上的变化。他也似乎马上感到明白了，自己不该操之过急。洋子指的是以相亲为理由的另有目的。远方先生嫣然一笑，摊开双手，故作轻松地说：“我不知道。这里的规矩和美国的真是大相径庭啊！”

洋子能够原谅这位来自美国的远方先生，大概是因为这么几方面的原因：一，她不想刚一见面，就让人感到沮丧。她做不到，她就这么个人。二，洋子想：他毕竟是飞过了千山万水，毕竟是为她而来。三，他可以有他的想法，但是，他并没有对自己造成伤害。接下来，远方先生竟然把洋子当成了知心朋友，向她讲述了他一生的故事。

他们的关系，渐渐地变成了莫逆之交。

首先，远方先生讲过因为去中国的签证而被骗了300欧元，洋子问远方先生：“没有得到签证吗？远方先生说，希望得到一年多次往返中国的签证。本来是说在美国可以拿到一年多次往返的签证，可在美国办理签证时，只拿到了两次进中国的签证。洋子好奇，问：“为什么？让我看看可以吗？”

远方先生听罢，先是一愣，很快就反应过来了。他摊开双手：“不不不，不知道为什么。你去中国就不需要签证吗？我的该和你的一样啊。”远方先生不想让洋子看到他的签证。更不想把护照给洋子看。那会是“一目了然”的。

洋子脑袋转了转，答道：“我去中国不超过 15 天，不需要签证。我没有办过，所以想看看。”

远方先生好奇地问：“为什么？中国人喜欢美国应该胜于喜欢日本的。为什么美国人去中国需要签证，而日本人就不需要呢？中日的关系到底是好不好啊？”他在那里自言自语地说着一个他们两个人都无法办到的国际问题，其目的，不过是要巧妙地转移掉关于护照和签证这个蠢之又蠢的话题。

洋子明白了他的真正顾虑后，故意调皮地问：“要不要加入日本籍啊？”因为有好多人是冲着洋子的日本籍而前来求婚的。

远方先生眨了眨眼，神秘地说：“让你看签证是要有交换条件的。”

“什么？”洋子问。

远方先生靠近洋子，色眯眯地笑着。虽说靠近，其实，他们之间还足有一米多的距离。可是，随着远方先生嘴巴一张一合，洋子能够很强烈地闻到一股来自他的嘴的口臭味。她深信那味道的确是他散发出来的。洋子的情绪也受到了影响，她在强忍着胃部的不适时，用自己的右手臂轻轻地遮挡在她的鼻子空那里。这样，既不会伤害对方的自尊，也让自己免受其苦。她很盼望早点结束跟他的对话。现在，除了说话以外，洋子似乎还闻到了来自对方的体臭。这种味道只有在老男人的身上才能散发出来。同时也是属于老男人的专利。电视台的望月部长，就是明显的一列。大家都在远远地回避着与他接触。通过味道的提示，洋子更加怀疑远方先生的年龄了。他肯定不是 46 岁，这是板上定钉的铁证啊！洋子迫切地想知道他的真实的年龄。即使是被骗，也要被骗个明白啊！

洋子沉默了一会儿以后，她直视着对方的眼睛，转换了话题。

洋子首先问起了关于他的家庭，他的孩子们。远方先生说儿子的德语很棒，女儿会西班牙语。看来，这是他的骄傲与自豪。

洋子又问道："你不是有三个孩子吗？第三个孩子是男孩？还是女孩？"

远方先生稍稍犹豫了一下，先是摇头，后又改做点头。看得出来，那一刻他好像是有点乱了阵脚。他不想提起第三个孩子。为什么？

事后细细回想，究竟是哪得一句话打乱了他的阵脚呢？洋子苦思苦想，才会猛然惊醒：原来是提到了他的第三个孩子。是的，没错！

远方先生长叹一声，很凝重地说："女人嫁错男人，不幸一生。男人娶错老婆，会毁掉三代的。"

洋子不明其理地追问："怎么讲？"

原来，远方先生曾经有过辉煌的过去。正像他简历上介绍的一样。他生在美国很遥远、很落后的一个地方，从小就懂得勤奋地读书。后来，他先去了纽约，在那里打工。攒够了钱以后，在那里读完大学，又读完博士。就在读博士的时候，他遇上了他的前妻。他的前妻的家族，是当地很有名望的家族。只是，他偶然得知这个家族有遗传性的精神病。他曾经犹豫过，也曾经抗拒过。然而，当年远在他乡的远方先生，最后，还是感情战胜了理智。他和那位有来头的美国姑娘结婚了。婚后，仗着女方家族的势力和他本人的聪明才智，他在纽约很快就壮大起来。

只是好景不长。任何事物都会有她的兴盛期和衰败期。

远方先生也不列外。2008 年，世界经济危机到来之时，他和他的公司，还有他的家庭都受到了毁灭性的冲击。

远方先生说：“2008 年，我生意失败，她提出离婚。我同意。我们就离婚了。”

洋子好奇地追问道：“美国离婚手续是怎么办的？如果双方同意，是到有关部门签字即可，还是要判决？”

远方先生眨着眼睛，在心里确定洋子动机单纯，并无恶意后，答道：“美国人相信天主教的比较多。天主教不支持离婚，所以要判决，大约要 6 个月左右。”

洋子顺势又绕回到原始问题上：“没有看过美国的离婚证明，你有带来吗？能否也让我开开眼？”

远方先生猜出来了，他冷笑一声，干脆利落地说了句：“没有。”

远方先生可以侃侃而谈关于美国的现在和过去，关于法国的哲学和马克思的理论，关于人类的发展和文化，谈天谈地，只是不谈年龄和具体的事实。他很善于游走在矛盾的边缘上，很善于避重就轻，也很善于察言观色，甚至善于给对方洗脑。因此，洋子生怕一不小心上了他的当，所以在听他讲的时候会时不时地摇摇头，强迫自己睁大下眼睛，以防被他给洗了脑。

虽说洋子有些失望，但也理解远方先生的忧虑。网上的东西真是千奇百怪的。这里是个全新的世界，抓不到，看不穿，猜不透的。都说爱你不商量，其实，在这里是，害你不商量的。谁也不愿意被无缘无故地推下万丈深渊。他也是一样的。防范，不光是女方，男方也一样。

理解，让洋子变得宽厚，宽容起来。即便她的心里此刻有千般疑惑，万般疑点，她都把它们压了下去。只想到：一个比自己爸爸年龄都要大的人，之所以会风尘仆仆地为爱来到异国他乡，也是想再次寻找属于他的幸福。作为一个活着的人，无论他丑俊，无论他高矮，他都有这个权利。洋子对自己说：其实，在这世界上是有很多种友谊的，除去男女之爱以外，还有友情存在的，还有知己长存的，他是一个智慧的老人，我要在他身上学到点什么。说到底，自己是受过高等教育的人，而且是中日双方的高等教育。稍不留神，无论来自哪一方来的子弹，都会把她给射穿。她不允许把自己降格到一个家庭妇女的层面上，不知深浅，不知轻重。那她就会对不起两个国家，对不起两个国家的尊师。

出于这些考虑，洋子强迫自己面带微笑，耐心温和地听着这位老者的絮叨。

第二天，洋子特意破例请了一天假，来专门陪远方先生度过一天。虽然漫长，她在心里告诫自己：就算是工作，就算是一次艰难的采访了。

远方先生不再像第一次见面时那样表现得无理。看来，他也清楚了洋子的为人。

洋子有她的思路。

远方先生有他的打算。

一个彬彬有礼，尚算镇定。

一个不失礼节，柔中带刚。

远方先生开始时还是讲天讲地，讲他失去的辉煌，讲他作为人夫的艰辛，讲他作为人父的无奈，讲他的公司曾经上过市的成就，说到这里时，他那干涩的眼睛里居然会闪现出迷人的光点。他似乎已经回到了他失去的乐园中。他在津津有味地回味着那逝去的昨天。

洋子也尽可能地配合他，耐心倾听着，她不去插一句话。这样会让对方放弃警惕性。她就如同一个心理医生给人疗伤一样。

远方先生开始时还有些紧张，有些戒备。渐渐地，他发现洋子是真诚的，是细腻的，是有着来自母性的理解的。他也就变得放松起来。

远方先生主动地讲到了他在美国买下的豪宅。并且很快在手机里调出了他家豪宅的照片。洋子看到那的确是一座美丽的别墅：一片绿茵茵的草地上，一栋四层高的尖顶红砖瓦房神气地屹立在温暖的朝霞中，安静的壮观的庄园，似乎在对洋子说："你愿意来做这里的主人吗？"

"洋子，能来给我看庄园吗？"洋子真真切切地听到了那声音，是出自远方先生的嘴里。洋子不由得一激灵，神秘地笑一笑，对那张正在张合的嘴，屏住了呼吸。

话到嘴边，洋子又咽了回去。她只能是笑而不答。因为，洋子不想委屈自己，也不想伤害到对方。

洋子淡淡地，轻描淡写地问道："这么气派的豪宅，什么时候买的？"

远方先生并没有回答，而是固执地追问："告诉我，你愿意来做这里的女主人吗？"

"我去好像是不太合适，它这么豪华，是需要有一位更加年轻的女主人的。"

洋子很快又调皮地反问："什么时候买的？20年前？还是30年前？"洋子小心翼翼地试探着水的深浅。

见他不语，洋子就故意地又想激怒他一下："为什么非要把豪宅送给别人呢？你为什么不想把它留给你的孩子们呢？"说到孩子，远方先生先是瞪眼生气，然后一触即发地嚷嚷道："那是你们东方人的习惯。一个有出息的孩子，你不需要给他留下财产。一个没出息的孩子，你给他留下再多的财产也没有用！""看看，大人不见小人怪，您这还真的生起气来了？您说您至于吗？"洋子嘴上这样说着，心里却在说：不言而喻，他肯定有个不成器的后代。唉，可怜天下父母心啊！此时的他，在洋子面前，所有的掩饰，都是苍白无力的。洋子也明白；她所有的劝慰也都是一文不值得。唯一能做到的就是:赶快转移话题。“我们去吃饭好吗？”

远方先生惊讶地愣了片刻,忽然无意识地用皮肤松弛的右手,下意识地摸了摸有些空瘪下去的肚皮，苦笑道：“你不说，我还忘记自己饿了呢。”

“那还犹豫什么，还不赶快走啊？去吃饭！”

本来洋子为他预订去吃日本料理。因为在他来的当天晚上,洋子就问过他：“你想吃西餐？中华料理？还是想吃和食？”远方先生当时的回答相当爽快:“到了日本,当然要吃和食了。”但是,现在一时被激怒，而变得有些糊涂的远方先生，走出宾馆的大门,就像刚出窝的老鼠忘记了路一样，这位老人似乎完全忘记了昨天的话，他忽然决定要改去意大利饭店。而且还很固执地坚持着。

日本人以守信用为第一。商人以利益为第一的较多。就这样说改就毫无顾忌地改变，在日本这个非常信守“诚信”的国家，实在是不多见的。

洋子在心里说：美国人真豪放，美国人真牛气！谁都不放在眼里，谁都不放在心上。

无奈的她只好马上给饭店打电话，辞了约定。

远方先生在意大利饭店里与来自非洲的服务生很快就用法语交谈起来。真是令洋子刮目相看。原来，他要到这里吃饭，是醉翁之意不在酒啊。他要向洋子展示他的另一种才能：这位远方先生是多才多艺的。

洋子心里嘀咕一句；“老奸巨猾，早该痛打。”

洋子虽不懂法语。但她从远方先生和非洲服务生的表情和常用的单词里，猜到他们在谈日本，在谈有关日本的趣事。这回，是洋子被晾到了一边。

他的表情很微妙，他真是一个表演天才。远方先生其实吃得并不多，他只是尽可能地拖延着时间，似乎就是在向洋子显示他的法语很棒。

洋子只好敬慕地表态：您真是一位语言天才啊！

洋子想起爸爸常教导自己的一句话："一个人不应该吝啬得连句好话都不愿意给别人！"多一些表扬他，他不是愿意听吗，那就唱赞歌给他。再难也就这一天，再难，也能坚持过去。洋子也铁了心了。

他们看着电视，电视里正在转播相扑比赛。他们在谈论横纲。并且饶有兴趣地说着高安和东横纲白鹏的比赛。没料到，那天的高安竟然胜了白鹏。天知道他是否能看得懂？还是不懂在故意装懂啊？！因为相扑的比赛不同于别的比赛，没有看过的人，很难破解那其中的门道的。洋子也只好应付着说："胜负，乃一瞬之间。"

听罢洋子的话，怎么就话赶话地扯到了网球上。那时，正值日本的网球选手锦织圭的鼎盛时期，他从世界的第七位，一下子蹿红到世界第五位。连这件事，远方先生都了如指掌。可见，他在来日本时，真的是把功课做足了。

他说："身高只有178cm却赢了身高180cm、190cm的选手。"

洋子说："身高有一定的优势。但技术也很重要。客观的、生理上的事实是不可能改变的。但我们可以通过自己的努力提高我们的其他方面。"

"那倒是，小个子也有小个子的优势。"

都说，锣鼓听声，说话听音。原来他想达到这个目标啊！

"反应快慢，和年纪无关。"

洋子直接问："那和什么有关？请赐教。"

还没等来远方先生的回答，不知道真相的非洲服务生突然冒出来一句英语："请问老先生，你有70多了吧？"

听罢这话，远方先生的脸一下子黑了下来。他心里在骂："真倒霉，你小子是哪壶不开提哪壶啊。我又没惹着你。"

饭店不大，房间里流淌着美国的爵士乐，这是远方先生特意点的歌曲。洋子心里说：“真令人刮目相看，连听音乐也这么与他的年龄不搭配。”

服务生问完话，见远方先生没有反应，又想在洋子那里得到答案。

洋子不置可否，只是默不作声地摇头笑着，暗示服务生不要再问下去了。

这时的服务生，完全误解了洋子的意思。他以为自己猜错了，就吃鼻子上脸，大献殷勤起来。他还“颠颠”地小跑着走出柜台，仔仔细细地端详了远方先生的脸后，很自信地扬了下脖子，用很重的鼻音“哼——”了一下：“我知道了，你们看我这次猜得准不准，我就不信，我能猜不出来，大家都说我眼力过人呢。”

这位不识相的服务生，还真的来了个赶尽杀绝；“那我说错了？看看这回的，您老有 75 啦！”

洋子的心里也乐开了花。她再也憋不住地笑出了声。见洋子在笑，服务生凑过来尖叫；“我猜对了，我猜对了，让他请客！这回他们就更得说我看得准了！”

尴尬归尴尬。最好的解决办法；就是长痛不如短痛，来个肖楚女亮丑。那么再丑也不会让人感觉到丑了。

洋子趁势说：“你知道，其实这很正常。我也一直在等你自己讲出来。”

远方先生摸摸脸。耷拉下高贵的头，似乎陷入了深思中。

洋子说：“其实，你不说，我也算出来了。”

远方先生依旧在埋头犹豫。

洋子又说：“长痛不如短痛。早晚我们都是要面对的。你看，连他都能看得出来，你还有什么好隐瞒的呢？！”

远方先生终于憋不住了，他很丧气地说：“我知道，我没有戏了。我算是白来了。”

“那么，你为什么要来？”洋子问。

“也许奇迹会出现。”远方先生带着赌注似的神情。

“我给你机会，你不说。当我转身了，你不要说我没有给过你机会啊。”洋子斩钉截铁地说。

远方先生终于下定决心。“好，好。我们走吧。”

远方先生恨恨地起身，迈着拖沓的大步，夺门而出。

洋子付完款，追出门时，发现远方先生像只斗败的公鸡一样，站在阳光下。这时，他对洋子说的第一句话就是；“我必须现在就告诉你实话吗？”

洋子依旧微笑着反问道；“你是个聪明的老者，我尊重你的选择，你自己觉得怎样做更好些呢？”

“我真正的年龄是，喔，这是我的美国护照，你自己拿去看吧。”

洋子接过他递上来的护照。那上面显示出来的数字，一时间不但惊呆了洋子。还差点让她晕过去。

原来，远方先生以为，个子矮，年纪大，都不是问题，都是会被金钱和庄园垫高的。这是他内心感到强大的真正原因，没有这个信念，他是不敢贸然来东京的。

也就是在那一瞬，他们双方都呆住了。一个为自己不得不说出来的惊天秘密，一个是为这个天大的谎话而震惊。洋子一时也弄不明白；是自己太傻了？还是这个世界变得太疯狂了？

二十　隐瞒二十岁

洋子与远方先生充其量才不过认识了一天。而且，在这一天之中，洋子刨去昨晚回家睡觉的时间，和他在一起也不过 5、6 个小时。然而，“ 女人嫁错男人，不幸一生。男人娶错老婆，是会毁掉三代的。”这句话，可不止一次从远方先生的嘴里说出来了。他每每重复着说一次，洋子发现，远方先生的面目表情就会莫名地蒙上一层憎恨。

洋子看过远方先生的护照之后，她非常非常气愤，本想一甩手愤然离去。因为她无论如何不会相信，一个人竟然敢于撒这么大的弥天大谎。他虚报个一岁、两岁的还情有可原，可他竟敢足足隐瞒了二十四岁。

开什么国际玩笑！他隐瞒了两代人的年龄。

洋子说：“打死我，我也不会嫁给你。我绝不会嫁给一位年龄超过我爸爸年纪的男人，无论你怎样富有，无论你怎样帅气，我都不会。更何况，你还不具备这些条件。我没有请你来，我也不会送你走。我只希望你尽快地，尽快地在我眼前消失掉。”

远方先生就像一个犯了错误的孩子，他不说话，怔怔地看着由于愤怒而喋喋不休的洋子。先是一脸临战前的警觉，后来，他就如同碰到了多年不见的知音一样，自问自答地说：“我是欺骗了你，可是，你知道我为什么要欺骗你吗？”

洋子眼睛亮亮地凝视着他：“难道你骗人还有道理不成？”

远方先生不慌不忙地闻此感慨：“我不那样写，我就连见你一面的机会都不会有啊！”

“我见过无赖，却没有见过你这样的。”话到嘴边了，洋子还是克制着自己把后边的“无赖”两个字给咽了回去。

“你可以叫我无赖 ，没有关系的。我这么大年纪的人，什么样的事情没有经历过呀，我不会受到打击的。”

“那么，你为什么在你的网上登记你是45岁啊？”洋子不理解地追问。

“我写的是事实情况。”

“我没有听错吧？！”

“那是你啊，傻！我的心态是45岁啊！”远方的先生理直气壮地继续说，“我认为我的身体也没有问题。很健康。”

“我不明白，你现在说这些，还有什么意思吗？”

“当然有啊，在网上，当我第一次看到你的时候，我就非常非常地喜欢你。看了您的独白资料和相片，哗…多么优秀的一位女士啊！谁把您弄丢的，谁伤害了您，我是您温馨安全的港湾。我保证在我温暖的怀抱里，您永远不会丢，不会被伤害，我多想天天陪您看日出日落，多想牵着您的手慢慢变老。我知道，我不这样做，根本不会看到你。我想看到希望奇迹出现。我喜欢日本女人，我想，在网上能碰到像你这样条件的，可能是百年不遇的。我不想失去这样的机会。”

“实话实说吧，”洋子感到很累，“你的拙劣表演，到此也该结束了吧？”

远方先生知道瞒不过去了，倒也变得坦诚起来。他说：“我虽然是个70岁的老人了，但是，我除了脊椎稍有变形，血糖微微高一点外，其他还都一切正常。”

洋子笑了：“你认为，这些跟我有关系吗？”

远方先生也笑了：“我不知道。就算是一个来自远方的朋友，一个莫逆之交，和你讲一讲人生，谈一谈我这一辈子的成功和失败。怎么样，想听听吗？我现在已经没了奢望，更不敢胡思乱想。

只是想给你点素材，如果可以赏脸的话，我们在附近找一个咖啡厅怎么样？”

这一次轮到洋子哑口无言了，她的大脑在飞快地转动着，他会不会又在使用什么新的招数？“洋子？”远方先生催促。

他一个70岁的老人，还能怎样？恐怕连缚鸡之力都没有了。我害怕他不成？！

洋子想到这里，欣然同意了。

远方先生不失时机道：“我们就去品川王子宾馆的咖啡厅怎么样？”

远方先生的心里大大地松了一口气。眼下，他的心里没什么忌讳，也没什么担心了。年纪已经暴露了，个头的高矮也是一目了然！

东京的深秋，阳光依旧明媚，干爽宜人的空气中，飘散着成熟果实的甘甜味道。阳光斜穿过明亮的落地窗，均匀温柔地洒落在洋子的双腿上，让她有种很温暖、很惬意的感觉。透过宽大的玻璃，可以看到不远处的品川车站。来来往往的各色行人，急匆匆地奔走着。每每看到这样的情景，洋子的心里就会平白无故地紧缩一下，会有一种很茫然的感觉。她就会条件反射般地在心里默默地问一句：人生真的很奇妙，我怎么会来到了这里？在那一刻，洋子也会定格在这里了。这一次，她更是感觉不同以往，自己的人生，怎么会在这一刻，会和这样一个跟自己八竿子打不着的人坐在一起呢？洋子偷偷地扫一眼她对面的这位老人。他的脖子上那些明显耷拉下来的皱皮，松松的，软软的，伴随着老人的粗重呼吸，而在微微发颤，悄悄地哭泣着。

在老人开口讲话的时候，洋子迅速地收回她的目光。她为了掩盖自己的情绪，下意识地冲老人笑一笑。

远方先生先是叹了一口长长的气，深呼吸后说：“我总说，娶错女人毁三代。当初，我的一个朋友和我还有…

那是45年前,在美国马萨诸塞州剑桥市,哈佛大学的校园里。

中国人讲,三十而立。远方先生,那一年已经30岁。一个人，怀着雄心伟志，在美国苦苦地挣扎着。45年前的美国，还不像现在，有这么多生存和就业的机会。更不要说有一番作为了。那谈何容易?！远方先生知道:三十而立，实现远方先生振兴祖业、扬名天下的雄心伟志，不仅仅是太难，而是几乎没有希望。在绝望多年后，远方先生一直在苦苦地寻找着希望。

出生在一个有十几个兄弟姐妹的家庭，让远方先生从小就懂得分析自己的优势与地位。身高只有163cm的远方先生，知道自己的短处，更是明白如何用长处来添补短处，在什么情况下做对自己最有利的交易。

远方先生和前妻在哈佛校园里第一次见面。

远方先生的前妻,美国国籍。在美国,有美国国籍,不是优势,是正常。但外国人想要拥有美国国籍，不是件容易的事情，尤其是对于男性而言。女性可以生孩子，通过孩子取得美国的签证，从而能够得到美国的国籍。男性没有办法通过这种办法来得到美国国籍。他虽说有美国国籍，因为家境太穷，跟没有也差不多。

远方先生的前妻，是没落的贵族后裔。俗话讲 :“瘦死的骆驼比马大。”远方先生认为前妻的姓氏可以帮到他，虽然是没落的后裔，但先祖的光环还在。更希望前妻的嫁妆可以帮他起步，帮他壮大他的事业。

远方先生的前妻因为有遗传病史，性格古怪，相貌也平平，母亲又是疯疯癫癫，所以远方先生的前妻没有男朋友，对男性也不了解。远方的先生的前妻好像是一块没有开发的处女地。第一个男人，往往对女人都很重要。也许，时间长了，那个男人的气味、面孔会变得模糊。但，女人是不会忘记那个从女孩变成女人的过程。她记住了那个把她变成女人的男人。

他们结婚了。婚后，他们两夫妇共养育了三名子女。

远方先生边说边从他的皮夹里掏出一张已经发黄的黑白照片来，放在桌子上，顺手用他右手的食指往洋子面前推移过去。

洋子拿起来，放到眼睛下面，认真地端详起来：看上去是很幸福的一个家庭嘛。

远方先生当年还很年轻，一派儒雅学者的风范。坐在他身边的是满头金发、碧眼的美国女郎，其美貌程度真的不亚于当年的玛丽莲·梦露。双腿分开，骑跨在他们夫妇大腿上的是犹如洋娃娃一样美丽的小女儿。在他们夫妇的身后，站着两个看上去有十几岁的一双儿女。

看到这样一张其乐融融的全家照，洋子内心是相当的羡慕。她更不会从这张发旧的照片中寻到一丝“男人娶错老婆，会毁掉三代”的奇谈怪论。

洋子抬起头，意味深长地看着远方的先生的脸。

远方先生则是一脸的茫然，不解地歪着头，想从洋子的脸上寻找到答案。

洋子心里狠狠地说：你还在给我装啊。

见他依旧目光迟钝、不知所措的样子，洋子便一针见血：“是不是你先背叛了你的妻子？”

远方先生赶紧连连摆手：“洋子，不是你想象的那样，真的不是那么一回事。”

他干咳了两声，缓了口气，突然，话锋一转：“是的，在照这张照片时，一切还都很正常。也就是从这以后吧，我的人生就跌到了谷底。”

远方先生慢慢地喝一小口咖啡，眯起他浑浊的双眼，尽可能地遥望着远处，像是在回忆，也像是在剥去心里的禁锢般慢慢地述说起来：

“好像是，就在她生完第三个孩子后不久，她们家族遗传的可怕的精神分裂症敲起了我家的丧钟。先是她患了这种可怕的病。很快，我就发现我的小女儿也有这种病。那时候，整个家都生活在恐怖之中。本来蒸蒸日上的公司，也被搞得无心经营。在与病魔做挣扎的时候，我的儿子，也是我唯一的给予了希望的儿子，也表现得有些反常起来。我把他派到台湾区管理我在那里的工场。没料到，他很快被一名来自中国大陆的女孩给俘虏。甚至还把大陆妹带回到纽约。我差点被他气死。我不再指望他会有什么辉煌的业绩，只要他能看管住他口袋里的钱，我也就算谢天谢地了。现在，也只有大女儿一个人，还多少会给我带来一点点安慰。不过，我的公司交给她也有一年多了，至今也没有见到有什么起色。唉——，我的人生，我的家族真的全都毁到了这个女人的身上。

“过去，我回到家，和现在的处境是完全不同的。只要我在家，只要我上了饭桌，大家都不敢说话，甚至不敢大声喘气的。那就是一片鸦雀无声。”

“天哪，真的想不到，你会是这么霸道的一个人！”洋子不由得惊叫起来。她禁不住从新把目光投向眼前的这个小老头，心情十分复杂：说不清是同情，还是憎恶。也许二者混之到了一起？洋子想：这是一个有了成绩归自己，有了错误全都要推卸出去的男人。

理智告诉她：这种类型的男人，往往是没有担当的，也是靠不住的。

远方先生没有辩解，也没有反击，而是安安静静地坐在那里，深深地埋下了头。洋子发现：他把帽檐压得很低，似乎是想遮住他那双早已潮润的双眼。

洋子见状，有点后悔地反思：是不是我的话，过于刻薄了？

洋子怔怔地看着他，忽然说：“好了，不要自寻烦恼了，事情会变好的，是吧，起码你还很健康，对吧？”

“我就知道你是个非常善良的姑娘。无论如何，这次都没算白来。这么多年过去了，我也就只跟你讲过这些心里话，我越老就越感到孤独起来，我是很想找一个能说到一起的人。我想把自己的残年经营好。我有时会感到，自己好似在荒漠中一样孤独无助。”远方先生完全没有了昨天的精神头，他失神地看着手中的咖啡杯子，慢悠悠地说。

又是这话，绕来绕去，怎么就又绕回来了？洋子不解，但她还是要耐着性子听下去。她想跳出这个话题安慰他。但是，一时又无法找到。

洋子斯文地喝一口咖啡，缓慢地对着眼前的老人说：“这个世界其实就是这样，不可能所有人想得到的东西，都会如意地得到。得到了更好，得不到也不要懊悔。大家都要有各自的活路，大家都要生存下去。”

远方先生笑了。只是笑得有些勉强。

那个东京的深秋的傍晚，洋子在品川陪着这位老人消磨了一段属于她的——人生的时光。那天晚上，当他们要分手的时候，洋子向远方先生提出了一个百思不得其解的问题：“我始终不明白，你为什么要说谎？”

“洋子，你不觉得你太认真了吗？这是网络啊，说谎是很正常的。”

如果说洋子曾经对他还有过一丝同情的话，随着他刚才的解释，则已经荡然无存了。洋子想指责他几句都觉得索然无味了。话到嘴边，又莫名地拐了弯。

她只是想最后再试探他一次，就又问道：“你认为我应该不应该和家人讲你的实际情况？”洋子问完，意味深长地看着他的眼睛。

“不要讲。”

“为什么？”

“讲了，一定没有戏。”远方先生很镇定地回答。

远方先生的回答，也同样让洋子下定了决心。

“难道你觉得你还有戏吗？”

“我不知道。这要你来给答案。”

一切都在预料之中。

“答案我早就给过你了。”

远方先生僵在原地，哑了。

洋子虽然痛痛快快地表达了自己的意思，心里还是有些莫名地不爽。

“也好。”洋子安慰自己，“总算是有个了解了。”

洋子笑了。她在笑这大千世界怎么会有这么多古怪的事情，各种各样的。无耻的也不会觉得内疚和歉意。错误的，也硬要说“这是网络，这不是很正常吗？”精神病是一种病。心里有病的，其实也是一种病。只是乌鸦落在猪身上，看到别人黑，看不到自己黑。

洋子心里生气，面子上依旧装得平静温和。她装作很单纯地问：“那么，在先生的征婚中是否有愿意的意中人呢？”

远方先生听了这个话题，马上显得兴奋起来。他忙接着洋子的话茬往下说：“有很多人给我来信，你看过吧，没有吓到你吧？”

“我怎么会被吓到，追我的人，都超过一百二了。”洋子是铁了心要好好地跟他周旋一下。

远方先生很骄傲，毫不示弱地说：“在九十多人中，其实我只看中了两个人。还有两个人同意我，但是，那两个人都是以物质为条件，不想跟我结婚的。”

“哦——！”洋子不解地歪着头，“还会有这样的事？”

洋子不想这么轻易地放过他，她要反话正说地折磨折磨他。

“我真的很佩服你。”洋子故意装出心有感慨地说，“都过70岁的人了，还这么有精力。整天满世界东飞西跑的。你看看，你不仅仅想东山再起，重振你的事业，甚至，还想在婚姻上再走一大步。”当说到那个“大”字时，洋子故意加重了语气。

洋子说此话时，很认真地观察着远方先生的反应。心想：他还不得欣喜若狂，手舞足蹈啊。没料到，他的表现恰恰相反。远方先生的情绪基本没有受到影响，他很冷静地眨着本来不大，现在又不得不虚眯起来的眼睛，在心里推敲着洋子说出的这番话的虚实成分。到底是表扬？还是在贬低？

远方先生的这一表现，让洋子觉得很失望。她略微思索了片刻，又说：“有些事情，是我想想都会感觉到累的，而你这把年纪的人会这样不辞辛苦地折腾自己，一件接一件地去做，天马行空地满世界飞转。这样，你的生活会变得很充实吧？”

“你的这些话，倒是真的。”远方先生听罢，连连点头，嘿嘿地笑着。

洋子的这些话，也确实是内心的感触。她不会随便把陌生人加进自己的QQ里来的。当初，洋子第一次读到他写给自己的求爱信时，就是被他的这种精神所打动。有世界观和人生观；有生活的目的，自强不息；阅历多，行迹遍全球，是这个世界的观察者（interested spectator）；经营的企业太分散，正在努力集中。当然，那时候的洋子，根本就不晓得他的真实年龄。再后来，他给洋子的第一封信是这样写的：希望能认识你。探讨人生观和对于将来的展望等。我在巴黎纽约有销售公司。工厂在曼谷和东莞。通法、中、英文。会点日文、德文、意大利文、拉丁文、泰文。

我刚在广州设公司。

一个对男人没有过多防范的女人和一个曾成家生子的心计深远的男人的较量，胜败显而易见。洋子先是很尊敬对方，由于尊敬，便生好感。这也正常。

在来往的过程中，远方先生一直话语不多，却是处处流露出他的幽默和智慧。也许，正是他身上的这一点，让她们之间一直会保持着联系。因为，他留给洋子的心理感觉不同。追求上进，追求能过上美好的日子，也是无可非议的。

按原计划，洋子的父母明天要设宴，宴请这位来自美国的求婚者。洋子在远方先生到来之前，就曾经征求过他："你想见我的父母吗？"

"想见啊！"他当时答应得干脆利索，斩钉截铁。

他这很男子汉的举动，还曾经很叫洋子感动。说明他不但是认真的，也是负责任和有担当的。也许，正是他身上的这些与众不同，才引发了洋子的重视并且交往至今的。看来，没有必要让自己的父母见他了。

洋子需要静下心来，好好地想一想。她由最初的反感、愤怒和鄙视，已经慢慢地转换成思考了。她要认认真真地思考一下了。

接下来，洋子要面对的是自己的父母亲。他们永远都是她的支持者，她百分之百地相信他们。只是，他们能否承受住这样的打击？

没有希望的约会，是令人易感疲劳的。更何况，是这样一种掺杂着欺骗，又有着悬殊对比的约会了。更是索然无味了。

洋子从咖啡厅出来后，就站在大门口，简单地和远方先生寒暄了几句后，马上抽身回家了。她知道，今天按原计划是要陪在那里的。虽然只不过还有几个小时，就可以圆满地完成她的任务，到那时，她再来个华丽的转身离去，也是可以的。只是，洋子早已经没了那种耐性，她做不了违心的事情，如果不快些离开，她也不敢断定，自己会不会对他做出无理的举动，与其那样，还不如一走了之。

洋子在东京的大街上闲逛。夜幕尚未降临。行人依旧穿梭不断。这就是东京。这就是东京给洋子留下的永久的记忆。它永远是那么繁华，那么热闹。它永远不知道悲伤，不知道疲劳。它甚至都不会接受一个有了悲伤和委屈的人。因为它太过于美丽了，它不知道该把别人的痛苦藏到哪里去。

洋子本想漫无目的地在大街上转转，只因为她寻不到容身之地，暮色中，洋子昂然地走着。也不知道她这样漫无目的地走了多久。当她走累了时，她便转身走进地铁车站，她要回家，回到只有她一个人，也只属于她一个人的家中去。她要回家去自我疗伤，她已经习惯了自我疗伤。只有在那里，她才能好好地思考一下，这两天究竟发生了什么？下一步她该怎么走？她又该怎样对自己的父母说呢？虽说不丢人，起码也不光彩吧？！

第二天清晨，趁着父母还没起床，洋子就回到了家里。

她要尽尽孝心，给父母亲做顿早饭，在大家吃饭的时候，她再把这件事情慢慢地讲给他们听。这样，既不会显得过于唐突，也会有一个合适的氛围。

问题是，计划没有变化快。

洋子用钥匙打开家门的刹那，发现妈妈身着围裙，正站在客厅里忙活着。

“噢，你今天怎么来得这么早啊？”

洋子笑；“我还要问妈呢，你干吗要起这么早？”她说着，顺势撒娇地把妈妈的一只胳膊搂在了怀里。

“痛快地说吧，出了什么事儿了？”

真是知女莫如母啊。厉害，还没张口就被妈妈给识破了。

“会有什么事？我想趁你们没起来，给你们做顿现成的吃。”

“乖女儿，别绕了，你就是绕地球一周，还要落到原点来。”妈妈哈哈大笑地说着，顺手拉出两把椅子，“来，坐下。有话慢慢说。”

“妈——”洋子压低了声音，指指卧室，“你小声点，我爸爸还没起来吧？”

“谁说我没起？”爸爸手里还拎着条毛巾，从浴室里走了出来，“只要咱们家的百灵鸟起来，谁都别想睡了。”

洋子知道爸爸是在暗示妈妈，就微笑着接过爸爸手中的毛巾，殷勤地为爸爸擦拭着湿漉漉的头发。

“爸——！”洋子深情地叫一声，“你也该染染头发了。”

“为什么劝我染头发？”爸爸感到有点莫名奇妙地瞪圆双眼，想在女儿的脸上寻找答案。“不为什么啊，你还不到 70 岁，就这么不爱好了。”

“不对，你想说的不是这意思。”妈妈干脆打断，“说吧，是不是关于那美国远方先生的事？”

洋子和妈妈迅速交流了一下目光：“真厉害，什么都逃不过您的眼睛！”

妈妈做了个手势，示意大家都坐下。

爸爸冲着洋子悄然笑道：“我看你又该挨训了。”

洋子配合爸爸做了个鬼脸后，很无奈，很真实，也很果断地讲出了真相和自己的决断。

说到最后，洋子重复了一遍远方先生的一句名言：“女人嫁错男人，不幸一生。男人娶错老婆，会毁掉三代的。”

“诡辩！”妈妈毫不客气地指出，“那是他自己的事情，我们没有必要去蹚他家的浑水。更没必要去为他的错误去牺牲你。”

“他到底多大了？”

“我说你都听什么来呀？ 70 啦！”

洋子的妈妈没好气地把一腔愤怒转嫁到了丈夫的身上。

“是不像话！”爸爸轻蔑地“哼”了一声，“他能干出这事来，我怀疑他是不是有老年痴呆症啊？”

“他反应挺快的，不像。”洋子歪头思索着补充道，“要不我刚才让您也染染头呢，他都 70 啦，还有这么大的精神头不说，还敢来骗人！？”

“我说女儿，你什么意思啊？莫非也想让你爸爸去骗人？”

“妈——，我不是那意思，我是说爸爸跟人家一比，就显得老气横秋了。”

“你快不要理睬他了。”妈妈很利落地做了个“咔嚓”的手势；“我怎么好像嗅到了一条危险的犬的味道呢？”

“那今天中午定的宴席呢，怎么办啊？”

“马上取消。”

“不太好吧，毕竟那么大老远的来的，不是朋友，就是一个投奔咱来的人，请他吃顿饭，总是应该的吧？”

“有错是他在先，又不是我们冒犯了他。再说了，你和他见了面，想和他说什么？又怎么开口？叫他大哥？还是？”

“让你这么一说，想想也是啊。”

“这种人，早就该让他尝尝闭门羹的滋味。你今天迁就了他，他明天说不定会给你个更大的骗局，那时候还不知道下一个上当的会是谁呢。别说他这点财力，就是整座纽约城都属于他，我们也不会嫁给他这种人的。”

洋子黑黑的眼睛看着妈妈，试探着问：“不嫁就不嫁呗，干吗生那么大的气啊？那我就把宴席给辞了啊？！”

“这还要问吗，那是当然的。你这孩子，就是每天让你舔着苦胆，你也能苦熬下去十年。你怎么会这样啊？要是我，早就急了。”

“你能不能少说几句啊？”爸爸有点听不下去了。

“我今天不见他了吧。”洋子犹豫了一下，“他还盼望奇迹出现呢，说在宾馆等我的消息。我告诉他，10点以前会给他打电话的。”

洋子把事情的来龙去脉讲完后，妈妈先是义愤填膺，很快她就平静下来了。她先是叨叨着说：“那么大的年纪，还要隐瞒，这是道德问题。还有口臭、体臭，他怎么想来啊，用眼下中国最流行的一句话说，是不是他的脑袋进水了？要是从小的夫妻，他老了老了有体臭，有老年痴呆症也就将就了，这不认不识的，谁又伺候得着他啊？这老头是什么样一个人啊？真是个怪人！我倒是想采访一下这样的人，洋子，你都要用心地记录下来，将来写东西是肯定用得着的。”

“洋子妈妈，我说你是不是受到刺激了，从一早上开始，就一个人在那儿嘟囔嘟囔地说个不停。”

不等丈夫说完，妈妈就自嘲地撸一把头发，抿嘴笑起来：“是有点被刺激了，也想说点疯话呢。”

洋子也被妈妈逗得发出一连串清脆的笑声。这久违了的笑声，正是妈妈渴望已久想听见的声音。

“好，我们现在开始吃饭。吃饱了，再和他去斗智。”

“别听你妈的，她一辈子就是个斗士。咱不和这样水平的人斗气，快把这瘟神送走算了。”

“你一辈子就是胆小，遇事总是前怕狼后怕虎的。”

“我投降，我可不想和你斗气啊，一大清早的，这火怎么就稀里糊涂地烧到我的身上来了？”洋子安慰地拍拍爸爸消瘦的肩膀。“老爸，您就认了吧！”她把纳豆和水果盘摆放在爸爸面前，故意凑趣地说，“您也不想想，您这一辈子，在老妈面前对过几次？”爸爸认真地皱起眉头想着说:“说得对啊，是想不起来呀。”

一家人快快乐乐地边吃边聊了起来。

洋子很爱她的家。这是一个充满了温馨、快乐、上进的家。她人生的第一任老师就是自己的父母。他们告诉她：你永远都不要认输。在这个世界上，能打败你的只有你自己。很小的时候，她被绊倒在地上时，从来没有向其他孩子那样被溺爱的父母搀扶起来过，他们都是站在一边，眼睁睁地看着她，鼓励道：“自己站起来！你行！你可以做到的！”

“如果有人足够强大，足够让你倒下，那你就让他看看，你也能自己站起来。”

洋子一开始时，也曾经怪过自己的父母，渐渐地，她不但习惯了，还觉得自己的骨子里比别人多了样东西。她的小伙伴们都很崇拜她，她就是伴着这种崇拜长大的。长大后，她才真正理解了父母亲当年的用心良苦。

因此，每到洋子过生日这一天，她都会给二位老人送上一句话：“感谢你们把我带到了这个世界。感谢你们别具一格的教育。感谢你们的用心良苦。”

洋子按照原计划，准时在9点半时把约定的饭局给辞掉了。又在10点以前，电话通知了远方先生，今天就不再和他见面了。是的，见面后会更尴尬的，他们之间该说的都已经说完说尽了。再不会有什么话题了。

远方先生当然不肯这么快地败下阵来。他很执着地申辩着，嘟噜着，很是含糊不清。其目的，就是让洋子再考虑考虑。

洋子无声地冲着手提电话笑笑，心想，怎么可能啊？她本想很快地和他结束这段无聊的电话，但是，对方不肯放下，洋子也只好耐着性子听下去了。

洋子既没有答应他，也没有谴责他。只是失神地看着前面被空调吹动的窗帘在不停地摆动。无论对方的语调里充满讨好，还是奉迎，都不会再打动洋子的心了。

一个寂寞的人，面对一块默默无语的石头，即便唠唠叨叨，又能唠叨多久呢？！

远方的先生终于知趣地放下了电话。

洋子长长地吐了一口闷气。她开始整理自己的思绪，她不想自己快乐的心情受到污染。她要让风赶快吹走心中的雾霾。她准备出去走走。

洋子临出门前，在远方的先生的 QQ 上，给他写下了这样一段文字：尊敬的先生，兄长：您好！现在我怀着很复杂的心情给你写这封信。

通过几天的接触后，我对你真的是更加敬佩。

您的人生经历，给过你磨难，也让您成功过。我为能在网上认识您这样的朋友而庆幸。

人的一生会遇到很多人，除了夫妻以外的关系，还会有友情存在的。

我真希望自己的人生，能有像您一样的一位兄长和朋友的陪伴。无论今后我遇到什么困难，都会想起您，想起您对我的教诲。

你可以做我人生的老师和兄长吗？

很快，他就回了信息：只有资格做朋友。

洋子苦笑笑，迅速地给他留下了这样一句话：君生我未生，我生君已老。

这句话就如同看板一样，站立在他的 QQ 屏幕上，他们谁也没有再理谁。洋子没有给他打过电话，也没有送他。他走得凄凉不凄凉，也只有他自己知道。也许，他真的是自食其果啦。或者说，聪明反被聪明误。本以为，这件事情已经落下了帷幕。谁知，10 天以后，QQ 空间，又传来了远方先生的留言：我已经由曼谷回到广州。到日本一行，恍如一梦。我期望奇迹出现，也许不是信徒，奇迹就是不出现。虽然这在预期之中，但也不免伤感。顺其自然。

洋子快速地敲着键盘，本想给他写点什么，安慰安慰也好。反正离着十万八千里，他也不会做出什么，写着写着，她又觉着不妥，洋子打字的手指疑惑地停住了。于是，唰地一下，全部消去了。

远方先生，70岁的人了，他哪里还会听得进洋子的教诲。还是随他去吧。既不要给他增加烦恼，也不要由于他的再现，影响自己刚刚变得轻松的心情。

洋子这样想着，一个决定也变得坚固起来：她要把这位老兄的名字，从她的QQ中删除掉。

二十一　有些委屈一旦说出会更委屈，微笑才是最好的伪装

棱角，会在无奈的生活长河中被磨圆。愤怒，也只会发在懂道理的人的身上。对于无赖，只会慢慢地消平。渐渐地，取而代之的会是恶魔般的报复。

晚上下班以后，洋子怀着快乐美好的心情在整理自己的包包，她想去参加英语班的学习。不过，离上课的时间还有近一个小时，洋子并不急着走。

“嗨，要不要今晚一起走？”青柳路过她身旁时笑眼眯眯地向她发出了邀请。

洋子微笑着摇头算是作答。

“你今晚有事？”

洋子肯定地向他点点头，说“是”。

“我说先辈，你怎么最近表现得这么神秘呢？”

“怎么讲？”洋子瞪圆杏核眼，认真地看着他，想在他的脸上找到答案。

青柳要比洋子小五六岁，他来到台里后，就一直和洋子搭档做节目。在节目组，他们两人较熟，说话也比较随便些。“你还有一周就要去法国了，怎么总不肯和大家在一起聚聚呢？我们可都是诚心诚意的啊！您看您大先辈，总是拒人千里之外的样子。”

日本人在工作场合，总要把比自己早来此工作的同行称之为“先辈”。哪怕你比对方早来了仅仅只有一天，也要受到后来者的尊敬。这是日本同行中的一个不成文的规定。

“哪有啊？”洋子叫屈，“我是在忙着补习英语啊。”

青柳一下子释然了：“先辈，想不到，你还这么精力充沛，这么有干劲呢？”

“什么呀？我只不过是想给平静的生活点缀一下罢了，别在我这里耍贫啦，快回家吧。”

青柳非但没有转头离去，反而把胳膊支在了洋子的桌子上，迅速而又神秘地向四周扫视了一圈，压低了声音饶有兴趣地说：“我听头儿说，这次是准备派你去巴黎当站长呢，你高升了，大家都在默默地等着你请客呢。这消息你是不是早就知道了？”

洋子看着喋喋不休的搭档，再也憋不住了，扑哧笑出了声。心情和神情都豁然开朗地说：“走吧，今天我们两个一起走。好让你说个够。”

洋子用右肩膀背上她的银粉色的包包，和青柳一起乘电梯从十八层来到大厅，在光洁明亮而又宽阔的大厅里，他们都始终一言未发，只是默默地走着。因为在这段时间正是下班的高峰期，日本人是很注重自己的言行举止的，即便有话要说，也是压低了嗓门，在那里小声说。电车上也是如此，所有的公共场合都是这样的。洋子早已经是见怪不怪了。

他们轻轻松松地走出电视台的大门时，洋子在暮色中，下意识习惯性地张望的同时，一个非常熟悉的身影，在不远处的路灯下突然鬼祟地一闪。立马引起了洋子的警觉和注意。洋子不由得一阵紧张，怔住：是他，真的是他！是洋子的前夫——羽生！

他来这里干什么？洋子想起前几天，他曾经给自己来过电话。当时，洋子根本就没有接听。离婚，离就是离了，干吗还要黏黏糊糊地贴在一起呢？洋子最瞧不起这种人，还什么藕断丝连。这么好听的字给了这号人，简直是糟蹋了。明明就是吃着碗里的，还要占着锅里的。想想那副吃相，洋子就觉得十分地厌恶。

管他今天有什么事呢，绝不给他这个机会。这种事，有了第一次，就会惦念着第二次的。我要让他断念。量他也没有那么大的胆量。他无非是想来解释。她讨厌这种磨磨叽叽的男人。洋子想到这里，突然，一个怪念头，瞬间就从洋子的脑子里蹦了出来。

急中生智的洋子，走下台阶时，猛地就来了个趔趄。她顺手拉住了青柳的手，然后，顺势将右手插进了柳青的肋间，小鸟依人般地挎着柳青的胳膊，故意扭扭地迈着小碎步，有说有笑地在他前夫的面前落落大方地走过。她想用这种表演，打消他的念头。也想用这种表演，气气他，想到自己成功的演技，洋子心里那个乐呀。一想到和他在一起生活的那些日子，洋子心里就发堵。

他们开始谈恋爱时，洋子很尊重他，欣赏他。他不但多才多艺，还很善于学习。也是理财的好手。最关键的是，他没有花心男人身上的任何缺点。他不但让洋子放心，也曾经博得了洋子的尊敬。他们婚前是没有过性行为的。

接下来是结婚。奇怪的事便在婚后渐渐地暴露出来。婚后一个月，他们依旧像婚前一样，彬彬有礼地对待对方。

第一次打破沉默的是洋子。“你是不是哪里不对头？还是有什么事在瞒着我？”洋子对他起了怀疑。

他会略显羞涩地回避开洋子的目光。“瞎说，我怎么会有事瞒着你？”

“你是不是有病啊？”

只要洋子他们夫妻间提到这个话题。他注定要急速地躲避，当躲避不及时，他就会立刻收起嬉笑的脸，倒打一耙地说：“你不要那么色好不好？”

夫妻之间正当的谈话，在他眼里变成了不正常，洋子觉得很委屈，觉得很无力，很失望。多少次，他们就是在这种冷战中度过的。当有时绕不过去时，他反倒会急赤白脸地向空中伸着胳膊喊："烦，真烦死了！"

洋子一时不知道自己做错了什么，她的眼光，变成了羊羔一样温顺的目光了，平添了几分说不出口的忧愁。也许，这就是命？！她沉默，她失望，她不想说什么了。

再说柳青，真真正正地被先辈这猝不及防的一幕给弄傻了。霎时，他脑子根本就转不动了，脚步也左右搭配不协调，一拐一拐地，出着傻乎乎的洋相。

走出危险地带之后，洋子闪电般地松开了柳青的胳膊。柳青非常纳闷，一脸的问号："大先辈，你这是唱的哪出戏啊？"他突然间饱涨起来的情绪，还无法在瞬间收敛回来。

洋子也不再顾及他的感受，只是冷冷地抛下了一句："对不起，今天是真的对不起你了。"就头也不回地逃走了。

洋子飘飘洒洒地向前走了几步，这才猛地想起来，她今晚上的所作所为，实在是与以往的她大相径庭。柳青会怎样看自己这荒诞的作为呢？洋子想到这里，她停下脚步，回过头来对着柳青摆摆手："请你记下这笔账，我会还给你的。"说完，她华丽地转过身来，沿着明亮的人行道，徒步向前走去。她不想坐地铁，现在正是下班的高峰期，她不想被挤来挤去，就像那沙丁鱼罐头里的鱼一样可怜。她要一个人清静地走走，她要思考思考，她去了巴黎到底要不要留在那里？为了远离前夫的纠缠，她还是要认真地做出决定的。

洋子清醒地意识到，她已经走在了她人生的十字路口上。

是呀，洋子不能原谅他的是：他凭什么这样对待她？十年夫妻，根本没有享受过夫妻之爱不说，还要维护他的虚荣和面子。洋子懂得；结婚以后的两个人，便是组成了一个家庭。彼此要照顾配偶的感受，因为他们再不是一个人了。然而，他们却是貌合神离，同床异梦！问题是出在了他的性的取向上。她不能对自家人讲这些，家里人要劝她离婚的。她知道离婚后，那种状况，也曾拒绝过。他为了挽留住洋子，特意花高价买回来两条超小的宠物犬：遛马和咪咪。这一对小夫妻，屈指算来，陪了洋子五六年。她感激它们，也和它们有了感情。 他看洋子对爱犬很有耐心，便鼓励道：“你把兴趣放在这上面多好！”

洋子蔑视地看他一眼：“诡辩！”再多一个字都不愿意和他讲。洋子的脸上对他充满了无法说出口的讥讽。

接下来的几年，他们都是在这种冷战中度过的。别人看他们很完美。其实，有谁知道，世界上所有的完美，都是等待拆穿的骗局。

这种冷战，与鸡毛蒜皮的家庭小事不同，是无法和解的，横在夫妻之间的一道鸿沟。他不可能告饶改正。她也不可能永远忍让下去。如果时间倒退一百年，也许他们的婚姻会改写。只是，无休止忍让的时代早已经不复存在了。

多少个清晨醒来，洋子再无法入睡的时候，她就爱一遍遍、一点点地回忆。想究明他们的问题到底出在了哪里？

洋子她不想忽略婚姻中的任何细节。她想公正地看待自己和对方，她真的想弄明白婚姻当中的哪一环出了错；是的，那是好久好久的事情了，就像是恍如前世。是什么起因导致了他们的不和？根本就没有不和，是直接进入了无性这一步的。不记得他们两个在一起洗过澡。不记得他们夫妻盖过同一床被子。不记得他们如胶似漆地黏在一起的时光。

多少年前，洋子就萌生了离婚的念头。然而，日本的离婚战也是很艰难的。不到万不得以，谁也不会去主动蹚这浑水的。首先，谁先提出的离婚，谁就需要向对方付“慰谢料”。所以一般都不会主动挑起这场战争，因为那样，只能让自己焦头烂额，人财两空的。一般人宁愿受点委屈，也要熬着。就是这个道理。

洋子多少次，连哄带骗地想让他签下离婚协议书。如果是双方同意，那样就会容易得多。他不习惯吃中国饭，洋子特意学会了日本料理。吃过喝过以后，洋子顺势拿出了事先准备好的材料，故意轻描淡写地推放在他面前。

刚才还有点显得醉意朦胧的他，顷刻间就会清醒过来。他狡猾地微笑着，大声嚷嚷道："洋子，这是什么呀？你休想骗我！"

黔驴技穷的洋子，一次次只好认了。

看着沉默不语的洋子，他很多时候是带有一种讥讽地说："你想利用我的疏忽？"

洋子开始时还能做到理智地控制自己的情绪，渐渐地，不满的情绪就会被他的得意的神情挑逗起来，她会感到胸腔里炸裂般地疼痛。就是眼前的这个男人，他让自己失去了近十年的美好光阴，她由原来的厌恶，升为心中的一种恨。他究竟要干什么？他曾经是那样的优秀，他口若悬河，是很好的政治家的苗子。和他在一起，只要他想做的，认真去做的，就几乎要把死人给说活。

这些过去的优点，都渐渐地褪去了色彩。现在贴在他脸上的似乎只有两个字：丑恶！

洋子极力控制着自己，大声对他说："你赶快签字！"

"你想命令我？"

"对，我已经是忍无可忍了。"

"我要是不签呢？"

"那你就休想离开，我等你等得够久了！"洋子把事先准备好的材料：户籍誊本，住民票，离婚届，一股脑地摔在了他的面前。由于用力过大，她不由得上身前倾，趔趄了一下，把两只爱犬吓得一顿"汪汪"乱叫。

过去，他们之间也曾发生过小小的矛盾，每次都是理亏词穷的他，把装模作样看的书本，狠狠一摔，扭头逃掉。

然而，今天他非但没有逃，他还来劲了，以为洋子那一跤，是要冲着他来的。他反应极快地怒斥："你还想动手？"这次，是他先下手制止了洋子。由于他判断上出了错误。

一场本可以避免的冲突，在这一刻发生了急转直下的不可挽救的变化。

洋子虽被制服在那里，她没有流泪。天知道，她是没有了泪水，还是泪水在这十年的折磨中，早已经枯竭了。他还沉浸在自己的胜利中时，突然感觉不对。被他死死压在胳膊下的洋子既不反抗，也不挣扎，毫无气息的样子。他反倒一时慌乱起来。赶快撒开了手。

洋子默默地坐直身子，冷漠地撸一把有些凌乱的头发，安安静静地拿起手机，不慌不忙地按下了几个数字。

他偷视着洋子，按照平常的规律，他猜想:洋子在搬救兵——找她的妈妈来评理呢。

洋子说出来的第一句话，就把他震傻了。

"是交番吗？"

日本人把派出所统称为"交番"，日本人最不愿意打交道的人就是警察。最不愿意去地方就是"交番"了。谁要是被警察给盯上，麻烦事就不断了。而且，他这是属于家庭暴力。家庭暴力是要留底档的，弄不好，还会通知公司。那就糟了。他羽生在公司的口碑是人人皆知的。万一，由此再引出他不想让人知道的隐私来，岂不是因小失大嘛。他可不想做那样的傻瓜。羽生想到这里，不由得打了个冷颤。

羽生，在日本人里属于脑子比较灵活的那一种。比方，日本人都是很守规矩的，除了自己的本职工作外，是不会想到其他的来财之路。基本上都是指望着一棵树上吊死的手。羽生不同，他很知道怎样利用他手中的权利。他甚至在分管部门的时候，安插下了自己的内线。他也由此有了生财之路。洋子感觉到，他的思维和生财理念，很像中国人。可是，他又祖宗八辈子是地地道道的日本人。洋子心知肚明，这是羽生的软肋。他很害怕别人知道他的这些作为。

洋子什么都不说，只是用眼睛默默地威逼着他。此处无声胜有声。他可以感到：这次可是真的恐惧了，浑身的筋都抽上了，连同他的心都跟着哆嗦起来。他很难搞清楚洋子的内心。羽生刚才还得意忘形的那张脸，哭丧着哀求道:“洋子，你赶快说挂错了，赶快说。算是我拜托你了好吗？”洋子冷笑：“起来。”

他“扑通”一声给洋子跪下了。“我求你了,好吗？是我错了！”

“滚开！”洋子厉声喝道，“早知如今，何必当初？我最瞧不起的，就是你这号没骨气的男人。”

洋子不是在说气话。羽生的软骨头，更让洋子心里彻底地看不起他。一个大男人，怎么能说跪就跪下了呢？如果他还是高昂着头，他也算得上是个男子汉。都说，男儿膝下有黄金，看他那德行！就像一只被打断了脊梁骨的癞皮狗！嘴里还连连地喊着：“我知道。我知道。”

洋子别过头去，不想看到他这副狼狈相。羽生的样子令她反胃。在她最好的年华，挑来拣去的，怎么就会找到了这么个人呢。是他当时对女人的态度，让洋子觉得他真的是与众不同。第一次见他，洋子给他的公司做汉语翻译。他总是礼貌得体地配合着洋子的工作。工作完毕，大家坐在一起吃饭时，他也一直书生气十足。从没有做出过有失风度的事情。洋子喜欢这样的男人。尊重别人，也不轻贱自己。因此，当他向洋子求婚时，她就痛快地答应了。他对洋子的第一次表白，也很让她感动的。假如人生不曾相遇，我还是那个我，偶尔做做梦，然后，开始日复一日的奔波，淹没在这喧嚣的城市里。我不会了解，这个世界还有这样的一个你，只有你能让人回味，也只有你会让我心醉。假如人生不曾相遇，我不会相信，有一种人可以百看不厌，有一种人一认识就觉得温馨。洋子哪里会料想得到：他竟然是个同性。这类事情恐怕不止洋子，任何人都不会想到的。

“我现在不想听你的任何解释。知道吗？”

洋子轻蔑地抛下这句话后，依旧不慌不忙，缓慢而清晰地向交番报着自己家的地址。

羽生再也不敢拖延下去了，只要洋子报完地址，他作为日本人，十分清楚将会招来怎样的灾难。灭火的最好时机，是大火还没有燃烧起来才行。一旦大火蔓延起来，那就真的会成了火烧曹营，没个救了。很快，整个公司都会知道这件事情，他怎么会有脸去上班呀。把脸丢在公司，还不如丢在家里，家里只有洋子一个人啊！

他使出了吃奶的劲儿，开始和洋子争夺着她手里的携带电话。

只是这次他不敢拼劲了，他真的怕在争抢的过程中，由于出手不当，而伤害到对方，那可就全完了。

羽生气急败坏，而又恐惧地只想哭。完全没有了平日里一派学者的儒雅风范。他一看真的祸到临头了，干脆不再抢夺了。跪下来，哭着哀求道：“我给你签字还不行吗？”他心里想：好汉不吃眼前亏，先把这事给糊弄过去。等平静下来后，再去哄她。他深知洋子的善良。这些年的共同生活，羽生已经吃透了她。跟她说些好话，还是会哄过来的。

谁知道，羽生这次打错了算盘。

洋子的眼睛里也由于愤怒而在冒火。她紧闭小而薄的双唇。暂时地掐断电话。狠狠地把纸和笔推到他的面前。

洋子本想扔给他一句话：“快写吧！”

可是，不知道是撕抢时过于用力，还是怒火已经让她发不出声音来。洋子最终只是愤愤地“哼”了一声。眼睛死死地盯住羽生，生怕他耍花招，再变了挂。

羽生哆嗦着顺从地写下了他的名字。

就这么简单，这张纸在这一刻起生效了。只要把它送到市役所，他们的婚姻就解除了。

原来，家里人也曾经劝过洋子：他不签字，你就模仿他签个字，不就解决了吗？

洋子听罢，脑袋摇摆得像拨浪鼓一样：你们太没有法制观念了。你们以为这是在中国啊，要是被识破，就是犯法，是伪造文书罪，是要坐牢的。

爸爸急忙帮腔：“就是嘛，要不然，日本人怎么会这么听话呢。这是法制社会，大家都不敢以身试法的。”

“又来了，你又来了，你就替日本吹吧。”妈妈不屑一顾，“日本给你什么好了？那么小不点的时候，就给你扔在了中国。”

这是洋子家的老调重弹。

洋子监视他写完名字。生怕他反悔，急忙很珍贵地收藏起来。

她的前夫眼睁睁地看着这一切，就这样结束告终了。

他像个泄了气的皮球一样，一下子瘫坐在地上。

这一天是2014年5月18日，正好是羽生43岁的生日。这也许就是人们常说的天意吧。即便是想赶，也不见得就真的会这么凑巧呢。5月18日多么好记而又有特殊意义的一天啊！

洋子想：我今天既然得到了你的签字，你就休想再把它拿回去。她穿上格子外衣，拎起背包，去了借贷银行。

洋子要把它放进借贷银行的保险箱里，今晚她才有可能睡得安稳踏实。

第二天，是周日。

日本的市役所，周日虽不办公，收发室有值班人员，他们可以代收文件。也就是说，把离婚届交到值班人员手里的那一刻，事实上就成立了。

5 月下旬的东京，天已经开始悄悄地热了起来。五月的阳光洒在身上，暖融融的，叫洋子心里发痒。她怕夏日里强烈的阳光，特意带了一副太阳镜。她微仰起脸来。迎着初夏的微风向前走。

洋子在想，这条熟悉而又亲切的路，她已经差不多在这里走了 10 年了。每天都要走两趟：早上去上班，晚上回家来。上班的时候，会想，今天能有什么精彩出现？今天可以拿到工钱。下班回来的时候，脚步也是匆匆忙忙的，不是为了哪个人等在那里，让她激动，盼望着早点见到他。是那两只爱犬，在盼望着洋子早些回去。

这几年来，爱犬在洋子的生活里，早已变得比羽生重要。她感觉到，其实，羽生很渴望洋子能有这种心里依赖的转移。这样，他的心理负担会轻松些。他也可以进一步向前：一周时间内，经常会有五天在外边出张。出张，似乎是最好的理由和解释。是的，洋子是从不打破砂锅问到底的纠缠他，这叫羽生不但有了胆量，也更加变本加厉地越滑越远。

想起往事，洋子就会感到一阵钝痛。

哀莫大于心死。她的心，早已不再为他哭泣了。

他不再是心中的英雄。她可以原谅他的性取向。却无论如何也不能原谅他的软骨头，羽生不会直接告诉洋子，他在和他同性伴侣中，是扮演男的？还是女的？

洋子猜想，他一定是那个女的。想想都会叫她反胃。更何况，今天去市役所这样的一桩小事，还要拉上他的姐姐和姐夫一同前来。

滑稽透顶，他当自己是幼儿园里的小朋友吗？

做贼心虚的羽生，肯定是担心洋子要揭他的短，招兵买马来为自己保驾护航的。不然，为什么要把一年都没有一次来往的姐姐叫来助阵呢。

洋子的家教，不允许她做那么无聊的蠢事。过去都没有开口说，现在说他还有劲吗？随着时间的流失，渐渐地都会忘记的。

就像是一场噩梦。

有时，洋子走在街上会看到，很多相貌平平的女孩，身边竟然会伴着非常优秀的男士。那场面是令洋子羡慕和神往的。

只是她不懂，她长得很出众，也很有才华，很努力地走过了她人生的每一步。很多人都夸奖她，她就是没能等来，她命中的白马王子。

所以，有一段时间，洋子很抵触别人的赞美，她固执地认为那都是假的。

洋子和羽生的家，曾经是很令人羡慕的。

他们拥有一套很高级的住宅。说它高级，不仅是因为房间里的装饰华丽。就连楼道里都铺满了松软的红地毯，整个小区是绿茵围绕，喷泉整天整夜地撒着欢。二十四小时都有警卫的。他们还有一辆高级轿车。那是开在路上,会引来注目的敞篷高级轿车。羽生很喜欢开着它，带着洋子的父母亲去遛弯、吃饭。

那些年，洋子一家作为归国者，自然对东京，乃至日本的了解大不如土生土长的羽生。他当时是大献殷勤的。两个人出门，洋子手里的小拎包，他也要抢过来拿。当妈妈问到他，将来想要几个孩子时,他还故作羞涩地笑着,不敢抬眼看人地答道:“两个。”

现如今，洋子想起他那神态来都好笑，还两个。亏他说得出口，也不掂量掂量，自己有没有那本事!

日子就这样缓缓地流淌过去了。

洋子看着房间里的每一件家具，都会想起一段往事、一个故事来。她怔怔地站在大厅中间,四处环视着,这个即将败破的家。

房间依旧如新。是的，日本的房子入住时就是如此，不需要个人装修的。他们第一天进来看到的就是这个样子。只是很快就要物是人非了。她做了这个房子近十年的主人，没有什么快乐装载在这里。也没有什么会让她激动。她怎么回味起来，一开始就不像这里的主人呢？

是的，洋子想起来了：她曾经那么渴望在对面的墙壁上，挂上一幅自己的巨幅照片。羽生愣是说，这房间不能钉钉子而给拒绝了。十年，那面墙依旧白白的，空荡荡的对着洋子得意地笑着。

那一段共同的记忆中，多半是忍让，没有忍让和等待，无论如何是拖不到今天的。

时至今日，慢慢追忆往事，仿佛一切都是命里注定的。羽生当初是给过洋子一笔数目很大的钱，他们也打算把婚礼放在西班牙举行。真是记不起来了，怎么就阴差阳错地愣是没有举行婚礼，而稀里糊涂地过到了今天了呢？

再后来，作为弥补，他们一起去了欧洲旅行。无论是在巴黎，还是在米兰，没有旅游新鲜的刺激感，只有羽生每天在宾馆的床上昏昏欲睡的记忆。

说不上美好，只有失望。记忆里留下的仅有失望。洋子从另一个侧面看到了真实的羽生。

洋子的妈妈常说："你是每天舔着苦胆，也能忍耐十年的。你都赶上勾践了。"

洋子明知道妈妈在讽刺她，可是，她并不怪妈妈，她是在中国的红旗下长大的，不懂得日本的规矩。只要仔细看看贤良的日本妇女，哪一个不是在温顺地忍耐着生活的磨难啊！也只能是这样解释，此一时彼一时吧！

洋子虽然年龄不大，她也算跟着父母过早地经历了人生的大起大落；从中国移迁来日本，把好端端的一个家，轻而易举地扔在了中国。她作为家中的长女，目睹了父母亲一路走过的心酸。她只是不想把自己的痛苦再抛给他们。

洋子蹲下身来，久久地抚摸着一双浑身发颤的爱犬。都说狗是通人性的。看来不假，它们好像已经预感到，这个家里将会有什么灾难降临。浑身颤抖成一团，眼里含泪，眼巴巴地瞅着她。

洋子的神经一下子被触动了。人非草木，这几年来，多少个寒冷漆黑的夜晚，都是这一对恩爱的小夫妻，陪着寂寞的她一路走过来的。门外一旦有点风吹草动，第一个反应，第一个冲到门口的也是它们俩。

洋子双手同时把它们抱进怀里。它们的体温暖着洋子的胃。洋子再也控制不住自己的情绪，她失声地哭了。

洋子的心里一遍一遍地说着："对不起，对不起了！"她要在网上为它们找一个好人家。把它们送出去，这是当务之急。

她自己也不能在这里住下去了。及早地离开，才是最明智的选择。

二十二　想忘记，却习惯回首

日本的法律很奇怪，日本的法律也令人很无奈。

恐怕世界上没有哪个国家会像日本一样，任何事情都会精心计算到你的骨子里。就连离婚后，想再婚这样的事情，日本也有明确的规定；双方在解除婚姻半年之后，才允许当事人再结婚的。

洋子闻此感慨："原来是担心解除婚姻后，女方已经在不知不觉中怀上了对方孩子的缘故。经过半年的时间，一切都会不言自明的。"

国家想得倒是周到。国民并非都买国家的账。日本人在生孩子方面也是两极分化。一部分人是，无论你国家怎样号召、奖励他们就是不生；国家奖励是生一个孩子，一次性补助四十二万日币。之后，每月每个孩子补助一万五日币，三岁后减到一万。一直到上大学为止。孩子生病，全部由国家来买单，等等。这部分人还多是社会精英。当然，也有类似洋子家的无性婚姻，在已婚的家庭中，足足占了三分之一呢。日本人对此，早已经是见怪不怪了。

另外一种现象就是多子女的家庭。越生越能生的那种。这样的家庭，在电视里也常有报道，往往都是七八个孩子以上。

大千世界，无奇不有。不要孩子，有不要的道理。多生也有多生的理论。

日本人很会享受大自然带给他们的温馨。也因此根据季节的变化，而有了花样繁多的各种旅行。

春天的时候，日本人会随着樱花的开放，由南方的冲绳开始，一路向北地追着开放的樱花走。直到北海道，整个樱花的怒放季节过后，才肯回归。

深秋之际，日本人又会从北方的红叶开始，饶有兴趣地忙着追逐观赏红叶。一直到红叶落尽，才肯回头。

洋子虽不很热衷，但也早已习惯了，每到这两个季节，会跟几个闺蜜聚会在一起，到大自然中去享受一两天这样的“日归旅游”。让自己到大自然中去彻底地放松放松。融入大自然的旅行，是日本人独特的，对循规蹈矩生活的一场逃离。

洋子在出发去法国前，利用一个三连休，和她大学时代的两位闺蜜，一起去了日光旅行。

闺蜜之间分开久远了，再重新走到一起时，就免不了详尽地交谈起来。为防止干扰，她们这些年来，彼此之间有一个不成文的规定：不许带家属，就她们三个。彼此相见，除了相貌老了以外，一切感觉都能还原到从前。她们要找寻回来的就是这种感觉。

望月、福田和洋子，她们三个是早稻田的不同系的同级生。极为相似的命运，把她们联系在一起。也让她们之间有了共同的语言。有些是她们那时候都不能对自家人讲出的秘密、委屈、今后的打算。

这种特殊的友谊，一直伴随着她们走到了今天。这些年来，她们都有了各自的家。虽然，来往少了些，但一直也没有中断过。

望月大学时就爱说爱笑，性格开朗又好动。从来不肯认输的。毕业时，她被一家美国公司雇用，并于两年后嫁给了同在池袋阳光城的德国公司的老板。幸福的日子滋润着这位美丽的少妇。让她更是一路春风得意起来。

福田的性格，与望月恰恰相反。她胆小怕事不说，很少有自己的主见。但是非常温顺而又亲和，让只要靠近她的，无论是男人还是女人，老人还是孩子，都会愿意与她倾诉、畅谈。福田虽然没有惊艳的时光，却有温柔的岁月。很难找到她这样的知己。

因此，她是她们三人中，最早一位结婚的。也是最早一位当上母亲的。她似乎永远都是阳光和幸福的。

聚会,就是叙旧。叙旧之后,就是对老朋友的现今充满了好奇。

所以，当望月的目光久久地停留在洋子的肚子上时，洋子就意识到有些不妙。她忙侧身故意避开她的视线。谁知道，躲得了初一，躲不过十五。终于有一次，望月边搀扶着她迈进温泉时，边冷不防地问道："你还没有怀孕？"

洋子的内心好像多少受到了亵渎一样的感觉，又无力给予辩白。只是有点无奈地羞涩一笑。心想：怎么可能？我们连皮肤都没有接触过的。

两个没有任何接触的人，是不会生孩子的。这道理连小孩都懂得。可是，别人怎么会知道这其中的奥妙呢？她有点羞涩地用雪白的浴巾，急忙下意识地裹严了自己的下半身。

洋子故作神情淡然，但又无以辩白地只好沉默了。

第一次的交锋就这样躲过去了。

有一次，福田见望月在月光观赏三只猴子的时候，用流利而又纯正的英语和一位老外在解释：那猴子的寓意就是：不说，不看，不听。以此来警示人类。

洋子和福田羡慕、幸福之时，不仅问道："你真叫我们刮目相看。佩服得我是五体投地。""在你们公司特如鱼得水吧？"

"那是。我是凭实力得到认同的。"

"不光是实力吧？美丽的女人在男人那里是很得宠的。无论是日本的男人，还是美国的、德国的，都一样对不对？"

"是啊，谁叫姐姐长得既漂亮又聪明啦？"

"你就吹吧，什么时候也学得这么厚脸皮了？"

"这不很正常嘛，在你们面前，就满足一下我的自尊心吧？"

福田突然神情严肃道："说正经的，你们俩为什么还不要孩子啊？”

“那要先问问洋子啊！”望月说罢，侧转过身去，隔着福田伸手去拍洋子极富有弹性的肚皮，“结婚都多少年了，这里怎么还是瘪瘪的？”

闺蜜不依不饶，亲人般地特殊关切着：“嘻嘻，我知道了。你们也是在避孕。对不对？”

“对不对都叫你给说了，我还能说什么？”洋子有点招架不住了。她心想：可别引火烧身，这个望月可惹不起。还是那打破砂锅问到底的脾气。

“我就说嘛无独有偶。他还不信呢。”

洋子立刻收起嬉笑，严肃道：“别总瞎扯了，说点正经的好吗？”

“我怎么瞎扯了？洋子，你这人哪儿都好，一说到这话题，你就爱装正经。”

“去去去，跑题了啊！”

“真的，我是正儿八经地给你提意见呢，你都结婚快十年了吧。怎么一提到这事儿，你就会莫名其妙地装害羞呢？我是真的不能理解啊。”

闺蜜眼睛亮亮地凝视着洋子。毫无疑问，她是真诚的，是关心的，是坦荡的。

洋子不知该怎样回答她，只好别过脸去，避开她咄咄逼人的目光。

“你可真有意思，你还是处女啊？看把你害羞的。保密还保到我头上来了！”

“我求你了，能不能换个话题啊？！”

猛地，望月听着声音似乎不对劲儿了，不由认真地扫了两眼洋子。结果大惊失色，洋子已经是满脸泪水了。

洋子的眼泪吓坏了闺蜜："天哪，你这是怎么了？为什么要哭？我没有谴责你的意思。真的没有。"

"我知道，我知道。"洋子不好意思地连连摇着头，眼泪却止不住地扑簌簌地往下掉。"跟你没关系的，就是心里有点憋屈。好了，现在都过去了。"

两个闺蜜都是洋子大学时的好朋友。当年，她们三个因为有着相近的身世而走在了一起，有烦恼，三个人出去唱唱歌，也就烟消云散了。她们从大学时代开始，就养成了春秋一起去郊游的好习惯。毕业这么多年来也一直延续，并保持至今。

看到洋子流了眼泪，两位闺蜜立马扔下手里的活，饭团也不做了，凉菜也不拌了，把十指交叉的洋子，按坐在榻榻米上。心顿时沉重地喘不过气来。开始问起了口供。见洋子不吭声。就急了："洋子，你要急死我们呀？你倒是说话呀！"

这时的洋子已经渐渐地平静下来了。这种有了很大决心的平静，倒是让两位闺蜜感到不寒而栗。

"是不是和羽生闹意见了？"

"你们应该要个孩子了。"

"都结婚多少年了？"

"是呀，我说你们别学我。"

"你们不要乱猜了，我们已经离了。"

"啊？！你没发烧吧？"

"快来，让我摸摸！"

"你不是在说胡话吧？"

洋子把头摇晃得如同拨浪鼓一样："怎么会是胡话？我清醒的很呢。"

刚才还在瞎猜，看来现在情况是急转直下，不得不认真对待了。气氛也随之变得沉重起来。三个人紧密地围坐在榻榻米上，就像当年的大学时代。不同的是，她们比从前都老练稳重了许多。

望月心里一惊。她温存地抚摸着洋子富有弹性的微微发颤的脊背，安慰着："别急也别怒，你忘了，气大伤身的。只要咱们在一起就没有敌人，对吧？"

这时候洋子也镇定下来。她也觉得在心里憋得太久太久了，她是需要有个倾诉的对象了。和这两个人说，就如同和自己的姊妹说一样的。被一触即发的洋子，再也不想掩饰了。

于是，这十年来憋在洋子心里的苦闷，就像打开闸门的洪水一样，一旦打开闸门，就再也无法关上闸门了。

洋子她不是不想诉说，只是她没有像今天这样的契机和场合。从她的离婚，到她的不如意，以及网上的骗子，一一数落个遍。她不断诉说的同时，也隐隐地感到，郁闷的胸口变得轻松起来。

"这么大的事，你就一个人扛着？而且还扛了这么久，你还把我们当不当朋友啊？"

"就是。你也真够能装事的。"

"现在说这些都没用了。"

"其实，我倒觉得你那位羽生还挺不错的。你不觉得他很上进吗？也挺有能力的。"

望月向福田使了个眼色，示意她闭嘴。

福田的嘴还没来得及合拢上，就那样微张着停在了那里。

"这算什么？不就一男的嘛。这又不是世界的末日。咱们从新开始。这事包在我身上了。我替你来出这口恶气。"

闺蜜的良苦用心令洋子感动。她抬起额头光洁晶莹的脸。看着闺蜜嘴硬地说："我谁也不用，我还偏要在这网上找呢。"

"别幼稚了好不好？网上你也能信？亏你还是编导呢。先编导一下自己的人生吧。"

"好啊，人家这么痛苦，你还敢嘲笑我？！"

闺蜜尖叫着，笑眯眯地伸手抓住洋子在半空中舞动的小拳头："你听我说，我是毫无恶意的。我那里有个老美——大卫。我看你们俩倒是有点夫妻相。你哪，先去巴黎，回来后，我给你俩创造个见面的机会怎么样？"

福田听罢，也控制不住地跟着起哄大声叫道："我赞同！快啊！"

"又不是给你介绍，你兴奋什么？"

洋子若有所思地慢悠悠地说："我现在最困扰的还不是找谁的问题。"

"快说说，你到底还有什么事在瞒着我们？"

"不是故意瞒着，是很不可思议的。只是我也没有弄明白这到底是怎么一回事。因为弄不明白，所以心里有时会有种隐隐的恐惧感，有时还会叫我有一种莫名其妙的失败感。"

于是洋子开始数落起了冬阳的种种怪事来。她态度诚恳，实事求是。不隐瞒也不夸张。尽可能地想把他们相识、相处的整个过程还原在她的闺蜜们面前。真心实意地想让她们帮自己分析分析，理顺一下，她和冬阳的问题到底出在了哪里。

追溯起来，洋子和冬阳的接触，是源于冬阳的一封求爱信。那时的洋子根本就没有注意到他，一个生活在澳大利亚的他，无论从地理位置上，还是从他的个人资料上，都对洋子不具备吸引力。还今天在新加坡，明天又去印尼开了公司和工厂。简直就一个天马行空的感觉。很不着调的一个人！

当初，洋子也没相信。还很不客气地叫他传来了照片，不看照片还好些，一看，简直令洋子诧异：黑乎乎的胖脸上，厚翻的嘴唇。还腆着个小肚子在那里傻乎乎地笑着。这不是一副地道的煤老板的形象嘛。

更要命的是，他还有一个十几岁的女儿。看到迟疑的洋子，冬阳马上解释，女儿归他的前妻抚养，要她不要有顾虑。

就这样，他们两个人在网上开始了莫名其妙的来往；一个想尝试一下，这个神秘的日本女人是不是像《小姨多鹤》里的日本女人？冬阳对日本女人的感悟，多半来自那个电视剧。一个在暗笑，这样一个傻乎乎的男人，还愣说自己是清华大学毕业的。开什么三千人的公司，看你还能吹到哪去？看你究竟想干什么？

现在网上流传说：这年头女人不傻，男人不爱，男人不坏，女人不爱，谁都不愿意找木头人。也许，洋子也同样中了这毒了。她不知道，自己为什么到后来竟会莫名其妙地喜欢上了他。真是咄咄怪事。

洋子明明知道他在说谎。比如：他不想和洋子联系时，就会编出各种谎话来。说他在给员工培训。问他有多少人？他会狮子大张口："三千人。"

洋子根本就不信，心里窃笑，也曾经揭发他。他会信口道："随你！"

现在想起来，洋子会觉得自己也很可笑，怎么就能对他一再地迁就下去呢？奇了怪了！

本应该在一开始就避免的错误，到后来这件事远远地超出了洋子的控制能力和范围。

洋子竟亦步亦趋地跟着他走了下去。其实，后来细想，洋子自己都奇怪怎么会犯这么幼稚的错误。真的中了那句话：恋爱中的女人很傻。是的，那一段时间，自己变得真傻！

由最初的讨厌，到后来的逢迎、讨好，时常也会让洋子觉得自己不可理喻，甚至闷闷地想：我这是怎么了？我不能这样被动地走下去了。这不是本来的我啊！原来那个高傲自尊的洋子怎么就会在冬阳面前消失了呢？

先是冬阳说他离不开身，不能去东京看洋子。后来，他开始往后缩起来，说什么澳大利亚是要保护妇女和儿童的，他的离婚至今还没有判下来。到了最后，他竟耍起了无赖，说自己不够狠，不能扔下他情绪不正常的前妻。直到这时，洋子这才意识到问题的严重性。其实从一开始，冬阳就不安好心地在这里布下了陷阱。你没有离婚，怎么会到这里来征婚呢？这不明明是骗人吗？对这人的所作所为真是不能理解了。

洋子听罢，先是愤怒。后来就怔忡不安起来。渐渐地，对方的无理让她又产生了“猫要玩玩老鼠的欲望”。看看他葫芦里到底想卖什么药。

果不其然，没多久他就沉不住了。说他想要生个儿子。还说，要洋子在东京为他的公司去搞一些产品信息。啊啊，原来狐狸也是有暴露的时候的。洋子假装被玩蒙了。居然说，可以为他生个儿子。洋子深知，这是他日思夜想的事情。已经成了他的一块心病了。说到底，还是农民意识在作怪！冬阳就是一个活脱脱的农民。

洋子心知肚明。只不过不再想揭发他，只想蒙蔽他，顺着他的思路走。洋子心里的恶魔，也让她产生了想要报复他的念头。那一刻，洋子虽然还不清晰，也不确定该怎样报复到他心痛。只是明白，必须让他尝尝这滋味。

过去的不屑和鄙夷，全让位给了报复二字。洋子后来对自己当时的心态，也是相当的难以置信。人生就是如此，有很多事情，是连自己都无法解释清楚的。

经过好长一段时间，洋子才慢慢地冷静下来。不可思议过后，也会感到自己很可笑，很渺小。她试图着一遍遍地说服了自己。今天，她可以平静地讲给闺蜜们听的时候，说明她已走出了怪圈。

然而，她的闺蜜们越听越气愤，越听越明白。她们认为这是；当事者迷，旁观者清啊！

闺蜜听到这里，已无法保持冷静。望月一拍双手，像是想起了什么，神秘地一笑，继而附在福田的耳边嘀咕了一阵儿。

福田配合着她，大笑道："唉，你行啊，我发现你特有悟性。还跟咱们上大学时一样啊！"

洋子感到她们俩的神情不对头，也立刻警觉起来："你要干什么？可不能乱来啊！"

"嗨，我说你是怎么了？不会为了一个没见过面的人，跟我们翻脸吧？我们可是为了你好，只不过是想为你出口气罢了，我们想调理调理这只大色狼。"

望月不耐烦地扭头催促："你说我们该不该给他点厉害看？"

三个人都不响了，各自在心里琢磨着，福田沉不住气地跟望月使了个眼色。正好被洋子捕捉到了。

洋子的神情严肃道："你们的心意我懂了。我只是不想再给自己找任何麻烦了，真的，你们不知道，他是那种无理搅三分，很会给对方制造麻烦的。这种人，我们真的是惹不起，还是躲着走吧。"

"我们最讨厌的就是这种人。"

"洋子，你真的要放过他吗？"

"太便宜这个王八蛋了！"

"你怎么也会说粗话了？跟谁学的啊？"

"被生活磨难的！"

"你？也会有磨难？"洋子笑笑，"就你这强悍的，谁敢磨难你啊？除非对方没长脑子，没长眼睛吧？"

洋子的一句疑问，笑翻了三个闺蜜。她们索性在榻榻米上打起滚来。

时光又仿佛回到了当年。大学时代的三个人，经常是这样在一起疯的。日本的女孩，即便是疯狂的时候，也要悄悄地进行，她们会关上门窗。不想让别人看见，也不想让别人听见。因此，在公共场合，从来就没有看到过大哭大闹的。更没见过，张着大嘴傻笑的日本女人。

“细想想，我也就释然了。当年，蒲松龄为了获得素材，还要摆台送茶呢。我在网上不用花一日币，就能获得这么多的素材。真的是值了！接下来，我可以安心地写小说了。”

“怎么讲？把话说明白好吗？”望月皱着眉头，她不大明白洋子的奇怪理论。“被骗了，你反而还觉得自己占了便宜不成？”

洋子很享受地微微闭上眼睛，细细体味着她走过的路。她一边寻思着，一边回味道:“在他不断地对我进行羞辱的同时，其实，也逐步暴露了他的人品。让我看到了他真实的修养和品德。什么清华毕业的，什么原来是什么几级部的，都是一派谎言。其实很早以前，我就明白了他的伎俩。我只不过是装出专注的样子，认真听他编造的《天方夜谭》罢了。在满足他虚荣心的同时，也极致了我的小说。你们知道，我很不愿意当面揭发人的，那会让双方都感到很尴尬。我也有我的弱点，我在适应了一种环境后，就会对他产生依赖。依赖感让我不想离去。和羽生能维持这么多年，也正是因为我这个弱点所致。后来遇到他，我就以为……”

望月听到此，冷笑一声，打断道：“这个冬阳和羽生的性质完全不同，你不要里外不分，茄子葫芦的一块儿搅。好不好？我看你写小说都快写傻了。当初，我就说，你不要去电视台吗，看看，现如今，智商都——”话到嘴边，望月来了个急转弯。“跟我们不一样了。真叫我们刮目相看了！还真是越活越聪明了。”

“你别蒙我，我知道你的本意不是这样的。你想挖苦就挖苦好了。干吗还要说一半，咽一半的。在他的谎言中，其实我并没有失去什么。我们相隔万水千山，他的生殖器再长，也不过是望洋兴叹，鞭长莫及的。我没有与他见过面，他的想入非非，也只能在他的梦幻中进行。与我何干？！”

两个闺蜜窃笑起来，为洋子的比喻而笑。

“哇，宝贝，想不到，你还有这么高的智商。”

“是的，我们洋子照样是冰清玉洁的。”

“这跟智商没关系，我没想惹这个麻烦，可是，遇上了，你绕都绕不过去的。现在，他还在想玩我。我也明白。”

“老天爷，他还要怎样？这个丑陋的家伙！”

“其实，我的心里明镜似的。他感到我还有下一步的利用价值。当他看到马云的公司上市后，就异想天开起来，说什么要把他的事业做大做好。天知道他有没有事业？他可能幻想着自己就是马云吧？”

“是的，”闺蜜们马上插话“现在中国人张嘴闭嘴都是马云。好像人人都已经成了马云了。滑稽透了！不可思议的现象。马云只有一个啊！”

“他要我帮他搞日本的防治糖尿病的药;膏药,测试仪,食品，总而言之，和糖尿病有关的，他都要。然后，他再加进去一味药，或者减掉一味，不就变成了他自己的专利了。在这方面，他还是有他的小聪明的。他以为我看不穿他这个想法的。”

“怎么可能？把别人当傻子耍啊？亏他想得出来！”

“可是，大千世界无奇不有，就有这样的人存在嘛！”

一时间，望月心里那个美呀。她狠狠地拍了洋子的肩膀一下。大呼：“有了，有了。”

“你不要激动好不好？你有什么了？打得我好痛啊！”

望月闭眼点一下头，突然又睁开来。一个坏主意在她心里快速地萌生出来。

“我看咱们就给他来个将计就计怎样？”

“是啊，可不能便宜了这小子。调理调理他怎么样？”福田也在帮腔道：“只是你不要卖关子好不好？我们都在洗耳恭听呢。

求你快说啦！”

“怎么调理？我不懂！直说好了。”

“来，你把那膏药拿来。把厂家地址挡上，快，拍张照片给他发过去！”于是，三个闺蜜似乎又重返了当年，玩起了几乎要忘记的恶作剧来。而且还乐在其中。

恶作剧完成以后，三个闺蜜几乎笑得岔了气。仿佛一出刚刚拉开序幕的好戏，即将开演一样，让她们激动地盼望着剧情的发展。爱是美丽的。爱上一个不能爱的人，只不过是犯了一个美丽的错误。

这是洋子自离婚以来，度过的最为开心，最为欢天喜地的一个周末。对两位闺蜜如此的真挚，洋子除去感激之外，还有歉意。为了洋子，一个把丈夫一个人扔在了家里。另一位，把还不到两岁的女儿也留给了日本丈夫。谁说日本男人都是大男子主义？时代变了，一切都跟着悄悄地起了变化。洋子不得不刮目相看了。

分手的时候，洋子感谢的话刚开了个头，就被望月一扬手给制止了：“咱们谁和谁呀？你今后跟我们少客套点，就行啦。先安心去巴黎。接下来的事由我来安排。等你从巴黎回来时，我把你们安排在我家见面怎样？”

“我都快麻木了，你还认真了？！”

轻描淡写的寥寥几句，不但温暖了洋子的心，也或多或少地减轻了她心里的压力。

感动、温暖、酸楚、悲哀，五味杂陈，瞬间在洋子的心里涌起。

尾声

现代化的巴黎，浪漫的法国男人。这里的婚姻观早已悄悄地发生了变化。人们不再重视一纸婚姻。更尊重的则是事实婚姻。法国男人会毫不遮掩地向洋子表白：“哗……多么优秀的一位女士啊！您是日本人吗？是谁把您弄丢的？是谁伤害了您？我是您温馨安全的港湾。我保证在我温暖的怀抱里，您永远不会丢，不会被伤害，现在多想天天陪您看日出日落，多想牵着您的手慢慢变老。我们一起努力吧！谢谢！祝您天天快乐！……”

洋子要逃离，她不敢多看一眼。这话好像在哪里听到过呀？怎么全世界的男人都会唱这样的赞歌啊！临来巴黎前，她就听说过关于法国男人浪漫的故事。竟没料到，他们这么大胆勇敢。洋子去晨练，他火辣辣的目光就会一直追随着洋子的身影。才刚刚认识，他就会大献殷勤地表白："现在每当回到家里，总想有个人能陪在身边，和我一起静静地喝咖啡、聊天、看电视、散步……然后互相伴随着对方，彼此看着对方慢慢地变老，当两个人头发变白了，牙齿掉光了，腰也弯了，背也驼了的时候还能够一起手拉手搀扶着过马路……这是我一直幻想的景象。怎么样，我说美女，你愿意陪我吗？"

"每个女孩都是天使，当她爱上一个男人的时候，她就会折断翅膀来到人间，所以千万不要伤害爱你的女孩，因为她们已经没有翅膀再回到天堂了……"

"怎么样，没有被感动吗？我是被它感动过了，所以我决定要信奉它。还没被感动也没关系的。你再慢慢地回味一下，也许，你就会答应我的。"

每到这时候，洋子都会哭笑不得地想：欧亚文化真是大相径庭啊！

晨曦中，洋子昂然地走。暮色中，洋子会低头思索。爱情是美妙的，洋子渴望过。即使自身带着伤痛，爱也依然对她充满了诱惑。只不过是，如今的爱，已经不是年轻时的海誓山盟，也不会为了爱，痛不欲生了。今天的洋子，已经可以平静如水，波澜不惊了。所经历的爱，将封尘在她的心里。直至生命老去。对生命而言，都说接纳才是最好的温柔，不论是接纳一个人的出现，还是，接纳一个人的从此不见。看来是有道理的。

洋子眼睛亮亮地凝视着远方，身旁是飒飒作响的法国梧桐。

她心想：哪怕他一身破衫，发丝湿亮，气息吁吁地走到她的面前，不善言辞的他，向她伸出粗壮有力的胳膊，抓住洋子的小手，在她耳边絮语道："没想到，我们绕了地球一圈，又回到了原点。别让我再费神找你了好不好？快跟我回家吧。村东头的大杨树下，还有一块空地儿。"

洋子赶快点头，做出恍然大悟状："你要在那空地儿上自己盖房子？"

"是的。我要盖我们自己的新房。"

"我织布来，你耕田？"

"洋子，告诉我，那样不好吗？"

洋子快活地大笑起来。原来奥妙的深不可测的，竟会在瞬间变的这么简单起来。她迫不及待地站起身来，好像这样的生活，已经是她盼望很久很久的事情了。

"就如同上个世纪一样，我以为今生今世再也不会有了呢。"

"你愿意跟我走吗？"

洋子大大地吐了一口气，极力抑制住声音中的激动，凝神地看着对方的脸，深情而又坚定地说了一句："我愿意！"

他马上用力抓住洋子的手，看着对方的眼睛："那我们还在这里等什么？快走啊！"

洋子的眼圈红了，一种失而复得般的欣喜，在洋子心中汹涌着，让她的身心有了种彻底与他融合的欲望。于是，洋子急忙点头道："虽然时代久远，虽然原始，可是，那里的一草一木，都是真实的。为什么，这现代而又喧闹的世界，有时会叫人感到很累很累的。在网络中，你闻不到，你抓不住，你也看不到和听不见的，这里是一个虚构的世界。在这个虚幻的世界中，人与人之间，就像是在捉迷藏一样难寻，难遇，难见，又难懂。”

一缕思绪，时时会不经意地拨弄洋子的心怀。飘飘欲仙，如梦如幻。让洋子深刻地悟出：其实，洋子梦里寻它千万遍，原来，这个优美惬意的地方就在眼前啊！

2014年12月16日于东京